JN000023

隠居おてだま

装丁　アルビレオ
装画　伊野孝行

目次

一　めでたしの先　〇〇六
二　三つの縁談　〇五二
三　商売気質　〇九八
四　櫛の行方　一二九
五　のっぺらぼう　一五九
六　隠居おてだま　一八九

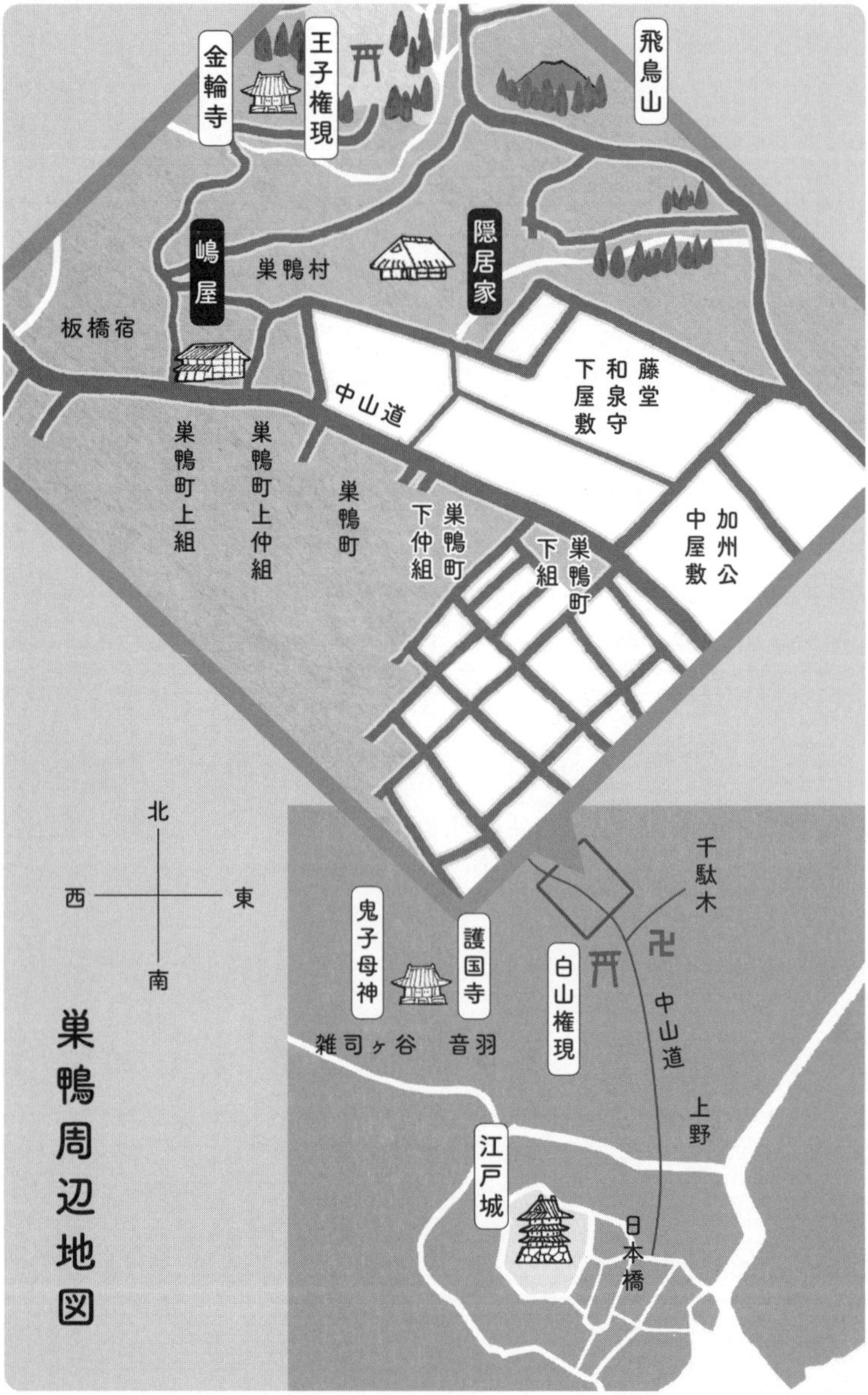
金輪寺
王子権現
飛鳥山
嶋屋
巣鴨村
隠居家
板橋宿
中山道
藤堂和泉守下屋敷
巣鴨町上組
巣鴨町上仲組
巣鴨町
巣鴨町下仲組
巣鴨町下組
加州公中屋敷
北
西
東
南
鬼子母神
護国寺
白山権現
千駄木
中山道
雑司ヶ谷
音羽
上野
江戸城
日本橋

巣鴨周辺地図

主な登場人物

嶋屋徳兵衛《しまやとくべえ》　巣鴨町の糸問屋、嶋屋の六代目主人。還暦を機に隠居、組紐屋「五十六屋」を始めた。

千代太《ちよた》　徳兵衛の孫、吉郎兵衛の長男。何でも拾ってくる悪癖がある。

お登勢《とせ》　徳兵衛の妻。徳兵衛の隠居後も嶋屋の奥向きを支え、手習所「豆堂」の師匠も務める。

吉郎兵衛《きちろべえ》　徳兵衛の長男。嶋屋七代目主人。

お園《その》　吉郎兵衛の妻。大店の箱入り娘。

政二郎《まさじろう》　徳兵衛の次男。嶋屋の分家筋、富久屋を継ぐ。

お楽《らく》　徳兵衛の末娘。夫と死別し嶋屋に戻る。

おわさ　徳兵衛の隠居家付きの女中。

善三《ぜんぞう》　隠居家の下男。おわさの息子。

喜介《きすけ》　嶋屋の手代。次の番頭候補。

おきの　嶋屋の女中。千代太の世話役。

勘七《かんしち》　千代太が最初に「拾ってきた」親友。

なつ　勘七の妹。

瓢吉《ひょうきち》　千代太の友人。勘七とともに参詣商いの頭分を務める。

逸郎《いつろう》　瓢吉の弟。

てる　豆堂の筆子のひとり。組紐職人の見習い修業中。

おはち　勘七となつの母。組紐職人。

榎吉《えのきち》　おはちの夫。組紐職人。家族を置いて家を出ていたが、三年ぶりに戻ってきた。

おくに　上州桐生から呼び寄せた組紐職人。

おうね　おくにの妹。組紐職人。

長門屋佳右衛門《ながとやかえもん》　上野池之端の組紐問屋の主。

一　めでたしの先

「秋深き、隣は何をする人ぞ」

芭蕉《ばしょう》の句を、呟《つぶや》いてみる。中秋も過ぎた八月の終わり、秋は確実に深まっている。隠居家の縁側から見える田んぼは、黄金色に変わりつつあり、楓《かえで》の葉なぞはまだ青いが、銀杏《いちょう》の梢《こずえ》は黄と緑が交じり合う。

空はすっきりと晴れ、秋のさわやかな空気はさらさらとして心地良い。

「うむ、実に清々《すがすが》しい。もっとも隣は、田畑ばかりではあるがな」

徳兵衛《とくべえ》が、巣鴨《すがも》村に隠居家を構えて、一年とふた月余り。本来は、こうして季節の移り変わりを愛《め》で、風雅な余生を送るための終《つい》の棲家《すみか》となるはずだった。

「まったく、ずいぶんと当てが外れたものよ。いったい、誰のせいやら」

風流にはまったく向かない己の気性が、いちばんの見当違いであるのだが、ここまで慌しい始末となったのには、他にも理由がある。

「おじいさま、ごきげんよう」

背中から声がかかり、ぎくりとした。

「おお、千代太《ちよた》か、よう来たな。今日はずいぶんと、早いのではないか？」

「うん、おじいさまに相談があってね、手習いの後、昼餉《ひるげ》を食べずに来たんだ」

それだけで、心の臓がどきどきと打ちはじめ、嫌な予感に駆られる。

「まさか、また何か、拾ってきたのではあるまいな？　言っておくが、犬猫は駄目だぞ。うちにはすでに、シロがおるからな。それと、人もいかんぞ。すでにこの家には、二十を数える者が出入りする。これ以上は増やすゆとりなぞ、どこにもないぞ」

「嫌だなあ、おじいさま。千代太はもう九歳です。子供ではありません」

にこにこと、実に愛らしい笑みを向ける。祖父として、目に入れても痛くないほど可愛い孫であるのだが、あいにくと千代太には悪癖がある。何でも拾ってくる癖である。

最初は犬の白丸《しろまる》だった。次いで仔猫《こねこ》を三匹、こちらはどうにか退けることができた。ほっとしたのも束の間、遂にはとうとう子供を拾ってきた。いや、千代太にしてみれば、友達として連れてきたのだ。

最初は兄妹二人、それが六人に増え、いまや十七人である。さらにはその親の面倒にまで首を突っ込む羽目になり、優雅な余生の目算は、見事に泡となって消え失《う》せた。

この隠居家では、『五十六屋《いそろくや》』と『千代太屋《ちよたや》』、ふたつの商いを回しており、『豆堂《まめどう》』という手習所も開いている。

五十六屋は、徳兵衛自身が手掛ける組紐屋《くみひもや》であり、千代太屋は孫たちが営む子供商いであるのだが、相談役として結構な頻度で駆り出される。『豆堂は、妻のお登勢《とせ》に任せているが、費えはやはり徳兵衛が見ている。我ながらなかなかの八面六臂《ろっぴ》な仕事ぶりで、これ以上の悶着《もんちゃく》が入る隙間などない。

「で、千代太……相談とは？」

怪談話をきくような面持ちで、孫にたずねる。

「勘《かん》ちゃんがね、このところおかしいんだ」

「なんだ、勘七《かんしち》の話か。脅かすでないわ」

思わず、どっと息をつく。勘七は、千代太が最初に拾ってきた子供、もとい親友とも言うべき仲良しである。勘七は千代太よりひとつ上の十歳、妹のなつは六歳になった。

「おかしいとは、浮かれているということか？　まあ、三年ぶりに父親が帰ってきたのだからな、無理もあるまいて」

「それなら坊も心配しないよ。最初のうちはね、お父さんが帰ってきて嬉《うれ》しそうにしてたんだ。勘ちゃんは、素直に口にはしないけど、頬がふくふくしてたもの」

なのにいつからか、だんだんと元気がなくなってきて、苛々《いらいら》が顔や言動に出るようになった。千代太も薄々は感づいていたが、ここ数日は、あからさまになってきた。

「瓢《ひょう》ちゃんがね、やっぱりおかしいって。ちょっとしたことで噛《か》みついてきたり、やたらと怒りっぽくなって勘ちゃんらしくないって」

勘七を含む十二人の子供たちは、午前のうちは王子《おうじ》権現《ごんげん》の境内で、参詣《さんけい》案内をしている。瓢吉《ひょうきち》は仲間のひとりで、勘七とともに頭分を務めていた。

王子権現は江戸《えど》の名所とされ、桜で名高い飛鳥山《あすかやま》を擁しているだけに、参詣や遊山の客でにぎわっている。自ら稼がねばならない身の上の子供たちは、広い境内を案内し、荷物持ちやら茶店の手配やらをこなし駄賃を稼いでいた。

「あれの父親が戻ったのは、七月の終わりであったから、そろそろひと月ほどが経つか」

「また一家四人で暮らせるようになって、めでたしめでたしって思ってたのに」

「そうだな、昔話のようには、いかぬものかもしれぬな」

たいがいの昔話は、めでたしめでたしで終わるが、それはあり得ない。どんなに平穏無事に見えても、人が生きていく限り波風は必ず立つものだ。

「勘ちゃんはもしかしたら、怖いんじゃないかな」

「怖いとは、何がだ？」

「お父さんが、またどこかに行っちまうんじゃないかって。坊も父さまが行方知れずになったとき、怖かったもの」

千代太の眉《まゆ》が、悲しそうに八の字に下がった。

「たった一日で帰ってきたけれど、その後もね、父さまがいなくなる夢を何度も見たんだ。勘ちゃんは三年もお父さんと離れていたから、きっともっともっと怖いだろうなって」

なるほどな、と顎《あご》をなでた。男の子にしては優しすぎるきらいはあるものの、人を思いやる性質は、孫の長所でもある。

「だからね、おじいさま。勘ちゃんのお父さんを、『五十六屋』で雇ってほしいんだ。お父さんとお母さんが、ここで一緒に働いていたら、勘ちゃんも安堵《あんど》できるでしょ？」

五十六屋をはじめたきっかけは、勘七の母、おはちだった。夫の榎吉《えのきち》とともに、夫婦そろって組紐師をしていたが、さる悶着から榎吉は家族を置いて家を出た。残されたおはちは組紐仕事すらできなくなって、いっときはずいぶんと荒れていた。酌婦として雇われたものの酒浸りになり、ふたりの子供は放ったらかしだった。

そのあいだ、小さな肩で一家を支えていたのが勘七だった。妹の面倒を見ながら、参詣案内でわずかな日銭を稼ぎ、それでも暮らしは貧しくなる一方だ。そんな生活が、二年も続いたのだ。

一年前、この隠居家で、おはちが再び組紐をはじめてからは、少しずつ暮らし向きは落ち着いたものの、未《いま》だ盤石とは言い難い。

父親がふいに戻ったからといって、めでたしめでたしで済むはずもない。知らず知らずのうちに溜《た》めていた恨みつらみがこびりつき、千代太が言うような不安もあろう。それがほんのひと月で、消えるはずもない。

それともうひとつ、徳兵衛には気掛かりがある。勘七の苛立ちとどう繋《つな》がっているかはわからないが、多少の関わりはあるかもしれない。

「ねえ、おじいさま、きいてる？　一日でも早く、勘ちゃんのお父さんを五十六屋に……」

「千代太、その話は、しばし待て」

「どうして？」

「どうしてもだ。色々と、事情《ことわり》があってな。おいそれと、進められぬ理由《わけ》がある」

「しばしって、どのくらい待てばいいの？」

「だから、そう急《せ》くなと言うておる。急いては事を仕損じるというからな」

「遅きに失する、とも言うでしょ？　このままじゃ、勘ちゃんがいつか弾《はじ》けちまいそうで、案じられてならないんだ」

孫の予見は、見事に当たった。

勘七が、顔にいくつも痣《あざ》を拵《こしら》えてきたのは、わずか半時後のことだった。


「この、ぶわっかもんが！」

顔を見るなり、徳兵衛は容赦なく声を放った。叱ったのは、勘七ばかりではない。喧嘩《けんか》の相手は、商い仲間の瓢吉だった。ふたりを正座させ、とっくりと説教する。

「差配役のおまえたちが、よりにもよって境内で諍《いさか》いを起こすとは何事か！　墨付をもらったからというて、たるんでいるのではないか？　このような不始末が重なれば、商売はおろか、出入りを禁ぜられてもおかしくはないのだぞ」

子供たちの参詣案内は、商売敵が現れたり、やくざ者から脅されたり、関わった者がお縄になったりと、たっぷりと紆余《うよ》曲折を経たものの、王子権現の別当を務める金輪寺《きんりんじ》から、めでたく商いの墨付を得るに至った。

いまは千代太屋の看板を掲げ、瓢吉と勘七が頭分として境内の商いを差配し、千代太は目付役として、勘定のとりまとめや商いの段取りなぞを手助けしている。

案内商売を実で回すふたりが、境内でこうも派手な喧嘩をやらかすとは、番頭ふたりが、店先でとっくみ合いをしでかすに等しい。徳兵衛にしてみれば言語道断である。

徳兵衛の説教は、長い上にしつっこい。雨霰《あめあられ》のごとく文句を降らせる。

「まったく、顔に痣まで作りおって。そんな無様な姿では、商売もできんぞ。先に手を出したのは、どちらなのだ？」

「おれです、すんません……」と、瓢吉が肩をすぼめる。

喧嘩の理由をたずねると、瓢吉は素直に語り出した。

「とびきりの上客を見つけたんだ。札差の旦那《だんな》でよ、しかも、わざわざあちらさんから案内を乞《こ》うてきたんだぜ。王子権現の境内には、評判の子供案内があるとの噂をきいたって。おれたちの名もずいぶんと上がったもんだと、喜んで引き受けたんだが、そのとき別の客もいてさ。親子のふたり連れで、そっちを勘に頼もうとしたんだ」

「そのときはおれにも客がいた。だから断ったんだ」

畳を睨《にら》みつけたまま、むっつりと勘七がこたえる。

「勘の客は、婆さんひとりだろ。ふたり増えたって、構やしねえじゃねえか」

「てめえばかりがいいとこ取りして、余分の客をおれに押しつけようとした。瓢が札差とまとめて案内すりゃ、済む話じゃねえか」

「相手は金持ちだぞ。身を入れて世話をすりゃあ、儲《もう》けもぐんと上がるだろうが」

「上客はてめえが取って、余計はおれにふる。いかにも守銭奴らしいやり口だよな」

「勘！　その言い草ばかりは、許さねえぞ！」

はからずも諍いの再現となり、またぞろ殴り合いになりそうな剣呑《けんのん》な空気になる。

「やめんか、ふたりとも！」

一喝し、ひとまずたしなめてから、勘七と瓢吉を見くらべる。

「喧嘩のわけは、了見した。勘七、何か言うことはないか？」

「何も……おれは本当のことを言ったまでだ」

ぷい、と頑《かたく》なに横を向き、となりから瓢吉が噛みついた。

「まだ言うか。おれは守銭奴じゃねえぞ！　いや……前はちょっと、そういうところもあったけどよ。でも、いまは改心して、皆で千代太屋をはじめたんじゃねえか。だいたい、儲けは皆で分け合うんだ。だったら稼ぎが多いに越したことはねえし、だからおれは……」

瓢吉の声が尻《しり》すぼみになって、ぐしっと洟《はな》をすする。威勢はいいが、瓢吉は案外泣き虫だ。対して勘七は強情で、泣き顔を見たのは一度きり。父の榎吉と、再会したときだけだった。

瓢吉には、悔いと反省が素直に表れているが、勘七には殊勝な風情など微塵《みじん》もない。

この顔には、覚えがある。ちょうど一年ほど前になろうか。

懐かしさも交えて、つい視線が張りついたが、当の勘七は厭《いと》わしそうにふり払う。

「何だよ、じさま。じろじろ見るなよ」

「まるで出会った頃の、おまえに戻ったようだの、勘七」

出ていった父親、貧しい暮らし、不憫《ふびん》な身の上。その一切が苛立たしく、何をどうすることもできない自分にいちばん腹が立つ。当時の勘七は、棘《とげ》のついた団子虫のように丸まって、からだ中で怒っていた。

棘だらけの塊を、そっと両手で大事にすくい上げたのは、千代太だ。

やがて母のおはちが、組紐師として五十六屋で働きはじめ、ようやく暮らしが落ち着いた矢先、父の榎吉がふいに現れた。芽生えはじめた子供の自我と、衝突を起こしてもおかしくはない。

榎吉とおはちの夫婦には、別の懸念もある。これぱかりは、他人が口を挟めぬ領分だ。

「そろそろ手習いが始まる頃合か。もうよい、行きなさい」

瓢吉はぺこりと頭を下げたが、勘七は最後まで頑なを崩さなかった。


「まったくこの家も、ずいぶんと騒々しくなりましたねえ」

ふたりが座敷を去ると、入れ違いにおわさが入ってきた。頬も腰回りも年相応にふくよかな女中は、息子の善三《ぜんぞう》とともに、徳兵衛の世話をしている。

「ことに昼を過ぎると、このありさまですからね。まあまあ、よく声が響くこと。にぎやかにかけちゃ、両国広小路《りょうごくひろこうじ》ですら敵《かな》いませんね」

ぼやきながら、主人の前に昼餉の膳《ぜん》を置いた。

戸口に近いひと間は、午後になると、十七人の子供の手習部屋となる。徳兵衛の座敷からは離れているのだが、鉤《かぎ》形に曲がった廊下を伝って、声は存分に響いてくる。

その声が、まるでかき消えるように、ぴたりと静まった。

「おや、お登勢さまが、お見えになったようですね」

手習師匠は、徳兵衛の妻、お登勢である。

「それにしても、ご隠居さまとお登勢さまが、こんな酔狂をはじめるなんて。『嶋屋《しまや》』にいた頃は、夢にも思いませんでしたよ」

徳兵衛は、巣鴨町《すがもまち》上組に店を構える糸問屋、嶋屋の六代目主人であった。

去年の三月晦日《みそか》に隠居して、巣鴨町の北に広がる巣鴨村に、この隠居家を構えた。

気楽なひとり住まいは徳兵衛の望みであったが、妻が嶋屋に留《とど》まったのは、頼りない嫁のかわりに内儀の役目を担うためである。お登勢もまた表向き、大内儀の座は退いたものの、嫁の不束《ふつつか》が即座に改まるはずもなく、手習指南を終えると嶋屋に帰っていく。

手習師匠は、若い頃の夢だった——。お登勢はそう言って、指南役を引き受けた。

「さすがはお登勢さまですねえ。野良猫さながらの子供たちが、まるで大人しくなって」

「まあ、あれは、愛想がないからな。あの子らにしてみれば、少々怖いのかもしれんな」

何かと口うるさい徳兵衛と違って、無暗《むやみ》に叱りつけることはしないが、喜怒哀楽のたぐいが顔に出ないだけに、妙に威厳がある。子供らも自《おの》ずと背筋がぴんと伸び、お登勢先生の前ではなかなかに気が抜けないと、ぼやく声も耳に入る。

とはいえ、気移りしやすいのは子供の性分だ。お登勢でさえ、長らく抑えつけてはおけず、ふたたび、わあ、きゃあと、騒々しい模様に逆戻りする。

「今日は、お作法からはじめるそうですよ」

「とても作法を教えておるようにはきこえんが」

「おやつの煮豆を使って、箸《はし》の手ほどきをなされると。あの子たちのお行儀ときたら、まったく目も当てられなくて。正しく箸の使える子は、ほんのひと握りですからね」

この手習所では、昼餉とおやつが出る。満腹にしては手習いに障りが出るからと、お登勢が師匠を始めてからは順を逆にして、昼時におやつを、手習いを終えてから遅い昼餉を出すようにした。家では満足に、晩飯にありつけない子供もいて、早い夕餉の意味もあった。

おやつは駄菓子も多かったが、いちばん人気はおわさが拵える、舌が溶けそうなほどに甘い煮豆である。大好きな煮豆のために、不慣れな箸と格闘する子供らの姿が浮かび、つい口許《くちもと》が弛《ゆる》んだ。おかげで主人の膳にも頻々と煮豆が載り、今日もまた膳の真ん中を陣取っていた。

「せっかくの秋の膳だというに、これの姿《い》を見ると、何やら風情が削《そ》がれるな」

「何かおっしゃいましたか？」

いいや、といなし、箸をとる。茄子《なす》の煮浸しに、豆腐のしめじあんかけ、根深の味噌汁《みそしる》と秋らしい彩りだ。おわさは料理上手で、献立も気が利いている。煮豆ごときで機嫌を損ねるつもりはない。

「組場の昼餉は、調えたのか？」

「はい、ご隠居さまのお指図どおり、先に運ばせました」

「よろしい、なにせ大食い娘がおるからの」

「おうねでございましょう。あの子の食いっぷりときたらまあ、うちの善三ですら敵いませんよ」

組紐の仕事場には、西の座敷と、その隣の納戸をあてている。

勘七の母、おはちと、上州《じょうしゅう》桐生《きりゅう》から呼び寄せた、若い職人がふたり。糸割りや経尺《へいじゃく》などを担う下働きがふたり。五十六屋の五人は、いずれも女子《おなご》である。

さらに今年から、見習いが五人増えた。いずれも参詣案内に関わっていた子供たちで、上の三人は十一歳と十歳、下のふたりは八歳と、職人修業を始めるには早過ぎるのだが、午後は皆と一緒に手習いをさせて、午前のみ修業をさせることにした。

「子供らの面倒は、おうねが見ておるのか？」

「いえ、面倒見のいいのは、むしろ姉のおくにですね。姉さんらしく、目端が利いて世話好きです。妹のおうねは組紐を始めると、まわりが見えない性分で。仕事の速さばかりは折り紙つきですがね」

「まあ、おうね自身、まだまだ子供であるからな。職人として不足がないだけでも、よしとせねばな」

桐生のふたりは姉妹であり、姉のおくには十七、妹のおうねは十五である。桐生は絹の産地として名高く、機織りをはじめとして絹をあつかう職人も多い。若い姉妹も幼い頃から、組紐師である母や祖母の仕事ぶりをながめ、職人修業と同様に、自ずと技を盗み手捌《てさば》きを真似てきた。歳に似合わず、すでに腕前は申し分ない。

「で、おはちはどうか？」

「どう、と言いますと？」

「ほれ、亭主が帰ってきて浮ついておるとか、あるいは物思いに耽《ふけ》るとか、何か変わったようすはないか？」

そうですねえ、とふっくらした頰に手を当てて、目玉を上に向ける。

徳兵衛自身が、組場に足を向けることは滅多にない。相談があるときは、居間に呼びつけるのがもっぱらだった。なにせ十歳の男の子を除けば女ばかりであるから、居心地が悪いとの理由もある。対して話し好きなおわさは、暇を見つけてはまめに顔を出し、女同士のおしゃべりに興じる。組場のことなら、おわさにきくのが早道だった。

「そりゃあ、ご亭主が戻った折は、いかにも嬉しそうで……ですが落ち着いてからは、特には。いつもどおりの、おはちさんに見えますがね」

「そうか、いつもどおりか……」

「何か、気掛かりでもございますか？」

「いや、うん、さほどのことではない。気にせずともよいわ」

疑うような眼差《まなざ》しが、ちらと注がれたが、年期の長い女中だけに、おわさもその辺はわきまえている。深追いはせず、調子を変えた。

「人を増やすにしても、手狭になりましたからね。新しい仕事場の普請が先になりますかね」

「うむ、そちらは今年のうちに目途をつけねばな」

商い事なら何らの躊躇《ちゅうちょ》なく、即座に判じられるというのに、おはち夫婦のことはまことに気が重い。

他者の気持ちを推し量るのは、徳兵衛にとってもっとも苦手とする領分だった。


手習いと遅い昼餉を終えると、すでに夕刻で、子供たちは家路につく。

勘七が隠居家を出ると、千代太と瓢吉が追ってきた。

「勘！　ちょっと待て」

「何だ？　まだ文句があるのか？」

「そうじゃねえ、あやまろうと思って。殴って、悪かった！　すまねえ！」

曲尺《かねじゃく》みたいに直角に腰を折り、深々と頭を下げる。

「瓢ちゃんがこんなに詫《わ》びているのだから、勘ちゃん、許してあげてね」

千代太がにっこり笑ってとりなす。この顔には、勘七も弱い。ばつが悪そうにしながらも、懸命に虚勢を張る。

「……おれは、あやまらねえぞ」

「別にいいよ。おれももう気にしてねえし」

さばさばと瓢吉に告げられて、勘七はくしゃりと顔を歪《ゆが》めた。

「何でだよ、悪いのはおれじゃねえか！　殴られるようなこと、おれが言ったんじゃねえか！」

「やっぱり勘ちゃんも、悪いとわかっていたんだね。これで、おあいこだね」

勘七の意地と強がりが、春の雪のように溶けていく。雪の下から顔を出したのは、蕗《ふき》の薹《とう》のように幾重にも皮を被《かぶ》った固い蕾《つぼみ》だった。

勘七が、下を向く。ごめん、と小さな声がこぼれ出た。

「おめえ、何か悩みがあるんだろ？　無理強いはしねえけどよ、語るだけでもすっきりするぜ」

「内緒事なら、誰にも言わないよ。この三人きりで、外には漏らさないと約束するから」

「本当か？　たとえば、じさまとかお師匠さまとか」

「勘ちゃんが口止めするなら、おじいさまやおばあさまにも明かしたりしないよ」

「師匠はともかく、ご隠居に話すと騒ぎがでかくなるからな」

さもありなんと、三人がうなずき合う。瓢吉と勘七の弟妹は、小さな子たちとともに先に帰して、田んぼをながめる恰好《かっこう》で、あぜ道の端に腰を下ろした。

「勘ちゃんの悩みって、もしかして、お父さんのこと？」

真ん中の千代太が、左の勘七に首をまわす。こくりと、勘七がうなずいた。

「お父さんとお母さん、仲良くしてないの？」

「いや、仲はいい。母ちゃんにも優しいし、いままで放ったらかしですまなかったって、おれやなつのことも構ってくれるし」

「じゃあ、何が不満なんだ？」と、右端から瓢吉が覗《のぞ》き込む。

「不満はねえ。ただ、何ていうか、あんまり優し過ぎて、かえって嘘くさくも見えてよ」

千代太と瓢吉が、思わず顔を見合わせる。

「そりゃあ単に、慣れてねえだけじゃねえか、互いによ。おれも実は、この前、何年ぶりかで母ちゃんに会ったんだ」

「そうなの？　瓢ちゃんのお母さんて、いまどこに？」

「親父と離縁してから、別の奴と所帯をもったそうだ。いまは高輪《たかなわ》にいるってよ」

「おまえの方も、なかなかに難儀だな」

勘七は気遣わしげな顔を向けたが、この件にかけてはすでに達観しているようだ。瓢吉は、あっけらかんと続けた。

「なにせあの親父だからな、おふくろが愛想をつかすのは無理ねえし、離縁となれば男子は男親につくものだろ。これも仕方がねえや」

瓢吉の父親は、相応に腕のある籠《かご》職人だが、色街通いの癖が抜けず、稼ぎをみんなつぎ込んでしまう。とうとう女房に見限られ、離縁に至った。

「お母さんと、なかなか会えないんじゃ寂しいね」

「さすがに、もう慣れたよ。かえって久しぶりにおふくろに会ったとき、どんな顔をしていいかわからなくてよ、互いにぎくしゃくしちまった」

勘七と父親もまた、未だに間合いが測れず、戸惑っているのではないか。瓢吉は、その見当を口にした。

「それも、ある……でも、それだけじゃねんだ。父ちゃんが気味悪いくらい優しくなるのは、決まって『寺野屋《てらのや》』から帰ってきたときなんだ」

「寺野屋って？」と、千代太が問う。

「雑司ヶ谷《ぞうしがや》にある小間物問屋だ。いまはその店から注文を受けて、組紐を拵えてるって」

「じゃあ、お父さんもずっと、組紐師をしていたんだね」

「日雇いなぞもしていたそうだけど、結局はそれしか稼ぎようがねえからな」

雑司ヶ谷には、職人修業をしていた頃の兄弟子がいて、その伝手《つて》で寺野屋から注文を受けるようになったという。

「明日も父ちゃんは、寺野屋に品を届けにいく。だから、おれ、後を尾《つ》けてみようかと」

「雑司ヶ谷に何があるのか、確かめようってわけか。それなら、おれもつき合うぜ」

「参詣案内はいいのか？　瓢までいなくなりゃ、まとめ役がいねえぞ」

「だったら明日は、ふたりの代わりに坊がそのお役を務めるよ」

「おめえは朝から、手習いがあるだろ？」

「実で商いを学びにいくって言えば、母さまは許してくれるよ」

千代太が言って、話は決まった。明日の約束を交わして、三人は別れた。

「父ちゃん、行ってくら」

家を出しな、勘七は父に声をかけた。父の榎吉も、朗らかに返す。

「おう、精が出るな。行っといで」

「父ちゃん、今日帰ったら、お猿さんホイしてね」

勘七に手を引かれた妹のなつが、父にせがむ。お猿さんホイとは、高い高いをしながらホイッと一瞬、子供のからだを宙に浮かせる遊びだ。

「お猿さん――ホイッ！」

なつは確かに、猿のようにすばしこい。榎吉の掛け声が気に入って、なつの中ではお猿さんホイとして定着した。妹を横目でながめながら、内心ではちょっとうらやましい。

「おまえもやるか？」と声をかけられたが、

「いいよ、もう子供じゃねえから」と意地を張ったことを、密《ひそ》かに悔やんでいる。

「気をつけて行っといで。もう喧嘩なんか、しちゃいけないよ」

奥で出掛ける仕度をしながら、母のおはちが釘《くぎ》をさす。おはちは子供たちと相前後して、隠居家の仕事場に出掛ける。瓢吉と派手にやり合ったのは、昨日のことだ。

「もうしねえよ」と応じると、四畳半の座敷から、母親が笑顔を返す。何故だか、胸がつきりと痛んだ。

四畳半の座敷に、台所と土間で、合わせて一畳半ほど。いわゆる九尺二間の長屋に、親子四人が暮らしている。多少窮屈ではあるが、元の住まいにくらべれば夢のようだ。

以前はこの半分ほどの、立ち腐れたような家だった。今年の四月の火事で、きれいさっぱり燃えてしまい、勘七はなんだか清々した。その家には、辛《つら》い思い出ばかりがこびりついていたからだ。焼けてしまった巣鴨町下組と下仲組の東側には、三月もすると小ざっぱりとした長屋がいくつも建てられて、一家はそのひとつに落ち着いた。

前よりも広い上に、ぴかぴかの新築で、柱や青畳の香がかぐわしい。家賃は前よりも上がったが、ちょうどおはちの拵える組紐が売れてきた頃合と重なって、お金の心配もせずに済んだ。

母子三人で新居に移り、ようやく落ち着いた頃だった。父の榎吉が、三年ぶりに帰ってきた。もちろん、母もなつも、そして勘七も、喜んで榎吉を迎え入れた。勝手を通してすまない、苦労をかけて不甲斐《ふがい》ないと詫びる父を、誰も責めたりしなかった。

これでまた、昔のとおり一家四人で暮らせる。めでたし、めでたし——。

のはずなのに、この胸のもやもやは、落ち着きの悪さは何だろう？

戸口から一歩外に出て、勘七はもう一度ふり返った。

「父ちゃんも、今日は寺野屋に行く日だろ？　戻りはまた、遅いのか？」

とたんに父が、勘七から視線を逸《そ》らす。

「いや、そうだな、そんなに遅くはならねえと……おめえたちが戻る、日暮れ時には帰るさ」

「帰ったら、お猿さんホイだよ、父ちゃん」

「わかったわかった、約束するよ」

妹に向けるとびきりの笑顔すら、嘘くさく見えてくる。

「行くぞ、なつ」

両親に手をふる妹の手を、いつも以上に強く引いた。

「兄ちゃん、なに怒ってんの？」

「別に。怒ってねえ」

「変な顔だから、怒ってんの？　瓢ちゃんと、喧嘩なんかするからだよ」

妹に言われて、表通りに出る前に立ち止まった。

「痣、まだ目立つか？」

「昨日よりは、だいぶまし。でも、こことここは、まだ紫色」

勘七の左目の下と左顎を、なつが指さす。家には鏡なぞないから、確かめようがない。いちばん貧乏だった頃、他の家財と一緒に売ってしまった。母は一時、濃化粧をして酒場で働いていたが、化粧は店でしていたし、徳兵衛の隠居家で組紐仕事を始めてからは紅すら差さなくなった。

「鏡……か。小《ち》っさくてもいいから、買ってやりてえな。おれのもらいで足りるかな。そもそも鏡って、いくらすんだ？」

ぶつぶつと呟きながら、ひとまず中山道《なかせんどう》を西に行く。巣鴨町は、上組、上仲組、下仲組、下組の四町からなり、中山道に沿って、西北から東南へと細長く延びていた。

考えに耽っていたから、巣鴨町のちょうど中程で、どん、と背中を叩《たた》かれて驚いた。

「はよ！　なんだなんだ、腑抜《ふぬ》けた顔して」

「なんだ、瓢か。脅かすなよ」

「何べんも声をかけたのに、すたすた行っちまったのは勘じゃねえか。にしても、ひっでえ面だな」

「いや、おまえも、人のこと言えねえぞ」

妹のなつと、瓢吉の弟の逸郎《いつろう》が、しげしげとふたりの顔を見くらべる。

「兄ちゃんと瓢ちゃん、顔がおそろいだよ」

「ホントだ。痣の場所がおそろいだ」

瓢吉の顔にも、昨日、勘七がつけた紫色の痣が残っていて、しかも痣の場所は、左目の下と左顎だ。

「……悪いと、思ってる」

「お互いさまだろ、気にすんなって」

瓢吉が、にっかりと歯を見せる。涙もろくて気のいいところが、瓢吉の長所だ。

「それより、おやっさんは？　今日間違いなく、雑司ヶ谷に出掛けるのか？」

「ああ、ちゃんと確かめてきた。たぶん半時くらい遅れて、家を出るはずだ」

「よし、じゃあ、手筈《てはず》通りに後を尾けるぞ。これって、隠密みてえだな」

父の榎吉もまた組紐師であり、いまは雑司ヶ谷にある小間物問屋、寺野屋から注文を受けている。榎吉は家で紐を組み、五日に一度ほどの割合で、寺野屋に品を納めにいく。

「そもそも、通いが多過ぎると思うんだ。前に『長門屋《ながとや》』の仕事をしていた頃は、品納めは月に一度がせいぜいだった」

「罪滅ぼしのために、いっぱい仕事取って、いっぱい稼ごうって腹じゃねえのか？」

「父ちゃんも、そう言ってる。でも五日じゃ、あまりに短い。父ちゃんの行先は、寺野屋ばかりじゃねえのかなって」

「そうか……なら、その行先とやらを突き止めて……」

「兄ちゃあん、兄ちゃあん！」

突然上がった逸郎の悲鳴が、相談事に水を差す。

「どうした、逸？」

「なつの奴が蝉を……うわあ、嫌だあ、こっち来んな！」

「こわくないよ、可愛いよ！　ほら、逸郎、この羽とかきれいだよ」

蝉を摑《つか》んだなつが、逸郎を追いかけまわしている。

「もう秋なのに、まだ蝉がいたのか。めずらしいな」

「秋蝉だろ。境内の林でも声がするからな。逸は、蝉だけは苦手でなあ。小さい頃に、顔の上で蝉に暴れられてな。以来、蝉には寄り付かねえ」

「そういうことか。おい、なつ、やめてやれ。逸郎は蝉が嫌いなんだとよ」

「どうしてえ？　蝉が怖いなんて、変なの。逸ちゃんは弱虫だなあ」

「なつの方こそ、猿女じゃねえか！　猿女！　猿女！」

「弱虫！　弱虫！」

収拾がつかなくなってきた。兄同士が、やれやれとため息をつく。

「逸はたしかに、男のくせに甘ったれでな。いつまでたっても兄ちゃん兄ちゃんで」

「なつもいい勝負だ。なにせおれより、男勝りなところがあるからな」

ふたりがぶつかるのは、いつものことだ。最近とみに増えてきたが、喧嘩の種があまりに他愛ないために、止める気もおきない。

「こうして傍《はた》で見ると、喧嘩ってくだらねえな」

「おう、おれたちは、もうやめようぜ」

同じ場所に痣のついた顔で、うなずき合った。その後もまた、別の件でひと悶着した。

「どうして兄ちゃんは、境内に行かないの？」

「だからおれたちは、用があるんだよ。今日はおまえたちだけで……」

「いやだあ、なつも兄ちゃんと一緒に行く！」

「おれも兄ちゃんと一緒がいい。連れていってよお」

駄々をこねるときだけ、息を合わせるのだから始末が悪い。道の真ん中で往生していたが、幸い助け船が現れた。

「おはよう、朝からにぎやかだね」

「あ、ちいちゃん！」

「嶋屋で待っていたんだけど、なかなか来ないから迎えにきたんだよ」

巣鴨町の西の端にあたる上組には、千代太の家である糸問屋、嶋屋がある。

去年の三月まで、徳兵衛のご隠居が主人を務め、いまは千代太の父、吉郎兵衛《きちろべえ》の代になっていた。

「来てくれて助かった。こいつらがごねて、始末に負えなくて」と、瓢吉が訴える。

千代太はにっこりと微笑んでから、なつと逸郎の前でぺこりと頭を下げた。

「今日は参詣商いを、逸ちゃんやなっちゃんに教えてほしいんだ。どうぞよろしくね」

「え、おいらたちが？」

「ちいちゃんに、教えるの？」

「うん、頼めるかな？」

「おう、いいぜ！　任せとけ！」

「なつも！　なつもちいちゃんの師匠になる」

たちまちころりと機嫌が直る。嶋屋で弟妹たちを、千代太に託す手筈になっていた。

「ふたりとも、気をつけてね」

「そっちも、ちびたちの面倒任せたぞ」

「おい、急ごうぜ。だいぶ手間取っちまった」

中山道を西へと向かう三人を見送って、瓢吉と勘七は踵《きびす》を返した。大急ぎで、いま来た道を戻る。中山道を南に折れて、下組と下仲組の境の道に入る。この辺は、枡形《ますがた》横丁と呼ばれている。横丁が途切れる辺りに、大きな木があって、その陰に身を潜めた。

「親父さんは、本当にこの道を通るんだろうな？」

「うん、前にきいたから間違いないと思う」

だが、しばらく待っても、父の姿は現れない。子供の常で、待つのは苦手だ。

「おれたちがもたついている間に、先に出ちまったんじゃないか？」

「もしかしたら、別の道を行ったのかな……」

「おれがおまえの長屋に行って、ようすを見てこようか？」

「待て！　来たぞ、父ちゃんだ！」

風呂敷《ふろしき》包みを手にした榎吉が、ふたりが潜む木の前を通り過ぎる。

垣間見えた横顔が、思い出し笑いをするように弛む。何故だか、嫌な予感を覚えた。

「行くぞ」と、小声で瓢吉に促され、勘七は父の姿を捉《とら》えて歩き出した。


巣鴨町下組の南側は、狭い町屋と小禄《しょうろく》の武士の屋敷が、木目込み細工のように入り組んでいる。やがて道の両側は田畑ばかりになり、身を隠す場所がなくて難儀したが、息子に尾けられているとは、夢にも思わないのだろう。榎吉は一度もふり返ることなく、小石《こいし》川に架かる橋を渡り、田舎道を西南の方角に向かった。

「ちぇ、親父の奴、人の気も知らねえで。呑気《のんき》な風情でいやがって」

実りを迎えた黄金色の田んぼをながめたり、前を横切った赤トンボをいつまでも見送ったりしながら、のんびりと歩いている。つい、舌打ちが出た。

「なあ、勘、親父さんの行く場所に、何か心当てはねえのか？」

「ねえからこうして、尻にくっついてんじゃねえか」

苛々と返す勘七を、瓢吉は横目でながめる。

「もしも……あくまでもしもの話だが……行先が女のところだったら、どうする？」

心配という的の、ど真ん中を貫かれたような気がした。思わず瓢吉をふり向く。

「すまん、そんな顔すんなって。勘は案外、初心《うぶ》だからよ。心構えさせた方がいいかと」

嫌味でもからかいでもなく、瓢吉の顔は、本気で勘七を案じている。

「うちの親父みてえなクズではないにせよ、親父さんだって男だろ？　三年のあいだに知り合った女がいても、おかしくねえからよ」

はっきりと口にされて、ここしばらく胸の中に漂っていた黒いもやもやの正体が、日の下に晒《さら》されたような気がした。母の他に、女がいるのではないか。こうも頻々と雑司ヶ谷に通うのは、女と会うためではないか——。その不安が、消えなかった。

「もし、そうだとしても、親父さんをあんまり責めんなよ」

「黙って、見過ごせっていうのか？」

「そうは言ってねえ。騒ぎ過ぎんなってことだ。下手を打てば、泣くのはおまえの母ちゃんなんだぞ」

思わず怯《ひる》んだ。母は何も知らないはずだ。ずっと苦労のし通しだった母だけは、これ以上、悲しませたくない。

「……どうすればいい？」

「ここでこのまま引き返すのも、ひとつの手だぞ。真実《まこと》を知っちまえば、見て見ぬふりもできねえし……おい、曲がったぞ」

榎吉が田舎道を、南に曲がった。町屋を過ぎて、えらく見通しがよくなったから、そのぶん距離をあけている。父の歩く道の向こうに、大きな寺の屋根が見えた。

「あれはたぶん、護国寺《ごこくじ》だ。だいぶ前だが、親父に連れられて音羽町《おとわちょう》に行ってな」

ふたりがいるのは護国寺の東の裏手にあたり、寺の正面に長く延びた御成道《おなりみち》沿いに音羽町がある。榎吉は、そちらに向かっているようだ。

「まずい、少し詰めようぜ。寺の門前はえらい人出だからな、このままじゃ見失っちまう」

引き返すかどうか、じっくり考える間もなかった。瓢吉が言ったとおり、町屋に近づくごとに人波は増え、護国寺前はたいそうな混みようだった。それでも王子権現で慣れており、はしっこさが売りのふたりだ。周囲の大人の陰に隠れて、つかず離れず後を追う。

「おい、店に入ったぞ。あそこが目当ての小間物屋か？」

榎吉は、護国寺の山門からほど近い、一軒の店に入っていく。そろそろと近づいて、中を覗く。榎吉は店の框《かまち》に腰掛けて、手代らしき男と話をしている。

「おい、あの看板」

「ああ、小間物屋ではなさそうだ」

少し難しい字で、習ったわけではない。それでも子供なら、誰もが知っている。

まさか――。その考えが胸をかすめたとき、怖気《おぞけ》と憤怒《ふんぬ》が同時に込み上げた。

榎吉は、その店でひとつの品を買った。それから少し道を戻って、護国寺前を過ぎてさらに西へ行く。

雑司ヶ谷は、鬼子母神《きしもじん》で有名ながらまだまだ田舎地で、田畑の広がる村のあちこちに町屋が点在する。巣鴨の景観も似たようなものだ。後になって知ったが、榎吉が向かっていたのは、下雑《しもぞう》司ヶ谷《しがや》だった。鬼子母神の堂からは少し離れていて、町屋がいくつか固まっている。

ほどなく榎吉は路地に入った。ひどく入り組んだ道を、勝手知ったるようすで奥へ進む。榎吉の姿が横に逸れ、長屋の木戸の内に吸い込まれた。

「おーしゃん！　おーしゃん！」

ふいに、高い子供の声がした。中を覗くと、三つくらいの幼い女の子が嬉しそうに駆け寄ってきて、父がその子を抱きとめる。

「はる！　いい子にしてたか？」

父が名を呼んだとき、頭を殴られたような気がした。

なつとはる——。単なる偶然だろうか？　ふらふらと足が前に出た。こちらに背を向けているから、父は気づかない。父の肩越しに、はじけるように眩《まぶ》しい子供の笑顔が見える。

「今日は土産をもってきたぞ。ほら、はるの大好きなうさぎさんだ」

父が音羽町で立ち寄ったのは、玩具屋《おもちゃや》だった。赤い着物を着た兎の土人形に、喉《のど》を鳴らして子供が喜ぶ。

「榎さん、来てくれたのね。まあまあ、お土産まで。よかったわね、はる」

母よりも若い女が出てきて、傍らにより添う。仲睦《むつ》まじい親子三人の姿は、絵のようにさまになっていた。

「おーしゃん、ホイちて！」

「ようしよし、ほうれ、お猿さん――ホイ！」

高く抱き上げた子供を、ホイ、と宙に浮かせる。キャッキャと喜ぶ子供の顔が、妹のなつに重なって、堪忍袋《かんにんぶくろ》の緒《お》が、十本くらいまとめて切れる音がした。

「そういうことかよ……この、クソ親父！」

父がふり返り、子供を抱いたそのままの形で固まった。驚きで見開かれた目が、悲しげな色を滲《にじ》ませる。

「勘、七……」

「もういい！　もう帰ってくんな！　おれの父ちゃんは、三年前にいなくなった。それで十分だ」

「勘七、これにはわけが……」

「言い訳なんざ、ききたかねえ！　二度とおれたちの前に現れるな！　今度その面見せたら、ぶん殴ってやるからな！」

腹に溜まったものを吐き出しても、少しもすっきりしない。黒い霧のようだったもやもやが固まって、鉄の塊みたいにずんと重くなって喉を塞《ふさ》ぐ。

それ以上、情けなくうろたえる父の姿を見たくなくて、くるりと向きを変えた。

「あ、おい、勘、待てって！」

瓢吉が、慌てて後ろから駆けてくる。勘七を追ってきたのは、瓢吉だけではなかった。

大きな子供の泣き声が、いつまでも背中に張《は》りついて剝がれなかった。


「ええっ！　そんな大変なことに？」

「そうなんだ。さすがのおれも、慰めようがなくってよ」

「で、勘ちゃんは、いまどこに？」

「境内までは一緒に来て、いまはボロ堂の縁でふて寝してるよ」

王子権現の境内に戻った瓢吉は、散々な首尾を千代太に明かす。

ボロ堂とは、王子権現の広い境内の隅にある古びた堂のことだ。いまは使われておらず、参詣案内の合間に休み処にしたり雨宿りをしたり、徳兵衛の隠居家に集う前は、相談場所として子供たちに重宝されていた。

「いまは声かけない方がいいぞ、よけいに意固地を招くだけだ」

「勘ちゃんたち、これからどうなるのかな？」

「まあ、親父さんしだいだが、案外あっちに留《とど》まるかもしれねえな。幸せそうに馴染《なじ》んでいたからな」

「おじいさまの、言ったとおりだった。昔話のように、めでたしでは終わらないって」

千代太の短い眉が、悲しそうに八の字に下がる。

「大人ってのは、つくづく勝手だよなあ。ふりまわされる子供の身にも、なれってんだ」

生きることに精一杯で、子供が思っているほど、大人には余裕がない。気づくのは、自分たちが大人になってからだ。それまで力のない子供たちは、大人の都合につき合うよりほかに術《すべ》がない。

「やっぱり、勘ちゃんのところに行ってくる。瓢ちゃん、商いと小さい皆を頼めるかな？」

「それはいいけどよ、いま行ったたって無駄だと思うぞ」

「でも、行ってくる！」

「ああ、ちょっと待て。千代太は滅多に境内に来ねえから、ボロ堂の場所知らねえだろ」

案内人として、逸郎をつけて送り出す。

「にしても、足遅えな、あいつ。逸郎にも負けてるぞ」

瓢吉の見当よりだいぶ遅く、ふたりの姿は林の奥に消えた。


木々の合間に、堂の瓦屋根《かわら》が見えてきたところで、礼を言って案内人の逸郎を帰した。たしかに古びた堂で、いまは使われていないようだが、手入れはなされているらしく、四方の壁に破れはなく、扉は固く閉ざされていた。

狭い縁から二本の脚がはみ出して、ぶらぶらしている。千代太は正面の階段から上って、勘七から腰ふたつぶんあけて、腰を下ろした。

勘七は頭の天辺《てっぺん》を堂の壁にくっつけて、組んだ両手を枕に仰向けに寝転がっている。千代太が顔を覗いても、見向きもしない。勘七の真似をして、仰向けにからだを伸ばし、膝《ひざ》から下をぶらぶらさせる。

堂の屋根越しに見える空は、夏にくらべて色が浅く、高く抜けている。そのぶん少し、素っ気なくも見えた。

千代太から顔を背けるように、勘七は横を向く。

「何しに来た？」

「昼寝だよ」

「瓢吉から、きいたんだろ？」

「きいた。ここひんやりして、気持ちいいね」

林の中の坂道を上ったり下りたり、千代太にとってはなかなかに難儀な道程《みちのり》だった。たっぷりと汗をかいたから、日陰になった縁が背中に心地いい。

「おまえが何と言おうと、おれは親父に頭を下げるつもりはねえぞ」

「うん、わかってるよ」

「詫びるつもりもねえし、帰ってきてくれと頼むつもりもねえ。今度ばかりは、悪いのは向こうだからな」

「そうだね」

「だったら、何しに来た?」

「だから、昼寝だって」

風が思い出したように梢を揺すり、その合間にチッチと鳴く声がする。鳥の声にも似ているが、秋蟬のようだ。目を閉じて、しばし耳を傾ける。

「今日はね、ずうっと勘ちゃんにつき合うよ」

「何だよそれ、鬱陶《うっとう》しい」

「へへえ、そうかなあ」

いま行っても無駄だと、瓢吉は言った。その無駄にとことんつき合おうと、千代太は決めていた。邪険にされる覚悟もしていたが、追い払う素振りはしない。それだけで、千代太の胸に安堵がわいた。

「ここで一緒に昼寝して、それから遊んで、手習いも怠けてしまおうか。お昼はどうしよう……あっ、そうだ。境内に行くって言ったら、皆で駄菓子でも買いなさいって、母さまが小遣いをもたせてくれたんだ。これでうどんとかお蕎麦《そば》とか、お饅頭《まんじゅう》やお団子も買えるよね?」

勘七が、くるりとからだを回し、こちらを向いた。

「悪かねえけど……おまえとふたりで、何して遊ぶんだ？　蛙釣りや蜻蛉《とんぼ》釣りは……」

「ごめん、蛙や虫は苦手で……双六《すごろく》や歌留多はどう？」

「字は苦手でなあ。他に遊びといやあ、箍回《たがまわ》し、竹馬、貝独楽《べいごま》、根っ木ってとこか」

「ひとつもやったことない。意外と合わないね」

「まったくだ、おれも初めて気づいた」

顔を見合わせて、互いに笑いが込み上げた。

「そういや、遊ぶ暇なんて存外なかったしな。商いと手習いで手一杯だった」

と、勘七は、顔を戻して空を見上げた。

「父ちゃんが帰ってきて、少しは楽ができそうにも思えたのにな。当てが外れた」

「勘ちゃん……」

「別にいいさ、もとの暮らしに戻るだけだ。いまはおまえや瓢や皆がいるから、それも悪くねえと……」

あいにくと感慨には長く浸れず、瓢吉が息せき切って駆けてきた。一緒にいるのは、てるである。以前は参詣案内の仲間のひとりだったが、今年から隠居家で組紐師の修業をはじめた。門前町に使いに出されたついでに、境内に寄ってみたという。

「いまよ、てるからすげえ話をきいて、知らせに来たんだ」

「別にたいした話じゃないよ。勘七のお父さんが、ご隠居を訪ねてきたってだけで……」

「何だって！　父ちゃんが？」

「それ、本当なの、てるちゃん？」

「な、な、すげえ話だろ？」

「勘ちゃん、とりあえず、おじいさまのところに行ってみようよ」

「そうだよ、勘、大事な話をきけるかもしれねえだろ。もちろん、おれも行くぞ」

わかった、と勘七がうなずいて、三人がいっせいに走り出す。

「あ、ちょっと、あんたたち！」

「すまねえ、てる姉、ちびたち連れて追いかけてきてくれねえか。頼んだぞ！」

千代太の手を引っ張りながら、ふり返りざま瓢吉が叫んだ。勘七はすでに先に行っている。

「男って、どうしてああも身勝手なんだろ」

てるは腰に両手を当てて、大きなため息をついた。


「この、ぶわっかもんが！」

去年、還暦を迎えた徳兵衛にしてみれば、子供もその親も大差はない。勘七に落とした雷を、父親の榎吉にも容赦なくお見舞いした。

榎吉は先ほど、ふいに隠居家を訪ねてきた。ひどく深刻な顔で相談事があると告げ、そのくせ座敷に向かい合うと、なかなか切り出そうとしない。

『五十六屋』の組紐商いはどんな按配《あんばい》かとか、自分はいまは羽織紐や巾着《きんちゃく》紐を組んで、雑司ヶ谷の寺野屋に納めているとか、とうに知った話ばかりをくり返した挙句、短気な隠居に急かされて、ようやく本題に入った。しかし相談の要《かなめ》にかかる前に徳兵衛は頭に血が上り、馬鹿者と怒鳴りつける運びとなった。

「妻子と離れていたあいだ、他所《よそ》の女とねんごろになり、それを勘七に知られてしまったと。とどのつまりはそういうことか」

ずけずけとした物言いは徳兵衛の性分だが、色恋が絡むと嫌悪が先立つだけに、舌鋒《ぜっぽう》はいっそう鋭くなる。嫌悪とは苦手の裏返しであり、不得手だからこそやっかみも混じってくる。遠慮会釈なくやり込められて、榎吉は肩をすぼめた。

「まったくもってだらしのない。男の甲斐性なぞとうそぶく輩《やから》も多いが、妻子すらまともに養えぬ者が大言を吐くでないわ。言うておくが、養うとは金のことばかりではないのだぞ。どんなお大尽であろうと、妻子の気持ちの安寧も含めて養わねばならんのだ。わしなぞこの歳まで、浮気のうの字もしたためしがなく……」

しなかったのではなく、できなかったものだから、ついつい恨みがましい調子になる。妻子の気持ち云々《うんぬん》に至っては、徳兵衛自身まったくの無頓着《むとんじゃく》であるのだが、自分のことはひとまず横に置くのが年寄りの厚かましさである。

長々と説教を垂れてから、肝心要のところを確かめた。

「三つになるというその幼子は、榎吉、おまえの子か？」

「いや、違いやす！　それっぱかりは神仏に誓って。はるの、あの子の父親は……」

「その子の名は、はるというのか。なつとはまるで、姉妹のようではないか」

「そいつも、たまたまなんでさ。逆に、はるを見てるとなつを思い出しちまって、ついつい放っておけず、何かと構うように……」

ちらちらとまたたく木漏れ日のように、ひどく複雑な光と影が、うつむいた顔の上によぎる。この手の込み入った話は、徳兵衛には荷が重い。それでも話だけはきかねばなるまいと、初手から語るよう促した。

「おきをと出会ったのは、寺野屋です。おきをは袋物を縫っていて、たまたま品納めの折に鉢合わせしたのが始まりでやした」

　榎吉の組んだ紐を寺野屋から受けとって、おきをは巾着に仕上げていた。その縁で話が弾んだが、榎吉の目を引いたのは、背中に負ぶわれた赤ん坊だった。

「生まれて半年ほどでしたが、女の子ときいて、どうにもなつに重なって……以来、たまに店で顔を合わせやしたが、ただそれだけで」

「仲が深まったのは、いつ頃からだ？」

「翌年、おきをの亭主が病で亡くなったんでさ。三月ばかり顔を見ないなと気になっていやしたが、亭主が患っていたようで。久方ぶりに顔を合わせたときには、えらくやつれていて驚きやした」

　おきをの亭主は棒手振《ぼてふ》りで菜売りをしていたが、病を得て三月後に他界した。看病疲れと亭主の死で、げっそりとしたおきをを放っておけず、また幼くして父親を失った赤ん坊も気がかりだった。最初は親切のつもりで、困ったことがあれば何でも言ってくれと告げて、おきをもやがて榎吉を頼るようになった。男女の仲になったのは、半年ほど前だという。赤ん坊だったはるは、実の父親を覚えていない。榎吉を父のように慕い、数え三つを迎えた。

「そのまま、その親子のもとに留まろうかと、そんな心積もりもあったのではないか？」

「なかったと言えば、嘘になりやす。おきをには、別の心安さもありやしたから」

「その女子は、組紐職人ではないからな」

　図星を指されて、ひどく情けなさそうに輪郭をゆがめた。

「ご隠居さまは、すべてご承知だと、長門屋の旦那さんから伺いやした。お察しのとおりでさ。

女房の腕がてめえより上だと認めるのが癪《しゃく》で、おれは逃げ出しやした」

「組紐の腕は、おまえの方が勝っておろう」

「色の合わせや模様の妙では、おはちに敵いやせん。それがもう、どうにも収まりがつかなくて」

同業というのは、厄介なものだ。親子、兄弟、そして夫婦。いずれも親や兄や夫の方が上であれば悶着も少ないが、立場が逆さになると、とたんにぎすぎすしてくる。中でも夫婦は最たるものだ。男はおしなべて、女房より上に立とうとするからだ。

同じ仕事で、女房の下に甘んじる。その苛立ちや不甲斐なさがいかに激しいものか、徳兵衛とて理解できる。ほかならぬ女房のお登勢が、皆に頼りにされるしっかり者であるからだ。ふいと浮かんだ焼餅《やきもち》を払うように、ごほん、とひとつ咳払《せきばら》いする。

「それで、榎吉、おまえはどうするつもりなのだ？　言うておくが、半端は許さぬぞ。どちらかひとつ、えらばねばならない」

榎吉の中では、すでに決まっているはずだ。おきをとはるを忘れ難いからこそ、雑司ヶ谷に足が向き、それがこたえではないか。後に残していく勘七となつ、そしておはちを、どうかよろしく頼む。相談とは、つまりは後顧の憂いを断つためだろうか。

「あっしも、腹を決めやした。いや、とうに決まってた。これからは……」

と、ふいに、高い鳥の声が、さえぎるように響いた。鳥ではなく、人の泣き声だと悟るのに、しばしかかった。腰を上げ、声が漏れてくる襖《ふすま》を開けた。

「おはち……きいておったのか」

畳に突っ伏すようにして激しく泣きじゃくる、おはちの姿があった。その横でお登勢が、宥《なだ》めるようにその背を撫《な》でる。

「お登勢、盗み聞きとはいただけないな」と、つい顔がしかまる。

「すみません、本当は、一緒に話をきくために座敷に赴いたのですが……」

中の話が漏れきこえて、声をかけるのをためらってしまったと言い訳する。

榎吉の来訪を、女房に知らせたのは女中のおわさであり、おはちはちょうど隠居家を訪れたお登勢に断りを入れて、ともに徳兵衛の居室に来た。

「おい、そう泣くでない。まずは榎吉の話を……」

「きかなくとも、わかります。その女《ひと》のもとへ行くと言うのでしょ？　あたしには、止められない。だってあたしも、裏切っていたのは同じだから！」

え、と榎吉の表情がこわばった。泣き伏す妻の姿を、まじまじと見詰める。

「おまえ、男がいたのか……？」

「いや、榎吉、そうではない。おはちは決して浮気なぞ……」

「ならば、本気で惚《ほ》れた男がいたってことですかい？　参ったな……そんなこと、露ほども疑わなかった」

この手の修羅場や愁嘆場は、もっとも不得手な領分だ。徳兵衛のよけいな一言で、ますます話がややこしくなる。しっかり者の妻ですら、この場は如何《いかん》ともしがたい。おはちが言う裏切りの正体を、何も知らないからだ。

しかし当のおはちが、ゆっくりと身を起こした。袂《たもと》で涙を拭《ぬぐ》い、夫の方に顔を向ける。

さっきとは打って変わって落ち着いていたが、その目にあるのは、悲しいまでの諦《あきら》めだった。

「浮気なら、まだ可愛らしかった。あたしはいっとき、酌婦として色を売っていたの」

「な……！」

「いままで言い出せなくて、ごめんなさい。告げたらきっと、また幸せが壊れてしまう。勘七やなつを、また悲しませてしまう……だから、言えなかった」

榎吉は、愕然《がくぜん》としたまま、何も返せない。まるで空気に鉄が交じっているような、重苦しい沈黙が座敷に立ち込める。

「本当は、少し前から気づいていたんです。雑司ヶ谷に足繁く通うのは、品納めのためだけではないと……もしかしたら、いい人がいるのかもしれないって」

「おはち……」

「どうぞ、心置きなくその女のところへ行ってください。それより他に、詫びる手立てがないから……」

ふたたび涙があふれ、袂に顔を埋《うず》める。まずいことに、その折に勘七が現れた。外から走ってきたようで、息を切らして縁の外から中を覗き込む。たちまち頬が、怒りで紅潮した。

「母ちゃんを、泣かせるな！」

「これ、勘七！」

大人の話に首を突っ込むなと窘《たしな》めるつもりが、まるで聞く耳をもたない。癇癪玉《かんしゃくだま》が弾けるように、存分に父に向かって怒りをぶつける。

「母ちゃんはずうっと泣き通しだったんだ！　母ちゃんのせいで、父ちゃんが出ていったって、ずっとずっと泣いてたんだぞ！　これ以上泣かせるなら、親父なんていらねえ！　どこへでも、行っちまえ！」

理由は違えど、奇《く》しくも妻と子から、同じ処しようを告げられた。

何も考えられぬまま、からだが勝手に動いたように、榎吉はふらりと立ち上がった。下手な操り師の人形のように、ぎこちなく頭を下げて座敷を出ていく。

入れ替わりに、外から千代太と瓢吉が走ってくる。孫の手が、縁にかかると同時に、ふたたび高い鳥の声に似た、おはちの泣き声が響いた。


「ねえ、おじいさまあ、ねえったら、ねえ」

あの修羅場から五日が過ぎて、暦は九月に変わった。

あれ以来、榎吉は妻子のもとには戻らず、おはちは辛うじて組場には通ってくるものの、

「心ここにあらずだで、組んでは解《ほど》きのくり返しで、ちっとんべぇ進まね」

職人のおうねからは、困り顔で告げられた。仕事の滞りも頭の痛い話だが、それ以上の難題を、毎日、千代太に迫られるのには、ほとほと困り果てた。

「いい加減にせぬか。夫婦のことばかりは、わしにもどうにもできぬと言うたであろうが」

「でもこのままじゃ、勘ちゃんとお父さんは、二度と一緒に住めないんだよ。そんなの嫌だよ」

「父を追い出したのは、当の勘七であろうが」

「本当は勘ちゃんも、悔いているんだよ。だってあれからずっと、機嫌が悪いもの」

おはちは抜け殻のようなありさまで、なつは父恋しさに駄々をこねる。家の中は散々だと、さすがの勘七もこぼしているという。

「だからといって、どうにもしようがなかろう。ここまでこじれてしまっては、打つ手がないわ」

「おじいさま、坊はね、妙案を思いついたんだ」

千代太に笑顔を向けられたとたん、ざわりと寒気がした。孫の妙案のおかげで、どれほどの骨

折りを強いられたか、思い出すだけで恐ろしい。耳を塞ぎたい衝動を抑えて、精一杯の威厳をもって、妙案とやらをたずねた。

「とっても容易《たやす》いことだよ。勘ちゃんのお父さんを、雑司ヶ谷まで迎えに行くんだ」

「迎えにというても、誰が？」

「もちろん、おじいさまと千代太だよ」

「どうして、わしとおまえが？　赤の他人であろうが」

「おじいさまは、世話役で相談役だもの。長屋で言えば、大家さんと同じでしょ？　悶着が起きたら、出張っていって事を収めるのが役目だときいたよ」

「ならば、千代太の役目は？」

「おじいさまのつきそいと、勘ちゃんの代わりを務めようと。行先もね、瓢ちゃんにちゃんと確かめてあるんだ。だから、ねえねえ、おじいさま、行ってくれるでしょ？」

千代太のおねだりは、膠《にかわ》なみにしつっこい。諾と応《こた》えるまで、十日でも二十日でもひと月でも、同じ責めが延々と続くのだ。五日目で腰を上げたのは、英断と言えよう。

その日の昼餉を終えると、徳兵衛は孫とともに雑司ヶ谷へと向かった。

「本当は、勘七を伴いたいところだが、それればかりは叶《かな》わぬな」

畦道《あぜみち》を行きながら、ついぼやきがこぼれた。意地っ張りで強情な勘七は、素直な気持ちを口にできない。徳兵衛もまた同じ性分だけに、手にとるようにわかり、よけいに胸が痛んだ。しかし千代太は、にこにこと祖父を仰ぐ。

「大丈夫、お父さんの声は、きっと勘ちゃんにも届くよ」

徳兵衛にはさっぱり呑《の》み込めなかったが、上機嫌な孫とともに田畑の中の道を歩いた。

「おじいさま、早くう。もうすぐ長屋に着くよ」

田畑を抜けて、護国寺の前を過ぎると、とたんに足が重くなった。向こうには、相手の女がいる。またぞろ修羅場と化すのではないかと、気が滅入《めい》る。

けれども、徳兵衛の見当は、大きく外れた。

下雑司ヶ谷の、おきをとはるが住まうという長屋に行ってみると、木戸の外に大八車がとまっていた。ふたりの男が家財道具らしき荷を積んで、縄をかける。男のひとりが、木戸の内に向けて怒鳴った。

「おきをさーん、これで終《しま》いかね？」

声に応じて、長屋の一軒から、埃《ほこり》よけの姉さん被りをした女が出てくる。

「はい、終いです。ご苦労ですが、箕輪《みのわ》までお願いします」

女は大八車を見送って、また長屋に戻ろうとする。その折に、声をかけた。

「おきをさんというのは、あんたかね？」

「はい、そうですが……」

「わしは巣鴨の糸問屋、嶋屋の隠居で、徳兵衛と申す。いきなり訪ねてすまなかったが、そのう、榎吉と少し話をしたくてな」

「榎吉さんと……」

女が、丸い目を大きく広げて、徳兵衛を見詰める。

「引っ越しとお見受けしたが……もしや榎吉と、どこかで所帯を持つつもりか？」

「え？　ああ、いえ……ここでは何ですから、どうぞお上がりください」

長屋の中程にある一軒に、招じ入れる。中には何もなく、きれいさっぱり片付いていた。四畳半の座敷に、小さな風呂敷包みがひとつと、女の子がちょこんと座っている。

なつと似ているところはどこにもなく、大人しそうな子供だ。

「はる、こっちにいらっしゃいな。狭いところですが、どうぞ……あら、どうしましょ、白湯《さゆ》の仕度もできなくて」

構いは無用と告げたが、近所の者に頼んでくるからと、いったん戸口から出ていった。

「千代太、この子としばし、外で遊んできなさい」

「はい、おじいさま。はるちゃん、お兄ちゃんと遊んでくれる？」

「うん！」

相手の安堵を生む穏やかな笑みは、孫の才のひとつだろう。初見にもかかわらず、はるは嬉しそうに千代太の手を握る。子供たちが出ていくと、入れ違いにおきをが、盆の上に茶碗《ちゃわん》を載せて戻ってきた。白湯ですが、と断って、徳兵衛の前に茶碗を置いた。

結構な道程を歩いてきたから、湯が心地よく喉を通る。

「して、引っ越しの話だが……」と、気短に話を促す。

「あたし、再縁するんです。相手は、榎吉さんではありません」

勇んで来てみれば、肩透かしを食らった格好だ。これには徳兵衛も、あんぐりと口を開いた。

「榎さんとは、とうにお別れしました。すまないと、詫びられて……」

いまは巣鴨にいる妻子のもとに戻ると、榎吉は決心し、別れを告げた。少し切なそうに、おきをがまぶたを伏せる。

「あんたは、それでいいのかね？　得心はいったのか？」

「榎さんは、いちばん辛い頃に、あたしを支えてくれました。亭主の死を、乗り越えることができたのは、榎さんのおかげです」

感謝こそすれ、恨むつもりはないと、有難そうに語った。いつか別れが来ることも、薄々感づいていたとつけ加える。

「榎さんは、ふたりの子供のことを、片時も忘れたことはありません。はるを可愛がってくれたのも、下の娘さんに重ねていたのでしょう」

はるを通して思い出話がこぼれ、今年でいくつになった、どれほど背丈が伸びたろうかと、会えない我が子の姿を思い浮かべていたという。

「でも、それ以上に、おかみさんへの思いが強かった。単に女房恋しさではなく、もっと強い絆《きずな》があった」

「絆、だと？」

「組紐です。榎吉さんはずっと、組紐を通しておかみさんを追いかけていた……あたしには、そう思えます」

組紐が、夫婦に別れをもたらし、一方で、ふたたび縁付くための赤い糸となった。

「職人の、業《ごう》だな……」

徳兵衛の呟きに、ええ、とおきをはうなずいた。それから問われるまま、伯父《おじ》の世話で箕輪に縁付くことになったと語る。さっき大八車を引いていったのも、従兄《いとこ》である伯父の息子たちだった。

「本当は、亭主を亡くしてまもなく、伯父から再縁話をもちかけられました。でも、しばらくは、どうしてもそんな気になれなくて……」

榎吉と別れたことでふんぎりがつき、話がまとまった。相手にも男の子がひとりいて、これからは四人暮らしだと、笑顔になった。

「ひとつきくが、榎吉は巣鴨に移ってから、ここには……？」

「一度も……いえ、何日か前に訪ねてきたのが、最初で最後です」

寺野屋を通して、おきをの再縁や引っ越しをきいて、はるに土産を携えてきた。運の悪いことに、その一度きりに勘七は出くわしたのだ。

「そういえば、榎さんの息子が勘違いをしたようで……榎さんは大丈夫だと言ってましたが、もしかして揉《も》めたのですか？」

いまさらおきをに、悶着を担わせるつもりはない。案じることはないと、話を収めた。

「それより、榎吉の行先に、心当たりはないか？　巣鴨に越してからも、足繁く雑司ヶ谷に通っていたそうだが」

「ああ、それなら、きっとあそこです」

鬼子母神に近い、雑司《ぞうし》ヶ《が》谷《や》町《まち》への道筋を、徳兵衛に説いた。


「じゃあ、勘ちゃんのお父さんが、たびたび雑司ヶ谷に来ていたのは、そのためだったんだね？」

鬼子母神の堂は、畑の真ん中にあり、その周辺にぽつりぽつりと町屋が点在している。雑司ヶ谷町はそのひとつで、下雑司ヶ谷よりもさらに田舎に思えた。

教えられたとおりに道を辿《たど》り、一軒の仕舞屋《しもたや》に着いた。ここも裏長屋だが、二階屋で間口が広い。障子戸には、『組紐万知蔵《まちぞう》』と書かれている。榎吉の兄弟子にあたる、組紐師の家だった。

戸の一枚は開け放されていて、中のようすが見通せる。

「ほう、これは……思った以上に立派な組場ではないか」

一階がすべて仕事場になっているようで、広い板間に、四、五人の職人がいて、いずれも手を動かしている。糸玉のぶつかる音がいくつも重なって、少々騒々しいほどだ。

しかし徳兵衛が何より惹《ひ》かれたのは、奥に据えられた二台の高台だった。

紐の組台としてはもっとも大きく、畳半分ほどもある。布を織る織機を小ぶりにしたような代物で、玉数が多いだけに、より多くの色と複雑な模様に加えて、高台でしかかなわない組み方もあった。

二台が並んだ左手に、榎吉の姿があった。戸口で名を呼ぶと、榎吉が顔を上げる。驚いてみせたが、となりの台の職人に声をかけ、すぐに腰を上げた。おそらく親方の万知蔵であろう。

「まさか、こんなところまで、ご隠居さまがお出掛けくださるとは」

「いや、仕事の邪魔をしてすまなんだな。話をしたいのだが、少し構わぬか」

榎吉は承知して、戸口の脇に据えられた腰掛けを勧めたが、何故だか千代太が口を出す。

「あっちの、木戸脇の腰掛けの方がいいと思うな。ほら、ここは糸玉の音が大きいし、おじいさまがきこえないかもしれないから」

「わしの耳は、まだ衰えてはおらんぞ」

むっつりと返しながらも、ひとまず木戸脇へと場所を移して、榎吉と並んで腰掛ける。

「坊はちょっと、近所を見てくるね。さっき面白そうな店があったんだ」

気を利かせたつもりだろうか。遠くに行くでないぞ、と声をかけ、孫を送り出した。

それから改めて、榎吉をながめた。

「おまえはずっと、高台の修業をしておったのだな。いましがた、下雑司ヶ谷できいた」

「おきをに、お会いになったんですかい」

「ああ、ちょうど引っ越しの最中《さなか》でな。今日のうちに、箕輪に移るそうだ」

「さいですか……」

懐かしむような、遠い目をした。いっときは男女の仲になったのだ。物思いはあろうが、すでに過去になっている。榎吉の横顔から、徳兵衛はそう判じた。

「いまさらだが、よく戻ってきたな。雑司ヶ谷で暮らしていた方が、楽だったのではないか？」

「おれを引き戻したのは、あの角切紐《すみきり》でさ」

ふり向いて、徳兵衛の視線を捉える。紛れもない職人の顔だった。

「あれを見たときは、からだが震えた。おはちの色柄だと、すぐにわかった。おれには女房からつきつけられた、果たし状のように思えやした」

雑司ヶ谷で新しい所帯をもって、安穏と暮らす。榎吉にはその道もあったはずだ。日当たりのいい池に、ぬくぬくと浸《つ》かっていたところに、いきなり冷や水をぶっかけられた。そんなところだろうか。

三年のあいだに女房は——、いや、おはちという職人は、さらに腕を上げていた。色柄はいっそう派手を増し、役者の帯締めとして売り出され、たいそうな評判をとっていた。自分が棲んでいた池がどんなに小さいか思い知り、負けるものかとの意地と誇りが、おはちの許へと引き寄せた。いわば職人としての矜持《きょうじ》が、逃げ続けることを拒んだのだ。

「それで高台の修業を始めたのか？」

「いや、始めたのは、二年ほど前になりやすか。兄弟子の万知蔵親方を訪ねたときに、高台で組んだ紐を見せられて、これだ！　と思いやした。おれがおはちと並んで歩くには、これしかねえと」

色柄の趣向では、女房におよばない。榎吉が誇れるものは技であり、高台でさらに磨きをかけて、もう一度、妻子のもとに帰ろうとしたのだ。本当は、修業を終えてから戻るつもりでいたのだが、角切紐が一足早く、榎吉を妻子のもとに走らせた。

「この前は言いそびれやしたが、今年の内に修業を終えやす。来春から、あっしを五十六屋で雇ってもらえやせんか？」

「では、榎吉、おまえはおはちの許に、戻るつもりでおるのか。ああ、なんだ、その、おはちの来し方については……いいのか？」

「応えてねえと言や、嘘になりやす。ですが、この五日ばかりずっと考えて……仮におはちに好いた男がいたとしたら、おれはそっちの方が耐えられねえ」

自分はその過ちを犯しておきながら、我ながら身勝手な話だと自嘲《じちよう》した。

「おはちや勘七が許してくれるなら、また一緒に巣鴨で暮らしてえと……ご隠居さまから、そう伝えてもらえやせんか」

承知した、と告げるつもりが、それより早くこたえる声があった。

「おれは、許さねえぞ」

ぎょっとして、ふり返る。声は背中側、そして何故だか上から降ってきた。

「勘七、おまえ、いつからそこに！」

長屋の塀の上からにょっきりと、勘七の顔が覗いていた。

「もう、勘ちゃんたら、こっそりって言ったのに」

「これ、千代太、おまえもそこにおるのか？」

声を張ると、木戸の陰からぴょこりと千代太が頭を出した。

「ごめんなさい、おじいさま。でも勘ちゃんに、お父さんのホントの気持ちを伝えるなら、これしかないって」

「盗み聞きしていたのは、いまだけか？」

「下雑司ヶ谷の長屋でも……えへへえ」

徳兵衛とおきをの会話も、やはり家の外で勘七が聞き耳を立てていたと、千代太が白状する。

徳兵衛は、塀の上から覗く顔に、下りてくるよう促した。

「勘七、すまなかったな。もういっぺんだけ、父ちゃんを許してくれねえか」

父親からあからさまに視線を逸らし、勘七はむくれた顔で告げた。

「おれは、許さねえ……でも、母ちゃんが許すなら、大目に見てやる」

「ああ、十分だ。ありがとう……ありがとうな、勘七」

「うおっ、やめろよ！　もう子供じゃねえんだから」

榎吉が息子を強く抱きしめ、大きな腕の中で勘七がジタバタする。

そのようすをながめて、うふふう、と千代太が嬉しそうに笑った。

「よかったね、おじいさま。これでまた、めでたしめでたしだね」

「わからんぞ。明日にも悶着の芽が、また吹くかもしれん」

と、孫に向かって嫌味を吐く。家族とはそういうものだ。日常のそこかしこに諍いの種は落ちていて、隙があればたちまち芽吹く。ひとつずつ丹念に摘みとっていくのが、長く営む唯一の秘《ひ》訣《けつ》かもしれない。

「ところでな、千代太。勘七をこっそり連れてくるとの策は、おまえの思案か？」

「え？　えーっと、えーっと……」

実にわかりやすく、千代太があわあわする。それだけで、徳兵衛には察しがついた。

「おまえではなく、他の誰かが思案したのだな？」

「はい、でも……」

ちらりと祖父を見て、もじもじする。どうやら口止めされているようだ。

もしも悪い方向にころがれば、よけいに勘七を傷つけることになる。前もって榎吉やおきをの事情を摑み、そうはならぬと踏んだ上で、千代太を通して徳兵衛を担ぎ出した。

こんな周到な真似ができるのは、ひとりしかいない。

「やれやれ、してやられたわ。まったく、我が女房ながら食えぬ女だ」

頭に浮かんだ、能面のような妻の顔が、かすかに唇の片端を上げた。

三　三つの縁談

「ほう、榎吉が高台を！　それは実に面白い」

長門屋佳右衛門《かえもん》は、徳兵衛から話をきくなり身を乗り出した。

「高台ならば、糸数も組みようも増えますからな。同じ紐《ひも》でも趣きが変わる。榎吉の腕なら、きっと申し分ない仕上がりとなりましょう。これは好《よ》い機ですぞ、ご隠居。角切紐《すみきり》の値《あたい》が、一気に上がるかもしれません」

「と、言いますと?」

「角切紐の評判は、お武家にまで広まっておりましてね。『柏屋《かしわや》』さんの話では、さるお大名家の奥方からも、内々で問い合わせがあったとか。いまは品薄で応じきれぬ上に、そもそも下々向けの品ですから、大名家にお出しするには如何《いかが》なものかと。二重にもったいない話だと、柏屋の番頭はため息をついておりました」

これまでにない派手な色柄の帯締めは、角切紐と銘打って売り出している。

帯締め作りは、徳兵衛が相談役を務める五十六屋が、卸は組紐問屋たる長門屋が、そして小売は、芝居町の小間物屋である柏屋が、それぞれ担っていた。

長門屋は上野池之端《うえのいけのはた》に店を構え、榎吉とおはちの夫婦は以前、長門屋から組紐仕事を請け負っていた。主人の佳右衛門は、徳兵衛の眼鏡に適《かな》うほど、熱心な商売人であるのだが、ひとつだけ困った癖《へき》がある。

「高台を操る職人は、腕も相応。大名家に納めるに値する。いっそ高台を、五台でも十台でも、もっと増やしてはいかがです? 職人は私の伝手《つて》で探してみます。大名家まで知れ渡っているのなら、早々に江戸《えど》城大奥にも伝わるはずです。大奥の注文となれば、数も尋常ではありません。大口の注文が入るやもしれませんよ」

佳右衛門が絡むと、とたんに話が大きくなる。理想や夢を語る佳右衛門は、どこか千代太に似ている。佳右衛門が目を輝かせて語り出すと、無暗《むやみ》に胸がドキドキする。徳兵衛にしてみれば、地に足のついていない思案など荒唐無稽《むけい》、つまりはでたらめに等しい。

「いやいや、ご主人。まだ仕事場の普請もできぬうちから、大風呂敷《おおぶろしき》を広げるわけにも」

「普請はやはり急がせましょう。のんびりと構えていては、商いの機を逃しかねない」

「ですが、いまはそれこそ普請には間が悪い。先の四月の火事で、巣鴨界隈《かいわい》では大工や左官の手間賃が高じていましてな、未《いま》だに下がる気配がなく」

「では、私がよく知る大工の棟梁《とうりょう》を、巣鴨に行かせましょう。腕はたしかですし、手間賃も決して高くはありません」

「上野から巣鴨まで、毎日通わせるのも心苦しい。とはいえ寝泊まりさせるとなれば、相応の掛かりが要る。土地の大工や左官との、つき合いもありますからな。急に他所《よそ》から引っ張ってくるというのも具合が悪く……」

商い仲間としては非常に頼もしく、信用のおける相手ではあるが、各々の気質はむしろ逆で、商売のやり方にも自《おの》ずと表れる。機に乗じて即座に動く佳右衛門に対し、何事にも慎重と用心を欠かさぬのが徳兵衛だ。

「しかしご隠居、来年になれば雨後の筍《たけのこ》のように、江戸の方々で偽の角切紐が出回りますぞ。派手な柄模様さえ真似れば、容易《たやす》く作れますからな」

佳右衛門の忠告もまた、もっともだ。柏屋が商う角切紐こそが、本家本元たることは揺らがないが、儲《もう》けの匂いがただよえば誰も彼もが便乗する。

徳兵衛とて、そのくらいの予見は立つ。むしろだからこそ、先行きをじっくりと思案したかった。五十六屋の主人は、徳兵衛ではない。図案を生み出すおはちが要《かなめ》であり、技の要には桐生の姉妹や、ゆくゆくは榎吉も加わろう。

流行《はや》りに乗じて一気にふくらませるのも、商いの一手ではある。しかしいまの五十六屋には、勘定に長《た》けた玄人がひとりもいない。もちろん、佳右衛門や徳兵衛が商い事を引き受けて、組紐は職人たちに託すこともできる。しかしそれでは、商人に使われる職人という始末になりかねず、本末転倒である。

五十六屋を始めたもともとの骨子は、伴侶《はんりよ》を失った女たちに生活《たつき》の道を与えることだ。ひとりで子育てをしながら稼ぐのは、男女を問わず難しい。ことに女は稼ぎの面で苦労する。組場の手伝いをするおむらとおしんも、それぞれ娘を育てている。

そして同時に、五十六屋はあくまで、職人が切り盛りする組紐店である。

職人が商いを兼ねる店は、江戸にも数多《あまた》ある。大工なぞはその典型であろう。棟梁たる親方ひとりでは家は建たない。弟子や抱えの職人を差配して普請を仕切り、施主との相談から工賃の回収まで、一切を目配りする。交渉や勘定のために番頭や手代を置く店もあるが、主人はあくまで大工たる棟梁である。

一方で、ひとりから数人のつましい構えも多く、組紐なぞはこちらの方が大半だろう。

「ご主人、これはあくまでわしの存念だが……仮に角切紐の人気に乗じて、五十六屋を大きくしたとしても、職人たちを置いてきぼりにしては、かえって後々の障りになる」

「置いてきぼり……そんなつもりは」

佳右衛門は、商いの腕がありながら情にも厚い。わずかながら傷ついた顔をする。決して責めているわけではないと、徳兵衛は言葉を添えた。

「肝心なのは、角切紐の人気の如何《いかん》にかかわらず、五十六屋が末永く続くこと。わしが見据えているのはそれだけです」

一代きりの店なら、二十五年といったところか。当然、徳兵衛は寿命が尽きていようが、いまの職人たちがつつがなく暮らしを全うできれば御の字だ。

角切紐はたしかに、五十六屋にとっては最上の好機だ。しかし人気に踊らされ振り回された挙句、流行りが絶えて底冷えを迎えれば、はち切れんばかりにふくらんだ商いは、針の一突きで無残に萎《しぼ》みかねない。

「わしもこの機を逃したくないのは同じです。ただ、商いを無暗に広げるのではなしに、まずは足許《あしもと》を固めておきたい」

ふうむ、と佳右衛門が、しばし思案に専念する。

商人としての方向の違いであり、どちらが良策かは年月しか決められない。

「つまりご隠居が目指すのは、景気に左右されない、手堅い商いというわけですな」

「さようです。わしの気性もありますが、商いの回りようが職人たちの目にも捉《とら》えられる。多少のんびりでも、納得ずくで仕事に励み、自ら手応《てごた》えを感じられる。綺麗《きれい》事との弁《わきま》えもありますが……」

「いやいや、仰《おっしゃ》ることはよくわかりました。つい先走ってしまうのが、私の悪い癖で」

「石橋を叩《たた》き過ぎるのも、わしの悪癖でしてな」

はは、と互いに苦笑を交わし合う。将棋で言えば、攻めと守り、どちらにより傾くかは棋士によって千差万別だ。将棋なら勝敗の決着が必ずつくが、商いは違う。

大儲けすればたしかに勝者だが、五十六屋の基盤が職人の手仕事である以上、品薄の折に荒波を越えて蜜柑《みかん》を運んだという、紀伊国屋文左衛門《きのくにやぶんざえもん》のような博奕《ばくち》めいた商いはできようもない。

作り手はあくまで、質や出来、工夫にこだわる。組紐師の誇りや気骨こそが、五十六屋の芯《しん》であり、削《そ》ぐような真似はしたくなかった。

一方で佳右衛門の焦りもまた、得心がいく。遠からず偽物は出回ろうし、その前に少しでも利を得たいと欲するのは、しごくまっとうな商人の姿だ。

「長門屋、柏屋、両店の邪魔をするつもりはありません。いっそのこと、長門屋さんが抱える職人にも、角切紐を作らせてはいかがかと」

「ですが、それでは五十六屋が損をすることに」

「おはちの趣向料として、わずかばかり納めてもらえると有難いが」

「趣向料……いや、待てよ。それなら卸と小売にも、同じことができるのでは……？」

何事かひらめいたようだ。佳右衛門がしばし考えを巡らせて、顔を上げた。

「いまは思いつきに過ぎませんが、うまく運べば、紛《まが》い物を封じる奥の手となり得るやもしれません」

「ぜひ、おきかせ願いたい」

佳右衛門の策は、まさに妙案と呼べる代物で、徳兵衛の興を大いにそそった。

「それは面白い。ならば、もう一手踏み込んでみてはどうか」

「なるほど、悪くない。しかしそうなると、あちらをどう立てるかが鍵《かぎ》となりましょうな」

新しい指し手を模索する棋士同士さながらに、夢中になって語り合う。

商いの上で仲間とは、同時に敵でもある。味方のふりをしながら、水面下では足の引っ張り合いも茶飯事で、他者を出し抜いて保身に走るのは、あたりまえの人の弱さとも言える。徳兵衛とて似たようなもので、嶋屋の主人であった頃は誰ひとり信じようとせず、出し抜かれてなるものかと疑心に凝り固まっていた。

しかし隠居の身となって、少しずつ疑心の殻が堅固を失っていった。重い立場から退いたこともあろうが、それまで縁もゆかりもなかった者たちが、まわりに集まるようになり、何十年ものあいだ傷ひとつつかなかった殻に、いとも容易く隙間を作る。

佳右衛門もまたそのひとりで、得難い好敵手のような手応えがある。互いにあれこれと語り合い、思案が形になってきたときには、すでに暇乞《いとまご》いの刻限を大きく過ぎていた。

「では近いうちに、柏屋の番頭を交えて相談しましょう。三日後の昼四ツではいかがです？」

「結構ですな。いや、すっかり長居をしてしまいましたな。この辺でお暇せねば」

「ああ、商い事に夢中になって、肝心のことを忘れておりました」

腰を上げようとしたが、佳右衛門に引き止められる。仔細《しさい》を説かれた徳兵衛が、にわかにうろたえる。

「ええと、何と申しますか……ひとまず嶋屋に持ち帰って、息子や妻と相談してみませんと何とも」

「むろんです。ではこちらも三日後に、お返事を伺います」

佳右衛門の満面の笑みに、辛うじて苦笑を返す。

これは困ったぞ、と内心で焦りがわいた。


「さすがは長門屋佳右衛門さま。一見、突飛ながら、行き届いた思案ですね」

「おまえもそう思うか、喜介《きすけ》。わしもまさに、膝《ひざ》を打ったわ」

手代の喜介に向かって、上機嫌でうなずいた。徳兵衛が嶋屋六代目であった頃、喜介はお気に入りの手代であった。入りの手代であった。商い事で遠出する折は、未だにしばしば供をさせる。

単に連れ歩くなら、下男の善三《ぜんぞう》の方が、用心棒としてよほど役に立つ。しかし商いにおける事々を語るには、やはり喜介がいちばんだ。

己の頭から出ぬうちは、どんな奇策も妄想と変わりなく、他人に明かすことで初めて輪郭が浮かび上がる。佳右衛門とのやりとりで、だいぶ肉付けができてきたが、まだまだ形が定まらない。広がった思案をもう一度とりまとめ、さらにくっきりとしたものに形作るには、この手代が欠かせない。

「あとは柏屋が、承知してくれるか否かだが。なにせ、本家本元たる面目があるからの」

「柏屋の番頭は、なかなかの商売人です。みすみす益を逃すような真似はしますまい」

「商売相手を探すのも、相応に苦労であろうな。そちらは長門屋に任せることになる。何やら濡《ぬ》れ手で粟《あわ》のようで、少々気が引けるが」

「意匠の思案はこれまでどおり五十六屋なのですから、大手を振ってようございますよ」

巣鴨から、長門屋のある上野までは、徒歩《かち》で半時ほど。足腰のためにもなる上に、駕籠舁《かごかき》への酒手すら惜しむ徳兵衛だ。こうして行きと帰りに喜介と語るのは心愉《たの》しく、長門屋に出向く折には好んで同行させていた。

「実はもうひとつ、先さまから申し出があってな。こちらは商い事ではないのだが」

「どのような？」

「お楽《らく》にな、見合い話をいただいた」

「見合いですって！」

斜め後ろを歩いていた喜介が、いきなり大声を出す。何事にもそつがない手代が、いつになくうろたえる。

「たかが縁談だ。そこまで驚くこともなかろう」

「すみません……なにやら、ふいを食らった心地がしまして」

「まあ、かれこれ四年も、家に居着いておるからの。出戻りにしてもさすがに長過ぎる」

末娘のお楽は、十八で一度嫁いだが、二年後に亭主が病没し嶋屋に戻った。世間並みには、一、二年のうちに再縁するのが相場だが、四年ものあいだ実家に留《とど》まっている。

お楽自身が、実家の安楽さを好んだためもあるのだが、父親の徳兵衛としても、おいそれと娘を出せない理由があった。

「ひとまず持ち帰って、当代やお登勢と相談すると伝えたが……わしは断るつもりでおる」

「それはまた、せっかちな。お相手が、お気に召さなかったのですか？」

「いや、長門屋の伝手だけあって、申し分のない嫁入り先だ。神田三河町《かんだみかわちょう》の武具問屋の主人で、構えは嶋屋と同じほど。一年前につれ合いを病で亡くして、子はおらぬそうだ」

「悪くないお話かと存じますが」

「難があるのは先さまではなく、お楽の方だ。相応の店の奥向きなぞ、あれに務まるものか」

武家では家計や家事を奥向きと称するが、商家にもやはり奥の仕事がある。妻のお登勢は申し分なく嶋屋の奥を取り回していたが、あいにくとお楽は母の性質を受け継がなかった。名のとおり、いたってお気楽な娘であり、とても婚家で役に立つとは思えない。

「武具問屋といえば当然、客は武家であろう。折々の挨拶《あいさつ》やら付け届けやら、嶋屋以上に気を遣う。お楽には、荷が勝ち過ぎる」

「向こうさまに、しっかりしたお姑《しゅうとめ》さまや女中頭でもいれば、どうにかなるのでは？」

はっきりと口にしないところは、さすが喜介だが、嶋屋でも同様だと暗に告げる。

長男の妻たるお園《その》は、生粋の箱入り娘であり、気立ては悪くないが内儀としてはまったく使えない。お登勢のおかげで事なきを得ているが、お園の成長を待つよりも、十数年後に迎える千代太の嫁に託した方が、よほど安堵《あんど》できそうだ。

そしてお楽とお園にはもうひとつ、同じ短所がある。とかく金遣いが奔放なのだ。

「構えの大小にかかわらず、商家の奥はつましいというのに、まったくわかっておらんのだ。札差でもない限り、お楽の奢侈《しゃし》は賄《まかな》いきれんわ。おいそれと嫁に出しては、先さまにも長門屋にも迷惑がかかろう。いったいいつになったら、弁えが身につくのか」

心安い手代を相手に、ついつい愚痴が長くなる。

「弁えとは所詮《しょせん》、世間からの押し付けでもありますから。お楽さまにはそぐわぬかもしれませんね」

「あの歳になれば、誰でも自ずと育つものだと思うておったわ」

こぼされる不平を、喜介は苦笑しながら受けとめる。

ほどなく巣鴨町にかかり、嶋屋が見えてきた。巣鴨村にある隠居家は、もう少し先になる。豆堂の手習いが、そろそろ終わる頃合だった。

「お疲れでしょうし、店で少しお休みになられては？　ほどなくお登勢さまも戻られましょう」

「いや、明日の朝、出直してこよう。お楽の件はその折に。喜介もここでよいぞ」

この先の道を北に曲がると巣鴨村に入り、畦道《あぜみち》を七、八丁分ほど歩くと隠居家がある。徳兵衛の足でも、さしたる距離ではない。

喜介は店の前に立ち、徳兵衛の背が見えなくなるまで見送った。その姿が北の方角に曲がったことをたしかめて、急いで店へと戻る。

真っ先に向かったのは、主人の座る帳場であった。

「おお、喜介、戻ったか。いつもながら、ご苦労であったな」

七代目当主の吉郎兵衛が、にこやかに迎える。丸顔で福々しく、見た目どおりの温和な主人だ。父の徳兵衛とは、姿も気質も見事なまでに似ていない。

「旦那《だんな》さま、実は少々困ったことに。長門屋さまを通じて、お嬢さまに縁談が」

「何だと！　それは一大事ではないか。いつものせっかちが高じて、とんとん拍子に話が進めばとんでもないことに」

「いえ、その心配はございません。ご隠居さまは、お断りするおつもりですから。ただ、悩みの種は、当のお嬢さまです。何はともあれ、明日の朝までには戻っていただかないと」

「それもそうだな。喜介、すまんがこれから頼めるか」

「かしこまりました」

喜介は疲れも見せず、また店を出ていく。しっかり者の手代は何とも心強い限りだが、心痛の種が消えるわけではない。

「お母さんが戻ったら、さっそく相談せねば。しかしお楽には、困ったものだ」

丸顔の頬がこけそうなほどに、吉郎兵衛は長いため息をついた。


「ええ、私も、見合いについては隠居家《あちら》で伺いました」

お登勢が戻ると早々に、吉郎兵衛はお楽について話し合った。

「見合いはやはり、お断りする存念のようですから、さほど案じることはないでしょう。それよりも、お楽は？」

「喜介を迎えにやりました。お楽にはこの際、とっくりと説教せねば。いまのありさまがお父さんに知れれば、どんな大騒ぎになることか」

「ですが、いつまでも隠し果《おお》せるものでもありませんし」

「いいえ、このまま是が非でも隠し通して、事なきを得ねば。火遊びなら、これまでにもありましたし、そのうち熱も冷めましょう」

お楽は二十四歳。窮屈な婚家にいた反動か、二十歳で嶋屋に戻ってからは、いたってのびのびと暮らしている。それでも徳兵衛がいた頃は、まだ大人しかった。義姉とともに買物や芝居見物に精を出していたが、男遊びのたぐいは、少なくとも母や兄の目に立つほどではなかった。

しかしうるさい父親がいなくなると、奔放さが際立ってきて、最初は道楽者で有名なお店《たな》の次男坊だった。吉郎兵衛はたいそう気を揉《も》んで、幸いほどなく縁が切れたものの、次に親しくなったのが鳶《とび》職ときいて肝を潰《つぶ》した。以来、次から次へとお楽は浮名を流し、吉郎兵衛は気の休まる暇もなかった。

相手は髪結い、鮨《すし》売り、浪人とさまざまながら、いずれもまっとうな商家の娘とは釣り合わない手合いばかりだ。おまけにせいぜい三月、相手によってはひと月も経ずに、ころころと相手が替わる。

もちろん吉郎兵衛は、家長として事あるごとに妹をたしなめた。しかしそのたびに、お楽は真剣な顔で、兄に物申すのだ。

「あたしはね、兄さん、これっぽっちも浮ついた気持ちなぞないの。この人とこの先一生、添い遂げていこうって思い決めているのよ」

拳《こぶし》を握って力説する妹に、幾度もげんなりさせられた。

「いまのところは見る目がなくて、長続きしないのだけど、いつかきっと結ばれる運命《さだめ》の殿方に巡り合えるはずよ。そのときは兄さんも、存分に祝ってちょうだいね」

「棒手振《ぼてふ》りや浪人者が相手で、祝えるものか。せめてもう少し、相手を見繕ってはどうか」

「あら、物持ちばかりが偉いわけではないわ。髪結いだって鮨売りだって、立派な仕事じゃないの」

「おまえは仕事ぶりではなしに、見目の良し悪しだけで判じているだろうが」

と、吉郎兵衛はにべもない。若い女が熱を上げるのは、粋でいなせな色男だけだ。よって見えない部分の一切を、両親と仲人《なこうど》、そして親類が判じて、縁談をすべて差配する。当人と周囲の判断が、重なることなぞまずあり得ない。それもひとつの道理である。

「肝心のことを忘れているようだが、お楽、仮にいまの看板書きと一緒になっても……」

「兄さん、看板書きとはこの前別れて、いまは表具師なの。まだ弟子の立場だけれど、三年もすれば、独り立ちが叶《かな》うって。そのときに晴れて一緒になろうって約束したのよ」

「お楽、おまえが三年待てぬのは、私がこの場で請け合うぞ」

この手のやりとりを、何度くり返したことか。思い出しただけで頭痛を覚える。

「たまにはお母さんからも、ぴしゃりと言ってやってください」

「申したところで、行いを改めるとも思えませんし。一度嫁に出した以上、あの子もすでに大人なのですから」

吉郎兵衛の下に、次男の政二郎《まさじろう》がいるが、すでに分家の『富久屋《ふくや》』に養子に出た。

お登勢は三人の子供たちに対しても、細かなことには口を出さず、日頃は黙って見守り、時折さりげなく手を差し伸べるような母親だった。もともとの性分もあろうが、徳兵衛が滅法口うるさい父親だけに、釣り合いをとった節もある。

一方で、目だけは細かなところまで、よく行き届いている。

「いまのお楽の相手は、板橋宿《いたばし》の錺師《かざりし》でしたね」

「え？　たしか、葉茶屋の手代ではなかったかと……」

「それは半年も前のお相手ですよ。今度はめずらしく、長続きしているようで。とはいえ、四月ほどですが」

「四月は長続きに入りませんよ。お母さんもよくご存じで。ここしばらくは、家にも滅多に帰ってこないというのに」

喜介の話に、吉郎兵衛が慌てたのもそれ故だ。たとえ見合いを断るにせよ、当人抜きというわけにはいかない。喜介が即座に向かったのは、その錺師のもとである。

「お楽は私と喜介にだけは、何でも打ち明けますから」

仲の良い兄嫁に語らないのは、徳兵衛の耳をはばかってのことである。お園から千代太を通して、うっかり隠居家に伝わる恐れがあるからだ。

「お母さんはともかく、実の兄より手代に信を置くとは。何やら情けなくもなりますね」

「あなたは長男で、嶋屋の当代なのですから。何でもとはいきませんよ。喜介は政二郎から頼まれて、兄代わりを務めているのです」

「ああ、そういえば……あれが養子に行くまでは、とかく喜介と仲がよかった」

喜介が一歳上になるが、政二郎とは歳も近く、主従の間柄ながら馬が合った。喜介が小僧として嶋屋に入り、政二郎が富久屋に養子に行くまでの五年ほどのあいだ、政二郎は何かと理由をつけて喜介を呼び寄せ、ともに遊んだり語り合ったりするのが常であった。

どちらも子供時分から商いに興味を寄せたことも、ふたりを繋《つな》げた一因だろう。

「私はすでにお父さんのもとで商いを学んでいたが、跡継ぎの私よりもよほど入れ込んでいた。政二郎が突飛な策を案じて、喜介は実を重んじる。得手は違えど、商いへの熱心は同じだった」

吉郎兵衛は、懐かしそうに目を細めた。長男の身では否応《いやおう》なく商いの道を押しつけられるが、弟や手代は純粋に面白さに惹《ひ》かれ、楽しんでいた。吉郎兵衛には、さぞかしふたりが眩《まぶ》しく見えたに違いない。

「政二郎とお楽は、九つ違いですから、あの頃はまだ幼くて。面倒見のいい喜介に懐いて、よくまとわりついていた」

「ええ、だからこそ妹を、喜介に頼んだのでしょうね」

そうか！　と突然、吉郎兵衛が膝を打つ。

「ならば、お母さん、いっそのこと、一生涯を喜介に任せては？　喜介をお楽の婿に据えるのです」

喜介なら、義弟としても申し分ない。ともに嶋屋を守《も》り立ててくれれば、主人としても有難い。我ながら妙案だと、吉郎兵衛はすっかりその気だが、お登勢は釘《くぎ》をさした。

「喜介には、その気はないと思いますよ。一から商いを起こすのが喜介の望みですし、お楽のことも、それこそ妹に対するような気持ちしか……」

「いいえ、これぞ一挙両得ならぬ、八方が丸く収まる名案です。相手が喜介なら、お父さんも否やはありますまい」

長らく悩みの種だった妹を、手代に押しつけようという姑息《こそく》な手段である。いかにも胆力に欠ける長男らしいと、お登勢は細くため息をついた。

しかし当人と周囲の思惑が嚙《か》み合わないのが、縁談の常である。

やがて喜介に連れられて、お楽が帰ってきた。吉郎兵衛が、嬉々《きき》として妹を部屋に招じ入れる。喜介は店に戻ろうとしたが、主人に引き止められて、部屋の隅に控えた。

「よく戻ったな、お楽。さっそくだが、おまえに格好の縁談が生じてな」

「兄さん、縁談はお断りするわ。どこぞの商家に、嫁ぐつもりなぞないもの」

「いやいや、そうではない。長門屋からの縁談は、お父さんも乗り気ではなくてな、断るつもりでいる。これはまったく別の話でな、何を隠そう当代たる私の肝煎《きもいり》なのだが……」

目の前に座す妹と、離れて控える手代を交互にながめて、吉郎兵衛が相好を崩す。

「兄さん、もう一度言うわ。縁談はすべてお断りしてちょうだい。あたしの嫁ぎ先は、すでに決まったから」

「これこれ、おまえがいかに野放図であろうと、縁談ばかりは勝手は許されない」

「勝手というより、否応なく、といったところね。あたしは、秋治《あきじ》さんと一緒になるわ」

きっぱりと、お楽は言い切った。秋治とは、いまの相手である錺師である。

すでに心を決めているようで、堂々とした物言いながら、何故だか切羽詰まって見える。

「お楽、何か理由《わけ》がありそうですね。話してごらんなさい」

お登勢が促すと、お楽はいっとき視線を落とした。それから顔を上げ、母と兄に告げた。

「ややが、できたみたいなの……秋治さんの子よ」

「何だと！　おい、まさか、お楽……」

いまにも白目を剝《む》いて倒れそうなほど、吉郎兵衛の顔から血の気が引いた。


「お楽、おまえ、本当にややが……」

吉郎兵衛の唇がわなわなと震え、妹の腹を見詰める。ふくらんでもおらず、まだ赤子の片鱗《へんりん》すら感じないが、見知らぬ男の種が宿っているときくだけで、吉郎兵衛には得体の知れない存在に思えてくる。

「間違い、ないのですか？」

一方のお登勢は、まったく狼狽《ろうばい》するようすもなく、落ち着き払って娘にたずねた。

「まだ確かめてはいないけれど、おそらく」

兄と手代の耳をはばかって、母にだけ耳打ちしたが、月のものが三月近く遅れていて、ここ数日は、悪阻《つわり》めいたむかつきもあるという。それならほぼ間違いなかろうと、お登勢も認めざるを得なかった。

「何ということだ……あろうことか嶋屋の娘が、男と不埒《ふらち》な関わりをもち、挙句の果てに身籠《みごも》ったとは。ご先祖さまに、申し開きが立たぬわ」

「旦那さま、ご先祖さまより先に、六代目への申し開きを用立てねば」

「そうだった……お父さんに、何と言えば！」

手代の喜介に進言されて、吉郎兵衛は両手で頭を抱える。

年寄りは総じて、若い者の無鉄砲に眉《まゆ》をひそめるが、徳兵衛は輪をかけて厄介だ。筋を通さねば気が済まず、理を重んじ、世間体にもやかましい。

つまり、当人同士が色恋沙汰《ざた》でくっつくなど不品行窮まりなく、縁付く前に子を授かるなぞ言語道断である。烈火のごとく憤る徳兵衛の姿が、すでに見えるようだ。

「お楽、このままでは勘当は必至だぞ。無一文で追い出され、二度と嶋屋の敷居はまたげない。少なくとも、お父さんの目の黒いうちはな」

「あのう、旦那さま……嶋屋の当代はすでにご隠居さまではないのですから。旦那さまが許すと仰れば、済む話では？」

「甘いな、喜介。お父さんの頑固と執念深さは人一倍だ。ここで当代として、筋を外れた断を下せば、お父さんの方こそ臍《へそ》を曲げて、この屋と縁切りしかねんぞ」

「そういえば、奉公人同士のあいだで、似たようなことがございましたね。かれこれ、ひと昔前になりますが……」と、喜介が思い出す。

まだ徳兵衛が、主人であった頃の話だ。女中と手代が恋仲になり、隠れてつき合ううちに子を授かり、こっぴどく叱られた挙句、ふたりまとめて店をお払い箱になった。

大方の商家では、手代に所帯を持たせることはしない。番頭に昇るまでは、住み込みの奉公人であり、妻子を得るという我儘は通らない。

番頭になるのは、早いもので三十過ぎ、遅い者は四十近くになろうか。数多の奉公人の中で、ほんの一握りであり、耐え切れず店を去る者の方が多かった。

出来物の喜介なぞは、とっくに番頭に昇って然《しか》るべきだが、あいにくと上がつかえている。番頭はすでにふたりいて、三人目として立てるべきかと徳兵衛も思案したが、当の喜介が望まなかった。

もうしばらく手代として精進し、いずれ番頭格に上がった折に、暖簾《のれん》分けの形で独立が叶えば有難い。喜介はそう申し述べ、徳兵衛も承知した。もっとも次代の吉郎兵衛となってからは、何かと気が利く上に、先代以来の番頭よりも使い勝手がいいとの理由で、いたく頼られている。後生だから向こう三年は傍にいてくれと、引き止められる始末だ。

主人の期待を裏切らず、喜介は冷静に事を見通す。

「奉公人の不束《ふつつか》を厳しく処しておきながら、娘に目こぼしするというのは、たしかにご隠居さまの気性ではあり得ませんね」

「そうであろう？　このままでは私自らが、お楽を勘当せざるを得ない。しかし兄としては、あまりに忍びない。どんなに婆娑羅《ばさら》者であろうとも、私にとってはたったひとりの妹だ」

「旦那さまも、また大げさな物言いを」

喜介が脇で苦笑する。遠慮ない振舞いや狼藉《ろうぜき》を、婆娑羅という。

「婆娑羅で結構。あたしも、腹を括《くく》るわ」

「お楽、まさか……」

「ええ、兄さんに言い渡される前に、家を出るわ。しつこくて念の入った、お父さんの説教だけはご免だもの。赤の他人になれば、免れるでしょ」

「お楽、そう早まるものではない。三人寄れば、文殊《もんじゅ》の知恵というではないか。幸いここに三人……まあ、私は当てにならないが、お母さんと喜介ならきっと！」

「すみません、旦那さま、商い事ならともかくこればかりは」

「私も、ご隠居さまとこの子の気性を知っているだけに、手の打ちようがとんと」

「お母さん、喜介！　あきらめないでください！」

吉郎兵衛が、涙目になって懇願する。

お楽はきつい表情で、唇を引き結んでいる。すでに決心はついたと言わんばかりだ。お登勢はそんな娘をしばし見詰め、それから口を開いた。

「まずは産婆に行って、本当に身籠っているか確かめないと。私もつきそいますから、明日さっそく診てもらいましょう」

はい、とお楽が神妙な顔でうなずく。

「お母さん、明日では間に合いませんよ。お父さんが来るのは、明日の朝なのですから」

「ああ、そうでしたね。ですが、こうなるとせめて、もう半日は時を稼がないと」

「ならば、そちらは私が。理由《わけ》はそうですね……ちょうど明日、三町先の呉服屋が店開きを行います。お嬢さまはそちらに出掛けたと申し上げます」

　お楽が不在の言い訳としては無理がなく、隠居家へは自ら伝えると喜介が引き受けた。

「では、産婆から戻りしだい、明日もこの四人で膝を突き合わせてじっくりと」

　息子の言に、お登勢はしばし考える風情を見せる。それから静かに、首を横にふった。

「いえ、ややが関わってくるとなれば、そこから先は女の領分です」

「では、お母さんとお楽だけで、今後を話し合うのですか？」

「母娘だけでは、心許ないですからね。もうひとり、加えましょう」

「誰ですか？　滅多な者には、明かせませんよ。断っておきますが、おわさだけはいけません。うっかりお父さんの耳に入れれば、一大事です」

　隠居家の女中、おわさは、徳兵衛のもっとも身近にいる。危うさを感じて、吉郎兵衛は急いで止めた。

「おわさも古参だけあって、その辺の弁えは身についているのですがね。ですが今回は、お園に頼みましょう」

「お園ですって？　正気ですか、お母さん！」

　妻の名を出され、吉郎兵衛が目を白黒させる。

「口の堅さは、それこそ当てにできませんし、あのとおり世間知らずの粗忽《そこつ》者で……いえ、妻としては気に入っておりますよ。いつもにこやかで、一緒にいるとくつろげます」

　お園の実家の屋号は、『久賀屋《くがや》』という。呉服・太物・両替商を営む大店で、お園は箱入り娘である。気立てがよく夫にも不機嫌な顔を見せず、千代太やお松《まつ》にとっては優しい母親だ。妻として不足はないが、商家の妻には別の務めもある。

「ただ、奥の差配は未だに覚束《おぼつか》ず、嶋屋の女房としてはまだまだです。まあ、お母さんがいちばんご存じでしょうが」

店は主人が回すが、奥は妻が一切を預かる。家事の目配りはもとより、となり近所や親類縁者、得意先や同業者とのつき合い、また冠婚葬祭の数も生半可ではない。ことに多くの奉公人を束ねるのは、至難の業である。

江戸者もいれば田舎出もいて、出自や育ちが違えば、物の見方も進みようも異なってくる。これを是とするか非とするか、平たく言えば正邪すら、それぞれ物差しが違うということだ。

奥で働く女中や下男はもちろん、店に詰める手代や小僧も住み込みであるだけに、いわば全ての奉公人に目配りせねばならない。

お登勢は万事にそつがなく、申し分のない女房として非常に評が高かった。

できた姑と比べるのは酷というものだが、そこを差っ引いても、お園はあまりに不足が多い。

いまはお登勢が陰に日向《ひなた》に支えて、事なきを得ているが、仮にお園ひとりに任せたら、嶋屋の奥向きはたちまち混乱を呈しよう。

「それでもね、旦那さま、いまの嶋屋の内儀は、お園さまなのですよ」

「お母さん……」

「これほどの大事を、お内儀の耳に入れぬわけにはいきません」

商家でもっとも重くあつかわれるのは主人夫婦だと、お登勢はあえて言葉にした。

そしてお登勢には、別の思惑もあるようだ。

「お内儀はああ見えて、物事の見方が平らかで偏りがありません。きっと良い相談相手となりましょう」

母に押し切られて、吉郎兵衛も不安を残しながらも承知した。

翌朝、お登勢とお楽は産婆に行き、帰って早々、お園と三人で密談に入った。


「あら、まあまあ、そんなことに。お楽ちゃんも、大変だったわね」

驚きはしたものの、さほど慌てたようすはない。これぞ育ちの良さの賜物《たまもの》と言えよう。大事においても、大げさに感情を表さず、無暗にバタバタすることもない。

まるで真綿にくるまれてでもいるように、押しても突いても手応えは頼りない。他人の気持ちに鈍重ともとれるし、相手によっては物寂しくも感じよう。

しかし非難がましい目を向けず、いつもと変わらぬ義姉の佇《たたず》まいは、いまのお楽にはことさら有難かったに違いない。思惑どおりの運びに、お登勢はほっと息をついた。

気の強い娘だけに顔には出さないが、ふいの懐妊に、誰よりも心細い思いをしているのは、当人のお楽である。しかし主人の吉郎兵衛は、真っ向から反対する立場にあり、喜介は奉公人だけに助けも限られている。最大の難敵たる父親に立ち向かう前に、ひとりでも味方を増やして楽にしてやりたい。お登勢の母心であった。

「それで、お姑《かあ》さま、産婆のお見立ては？」

「ええ……ふた月半になるそうです」

予想と現実のあいだには、案外高い壁がある。産婆から言い渡されたときは、お楽もしばし呆《ぼう》然《ぜん》としていた。しかしお園はやはり、淡々と返す。

「さようですか。お楽ちゃんは、どうなさるつもりなの？」

「もちろん……秋治さんと一緒になって、この子を産むわ！」

気合を入れてお楽は宣したが、お登勢は案じ顔で娘をながめる。

相手の秋治に、難があるわけではない。数ある娘の相手としては、当たりと言えるだろう。

独り立ちして二年ほどの若い錺師で、性質も仕事ぶりも真面目な男だ。博奕や色街通いなどの悪癖もなく、酒はほどほど。人物だけ見れば、徳兵衛の眼鏡にも適おう。

「欠点？　そうねえ、冗談がいまひとつつまらないことかしら。根が律義だから、洒落《しゃれ》のたぐいが下手なのよ」

お楽からはかねて、人となりをきいている。決して贔屓目《ひいきめ》ばかりではなく、使いや迎えのために、秋治の家を何度か訪ねたことのある喜介も、同じように言っていた。

しかし気掛かりは、やはりお楽である。

「お楽ちゃんが覚悟を決めたなら、何も心配はいらないわね。どうぞお幸せに！」

あっさりと告げられて、拍子抜けしたのだろう。お楽の顔に、怪訝《けげん》が生ずる。

「お義姉《ねえ》さん、それだけ？」

「そうよ、多少の後先があっても、おめでたいことがふたつ続くのだもの。お舅《とう》さまはお怒りになるでしょうけど……」

「それが何よりの面倒なのよ」

「でも、家を出てしまえば、お小言も届かないでしょ。生まれた孫と会いに行けば、許してくださるかもしれないわ。ああ見えて、案外子供好きなところもおありだし」

次々と外堀を埋められて、かえってお楽の表情が、不安そうに陰り出す。

「お父さんが許すって……どういうことかしら？」

「もちろん、錺師の女房になることを認めてくださることよ。嶋屋から、出した上でね」

どうぞ出ていってくださいと手振りで伝えるように、お園がしゃなりと袖《そで》をふる。

お楽の視線を釘付けにしたのは、義姉の態度ではなく纏《まと》う着物である。

「お義姉さん、その着物、初めて見るわ」

「ええ、この前作らせた袷《あわせ》なの。袷を着られるのはわずかだから、いまのうちにと思って。どうかしら？」

お楽の表情に、くっきりと羨望《せんぼう》が表れる。秋草を散らした渋い薄鼠色の表地から、柿色の鮮やかな裏地が覗《のぞ》く。裏地のない単衣《ひとえ》に対し、裏地をつけた着物が袷である。

武家の登城には、年に四回、衣替えの日が定められている。

夏は単衣で、冬から春にかけては綿入れ。そして初夏のひと月と、秋のごく短いあいだだけは、袷の着用が求められた。昨今はこのしきたりが庶民にも広まって、とはいえ裏長屋住まいなら、必ずしも倣うわけではない。

しかしお楽やお園のような、着道楽となれば話は別だ。衣替えはすなわち、衣装の艶を競う場でもあり、ことに着る間が短い袷に装いを凝らすのは、醍醐味《だいごみ》とも言える。

秋の袷の時期は、九月一日から九月八日までの、たった八日間だけ。この短いあいだに、趣向を凝らした装いを披露できるのは、物持ちの家に生まれた特権であり、この義理の姉妹にとっては、何よりも心浮き立つ行事でもあった。

「でも残念ね。ご亭主が若い職人となれば、実入りは限られているのでしょ？　着飾るのも、難しくなるわね」

先刻までの覚悟はどこへやら。お楽はさも不服そうに、眉間《みけん》をきゅっと寄せた。

お園を巻き込んだ、もうひとつの思惑も、首尾よくいきそうだ。当人は知ってか知らずか、お楽をうまく焚《た》きつけている。

お楽の衣装道楽は、筋金入りだ。しまり屋の徳兵衛にしてみれば、無駄遣いとしか思えぬだろうが、装いとは自己の表現でもある。

たとえばお園とお楽にも、好みの違いがある。見る目のない者には、ともに派手好きとしか映らないが、お園は既婚でも可愛らしさを損なわず、甘い色をどこかにあしらう。対してお楽は粋を旨として、差し色は赤や黄などはっきりした色を用いる。

たびたびの奢侈禁令で、着物や帯の色柄は地味になる一方だが、転んでもただでは起きぬのが庶民のたくましさだ。俗に「四十八茶《しじゅうはっちゃ》、百鼠《ひゃくねず》」とも称され、茶や鼠色も、微妙な匙《さじ》加減で色彩は無限に広がる。組み合わせの妙や、頭からつま先までの気の配りようで、艶《あで》にも野暮にもなる。

「そうそう、忘れていたわ。実家《さと》から薯蕷饅頭《じょよまんじゅう》が届いたの。いま評判のお店で、とても美味《おい》しいのですって。ご一緒に、いただきましょ」

女中を呼んで、茶と菓子を頼む。若い女中が去ると、ほう、とお園はため息をついた。

「お楽ちゃんもそのうち、ああいう身なりをするようになるのかしら。何だか切ないわ」

「とんでもない！　どうしてあたしが、あんな野暮ったい形《なり》を？」

「だって、所帯をもつって、そういうことでしょ？　夫婦ふたりの暮らしも楽しそうではあるけれど、炊事や掃除、洗濯に至るまで、お楽ちゃんがこなすことになるのでしょ？　赤ん坊を抱えていてはなおさら、身なりなんぞに構っていられないわ」

お園の言いようは痛烈だ。お登勢が何ら、入れ知恵をしたわけではない。嫁の性分なのだ。相手の事情に頓着《とんじゃく》することなく、思ったままを口にする。悪気はないのだが、ないだけに辛辣《しんらつ》だ。

まるで窮鼠《きゅうそ》のように、お楽が懇願した。

「お母さん、女中とか子守りとか、つけてくれるわよね？」

「勘当された娘に、つける謂《いわ》れはありませんよ」

「だって！　とても無理だわ。包丁も箒《ほうき》も洗濯板も、手にしたことすらないのよ」

「暮らしていく上で、おいおい覚えていくしかないでしょう」

「いいえ、そんなことよりも、このあたしが、粗末な身なりに甘んじるなんて、それこそ許せないわ！」

お楽とて、子ができたことで動顛《どうてん》したのだろう。らしくない言動をくり返していたが、ここにきて、気の強い我儘《わがまま》娘の本性が露《あら》わになった。

「単に身を飾るための、道具なぞじゃない。洒落はあたしにとって、これまで生きてきた全てであり、これから生きていくための、なくてはならない甲斐《かい》なのよ！」

着飾るにも、思慮分別が要る。粋と野暮を分けるのは、案外些細《ささい》なことで、櫛《くし》一本で台無しになりかねない。お楽もまた、数限りなく失敗を重ねながら、少しずつ身だしなみの妙を覚えていったのだ。良家の娘として、ひととおりの習い事も修めたが、本気で精進してきたのは、洒落ることだけだった。

失えば、お楽自身が崩れて、灰と化すようなものだ。

「長屋の女房でも、洒落を楽しむことはできますよ。もちろん、贅《ぜい》とは無縁になりますが」

「それは薯蕷饅頭を食べなれたあたしに、駄菓子を頬張れということね」

女中が運んできた饅頭を口に入れ、不機嫌に返す。お腹の子が催促するのか、たちまち三つの饅頭を平らげる。

「お楽、洒落は己自身だと、そう言ったわね?」

ええ、と娘は即座にうなずく。お登勢の表情は常のとおり、皺《しわ》一筋も動かないが、目頭の辺りには、苦しげな影が差していた。

「こんなことを言いたくはないけれど……おまえ自身と赤ん坊、どちらかひとつを諦《あきら》めなければなりませんよ」

すっと、お楽の顔から色が失《う》せた。蠟《ろう》のように白くなり、唇がかすかに震える。

己の腹を見下ろして、かばうように両手で覆った。

「お腹の子が、己より大事だと思わなければ、産むことなぞできません。お産は命懸けですし、子を育《はぐく》むのは、己の生を差し出すことに等しいのですから」

途方に暮れているのだろうか。両手で腹を囲ったまま、お楽はぼんやりと宙に視線を投げる。

やがて唇が動き、声が漏れた。

「月のものが止まってから、ずっと怖かった。秋治さんにも言えなくて……からだがね、少しずつあたしのものじゃなくなるようで、気味が悪くも思えたの」

すでに母であるふたりが、察せられるというように深くうなずいた。

新たな命とは、前触れもなく宿った異物でもある。十月ものあいだ、互いにからだを作り替えながら、母と子は共存する。若い母親が、戸惑うのもあたりまえだ。

「でもね、昨日の晩、初めて思ったの。この子を守ってやらないとって」

喜介が迎えに行き、お楽は手代とともに夜道を急いだ。途中で足がよろけ、転びそうになったとき、咄嗟《とっさ》に腹をかばっていたという。幸い喜介が支えてくれて、大事には至らなかったが、このときに初めて気づいた。

お楽にとっては、いきなりふってわいた災難であり、悩みの種でしかなかった。それが思いの外しっかりと、からだの芯にしがみつき、懸命に訴えている。

「この子を守ってやれるのは、この世でたったひとり、あたしだけなのよ！　放り出すなんて、できないわ！」

お登勢の目許が、思わず弛《ゆる》んだ。着飾って遊ぶことより他に、関心を寄せない娘が、責めを負おうとしている。いまは熱に浮かされていて、色恋と大差ない一時の熱情かもしれないが、それでも娘の成長が好もしかったのだ。

むろん、顔にはちらとも出さず、淡々と娘に問う。

「では、洒落は断じて、錺師のもとに嫁ぐのですね？」

「意地悪ね、お母さん。諦めきれないから、困っているのよ」

「先ほども言ったでしょう。どちらかひとつしか、えらびようがないと」

母娘のあいだで、押し問答が続く。しばしながめていたお園が、口を開いた。

「ひとつ、伺ってもいいかしら？　ややができたことを、この子の父親は知っているの？」

義姉に問われて、お楽が困り顔をする。

「いいえ、まだよ。どんな顔をされるか、少し怖かったし……秋治さんはいい人だけど、子供のこととなると、殿方はとたんに薄情になるもの」

言い得て妙だと、姑と嫁はさっきよりも大きくうなずく。商い一辺倒の徳兵衛なぞ、こうまで我が子に無関心になれるものかと呆《あき》れるほどであり、吉郎兵衛とて多少は父親よりましながら、やはり自分のことに手一杯で、子を構う余裕がない。

「私たちには、嶋屋の内儀としての務めもありますし」

「子守りや女中がいなければ、とても子育てなどできませんわね、お姑さま」

この一点においては、姑と嫁の意見が見事に一致する。

子供をもつ父親ですら、この体たらくだ。ましてやこの世に生まれていない我が子に対しては、愛着はおろか嫌悪する男はいくらでもいる。お楽の迷いももっともだった。

「お相手が知らないのなら、打つ手はいくつもありますわよ、お姑さま」

「まことですか？」

「ええ、まずは中条流《ちゅうじょうりゅう》を頼るのも、ひとつの手ではありますが」

お楽が青ざめて、義姉を見る眼差《まなざ》しが険を帯びる。

中条流は、豊臣秀吉《とよとみひでよし》の家臣であった、中条帯刀《たてわき》を祖とする産科医の一派だが、二百年以上が過ぎたいまでは、中条流といえば堕胎医のことだ。

鬼灯《ほおずき》を用いた堕胎薬を処方し、処置もしてくれる。いまの世では、もっとも負担の少ない方法だが、支払う金子はとんでもなく高額で、庶民にはとても賄えない。

とはいえ他の堕胎法といえば、冬に冷たい水に浸《つ》かる、腹を強く圧する、高い所から飛び降りるなど、いたって危ないやり方ばかりで、首尾よく運ばぬことも多く、何よりも母体への負担が大きい。田舎ではもっぱら、産んだ子の息を塞《ふさ》ぐ間引きが行われていた。

嶋屋の身代なら、中条流に頼むこともできようが、お楽にその気はないようだ。

「わかっているわ、お楽ちゃん。そんな顔しないで」

お園はにっこりと笑みを浮かべたが、口はなおも遠慮がない。

「産まれた子を、里子に出すのはどう？　お腹が目立つあいだは、そうね、湯治場にでも行ったことにして、他所に家を借りてお産を済ませるの。お舅さまにも、隠し果せるでしょ？」

「お義姉さん、面白がってるでしょ！」

「とんでもない。おそらく江戸では、いちばん多いやりようのはずよ」

お登勢とお楽が、顔を見合わせて面食らう。世間知らずのお嬢さまのはずが、どうしてこうも詳しいのか、合点がいかなかったのだ。ふふ、と笑って、お園は種を明かした。

「大店にも、型破りな娘はいくらでもいるのですよ。久賀屋くらいになると、親類縁者の裾野《すその》も広がりますから。お楽ちゃんと似たようなことで、本家に尻《しり》をもち込んできた者は、私が見知っているだけでも四人はいるわ」

何とも豪儀な話である。毒気を抜かれて、半ば感嘆の目をお園に注ぐ。気をとり直し、お登勢は改めて娘の真意をたずねた。

「里子には、出したくないわ。十月十日も一緒にいたら、情が移って離れがたくなりそうだもの」

「でしたら、最後の手を使うしかなさそうね」

お楽がこっくりと唾《つば》を呑《の》み、お登勢にも緊張が走る。

「お義姉さん、きくのが怖いけれど、最後の手ってどういう？」

「縁談よ」

お園は明快にこたえたが、母と娘にはさっぱり呑み込めない。

「お楽ちゃんのために、新たに縁談を仕立てるの」

「でも、この子のお腹にはややが……」

「ええ、お姑さま、もちろんお腹の子も一緒に、縁付いてもらいますわ」

「もしや、子供のことは告げずに、相手をたばかって嫁入りしろということ？」

「いいえ、そうではないわ、お楽ちゃん。ちゃんと先さまに説いた上で、納得ずくでお嫁入りするのよ」

「そんな都合のいい相手が、どこにいるというの？」

「いくらでもいてよ。だって跡継ぎを求める家は、いくらでもあるのだから」

あ、と出そうになった叫びを、お登勢が辛うじて止める。お園の言うとおりだ。

子を授からない妻は、三年を相場に離縁される。中には何度妻を娶《めと》っても、長らく子宝に恵まれない主人もいた。

「養子を迎えるくらいなら、たとえ血が繋がらなくとも、赤ん坊の頃から世話をして、家風に馴《な》染《じ》ませたい。そう考える家もあるわ。実は武家に多いのだけれど、着道楽を通すなら勧められないわね。お武家はどこもお金に窮屈だし、家風も何かと厳しいし」

先ほど話に出た親戚《しんせき》筋の四人のうち、ひとりはお腹の子供とともに武家に嫁いだと、お園が語る。

「大丈夫よ、お楽ちゃん。物持ちの商家にも、跡継ぎを望む家はあるもの。ただ、お相手の歳はどうしても上がってしまうし、色男とはいかないかもしれないわ。それでも久賀屋の広い伝手を頼れば、財に見劣りのない家を見繕ってくれるはずよ」

まことに頼もしく、お園が請け合う。

「どうします、お楽？　お内儀を通して、久賀屋さまにお頼みしますか？」

眉間をすぼめて、お楽はしばし考える。口許をひとたび引きしめて、顔を上げた。

「子供と洒落、どちらも手放さずに済むなら、心を決めるわ。お義姉さん、どうかよろしくお願いします」

殊勝に三つ指をついて、義姉に頭を下げた。

三つ目の縁談は、徳兵衛を蚊帳《かや》の外にして、密《ひそ》かに進められた。

「おい、千代太、妙な奴がいるぞ」

豆堂からの帰り道、勘七がふいに袖を引いた。声を潜めて、耳許でささやく。

「道の右手、細い路地のあいだに男がいたんだ。あいつ、嶋屋を見張っているぞ」

そろりと肩越しにふり返る。嶋屋は道の左手にあるから、お向かいの側だ。向かいの店と、そのとなりの店のあいだに、路地というより細い隙間がある。男はそこにからだを押し込めるようにして、窮屈そうに佇んでいた。

「うちに何か、用事かな?」

「おまえは頭がいいくせに、変に抜けてるな。真っ当な用件なら、正面から訪ねるだろ。後ろめたいことがあるからこそ、こそこそ隠れて窺《うかが》ってんだろうが」

「後ろめたいことって? あの人に確かめてみようか」

「待て待て、迂闊《うかつ》に近づくな。危ない野郎だったらどうする。ひとまず店の者に知らせろ。男手を四、五人かき集めてから、追い払うのが上策だ」

「勘ちゃん……もう、遅いみたい。ひと足先に、なっちゃんが」

「何だと! おい、なつ、そいつに近づくな!」

勘七が、妹に向かって猛然と走り出す。千代太も慌てて追ったが、怖いもの知らずのなつは、男を見上げて声をかける。

「おじちゃん、こんなところに挟まって何してるの? かくれんぼ?」

「……え? ええと……」

「もしかして、挟まって出られないの？　引っ張ってあげようか。なつもね、前にかくれんぼしたとき、樽《たる》に嵌《はま》っちゃって……」

「なつ！　そいつから離れろ！　この野郎、妹に悪さをしたら承知しねえぞ！」

「いや、おれは何も……」

「嶋屋をこそこそ嗅《か》ぎまわってたのは先刻承知だ。このまま番屋にしょっ引いてやる！」

「勘弁してくれ！　おれはただ、お楽さんに……」

「お楽おばさんに、会いにきたの？」

千代太の顔を見て、男ははっと目を見張る。窮屈な隙間からからだを出して、改めて千代太にたずねた。

「坊は、お楽さんの甥《おい》っ子かい？」

「はい、千代太です」

「胡乱《うろん》な奴に、無暗に名を明かすんじゃねえよ」

「まあまあ、勘ちゃん。見たところ、悪い人じゃなさそうだし」

「おまえの目は節穴か！　こんなところに立ちん坊して、嶋屋を覗いてたんだぞ。怪しい以外の何物でもねえよ」

勘七が容赦なくやり込める。男は怒ることはせず、意外にも、素直に詫びた。

「おめえらの言うとおりだ。何とも、みっともねえ真似をした。このとおり詫《わ》びるから、堪忍《かんにん》してくれ」

三人の子供の前で、殊勝に頭を下げる。改めてながめると、顔立ちの整った若者だった。身なりからすると、おそらく職人だろう。

「すぐに去るから、ひとつだけ教えてくれ。お楽さんは、その……達者にしているか？」

実直そうな眼差しを、千代太に向ける。つい正直にこたえていた。

「あんまり……。お楽おばさんは、このところ加減がすぐれなくて。時々、床に就いてることもあって……」

「え！　本当か？　病なのか？　ひどく悪いのか？」

たちまち青ざめて、千代太に具合をただす。大丈夫、すぐに良くなると、祖母からきいた台詞《せりふ》をそのまま伝えたが、不安は拭《ぬぐ》えぬようだ。しつこく何度も、千代太に確かめる。

「たぶん、心配要らないよ。だってお楽おばさんは、もうすぐお嫁に行くんだよ」

時が止まってしまったように、男の顔が固まった。瞬《まばた》きもせず、口をぽっかり開けている。

「おい、大丈夫か？　息してるか？」

男が大きく息を吐く。からだ中の息を出し尽くしたように、ひとまわり萎んで見える。

「そうか、嫁に行くのか……なるほどな、ようやく合点がいった」

とても悲しそうな笑みを浮かべた。千代太は見ていて、ちょっと切なくなった。

「おれにも読めたぞ。お楽さんにふられて、なのに諦めきれなくて、つきまとっていたわけか」

「勘ちゃん、その言い方は……」

「いや、そいつの言うとおりだ。ふいに別れるとの文が届いて、それっきり。どうにも得心ができなくて、こんな情けねえ始末に」

「おじちゃん、泣いてるの？」

涙がこぼれているわけではないが、なつにはそう見えたのだろう。

「泣いてねえよ。嶋屋のお嬢さんと、しがない職人だ。釣り合いが取れねえことは、もとより承知していた。縁付くお相手は、さぞかし立派な方なんだろうな」

「たぶん……申し分のない家だと、坊の母さまが大喜びしていたから」

「そうか、そいつは何よりだ。お楽さんが幸せなら、それでいい」

大人は時々、子供以上にわかりやすい嘘をつく。

「おじさんが来てること、お楽おばさんに伝えましょうか？」

千代太が行儀よくたずねると、男は目許だけで笑い、ゆるりと首を横にふった。

「ありがとう、坊ちゃん。だが、これ以上、野暮な真似はしねえよ。嶋屋《ここ》にも二度と、足を向けねえ。騒がせて、悪かったな」

そのまま行こうとしたが、男はふと足を止めた。懐に手を当てて、わずかに逡巡《しゅんじゅん》する。迷ったあげく、懐から藍《あい》の布包みを出して、千代太に差し出した。千代太の掌《てのひら》に収まるほどの、小さな包みだ。

「坊ちゃん、これを、お楽さんに渡してくれねえか。ささやかだが、おれからの祝儀だ」

頼んだぜ、と告げて、男は板橋宿の方角に去っていった。その姿を見送って、なつがませたことを言う。

「いまのおじちゃん、男前だったねえ。お楽おばちゃんは、どうしてふっちゃったの？」

「男はな、顔より財ってことだよ。何にせよ、案外あっさりと諦めてくれてよかったな」

「よかったのかなあ……」

千代太は布包みを手に載せて、だいぶ小さくなった背中を見詰めた。

「おれたちも帰るよ。じゃあな、また明日」

「うん、色々ありがとう、勘ちゃん。あ、そうだ！　肝心なことを忘れてた。お楽おばさんの縁談ね、本決まりになるまで内緒なんだ……ことにおじいさまには」

「お、そうか。わかった、じさまにも外にも漏らさねえよ」

徳兵衛の気性も、嶋屋の者の気遣いも、勘七はよく承知している。些末には頓着せず、ふたつ返事で請け合った。手を繋いだ兄妹は、背中に夕日を浴びて、板橋宿とは逆の方角に遠ざかる。ひとりになると、急に手の中の包みが、重みを増したように思える。

「ご祝儀って、何だろう？」

中身が気になったが、大人からの預り物を、無暗に覗いてはいけないとの弁えはある。

「ご祝儀って、もしかして、お楽にかい？」

独り言に返事をされて驚いた。ふり向くと、よく見知った顔があった。

千代太の父、吉郎兵衛の弟で、お楽にとっては次兄になる政二郎だった。嶋屋の分家にあたる綿問屋、富久屋に養子に行ったのは、千代太が生まれるより前の話だ。すでに主人として暖簾を継いで、こうしてたまに本家に顔を出す。

「政おじさん、お楽おばさんのこと、知ってたの？」

「ああ、この前、喜介が訪ねてきてね。一切を教えてくれたよ」

手代が伝えた一切の中には、千代太が知らない裏事情も含まれていたが、政二郎はもちろんおくびにも出さず、甥の手の上にあるものに目を留める。

「誰からのご祝儀だい？」

「うん、あのね……」

たとえ子供でも、いや、子供だからこそ、告げていいのか悪いのか、打ち明ける相手をえらぶ分別は身についている。祖父には口止めされているが、何事にも鷹揚《おうよう》なこの叔父《おじ》なら大丈夫だ。

何よりも政二郎は、妹をいたく案じており、お楽もまた、何かと小言が多い長兄よりも、次兄の方が話しやすく頼りにもしている。

父の兄妹の間柄は、千代太にも何となく呑み込めていた。

「なるほど、そういうことか……。えらいぞ、千代太。おまえが賢く立ち回ってくれたおかげで、このご祝儀をいただけたんだ」

叔父に褒められて、心の底から安堵がわいた。受けとってしまったものの、叔母《おば》に渡していいものか、迷いが生じていたからだ。

「おまえさえ良ければ、これは私から、お楽に渡しておこう」

お願いしますと、叔父に預ける。肩の荷が下りたようで、気持ちが軽くなった。

「ただ、やはり中身は気になるね……ちょっと、覗いてみようか」

「いいの？」

「お楽には、私から詫びておくよ」

と、政二郎は小さな包みを受けとって、自分の手の上で布を開いた。

「うわあ、きれいだね！」

蝶《ちょう》の形をした、銀細工だった。千代太が思わず声をあげる。

「お楽に蝶とは、似合いの趣向だ。細工からして、腕前もなかなかだ」

羽を広げた揚羽蝶は、家紋などにもよく見かける。銀色の羽を広げた姿は優美で、細かな羽の模様も美しい。ただ、これが何なのか、千代太にはわからない。

「簪《かんざし》にしては脚がないし……根付？　にしては変な金具だね」と、首を傾げる。

「私もこの手の小間物には、とんと不調法だが……お楽にきけばわかるはずだ」

叔父はにっこり笑って、千代太とともに嶋屋の暖簾をぐぐった。

妹の座敷へ行くまでは、少々暇がかかった。

「政二郎、よく来てくれた！　喜介から大方の話はきいたと思うが、お楽がまた、厄介を起こしてくれてな」

店に入るなり、兄の吉郎兵衛につかまって、小半時ものあいだ主に愚痴をきかされた。

「それでも、良いお相手が見つかって何よりだ。まだ内々に話を進めている最中《さなか》なのだが、お園の話では、先さまも乗り気だそうだ」

「兄さん、縁談の相手というのは、どのようなお方ですか？」

政二郎は、いちばん気になっていたことを、兄にたずねた。手代の喜介は、先方の仔細までは、知らされていなかったからだ。よくぞきいてくれたと言わんばかりに、吉郎兵衛はほくほく顔で、妹の嫁ぎ先を明かした。

「八丁堀《はっちょうぼり》の両替商でな、間口からすると大店とは言えないが、懐はずっしりと重い。さすがは久賀屋だ。両替商のお仲間から、打ってつけのお方を見繕ってくださった」

久賀屋は吉郎兵衛の妻、お園の実家である。両替商の他に、呉服屋と太物屋も併せて営む、掛け値なしの大店だ。お相手もまた、財には文句のつけどころがないが、政二郎の気掛かりは、お楽を娶る主人の人となりであった。心配は無用だと、吉郎兵衛は自信たっぷりに語る。

「ご当代は二年ほど前に、跡取り息子を亡くされてな。息子の死が痛手になったのか、ご妻女も去年先立たれた。さらには誰を跡継ぎに据えるかで、親戚中で揉めている。娘がふたりいるのだが、とっくに他家に嫁いだそうだ」

誰を養子に迎えても、親族内で角が立つ。それならいっそ新妻を娶り、生まれてくる子を跡取りに据えた方が、事は平らかに鎮まるのではないか。

久賀屋はそのように説き、相手の主人も、悪くないと判じたようだ。

「むろん腹の子は、ご主人の実子としてあつかわれる。三月ほどなら、産み月などもごまかせると、お園も太鼓判を押していた」

「ごまかしに太鼓判を押されても……ちなみに、相手のお歳は？」

「五十八になられたと」

「そんなに年寄りなのですか！　うちのお父さんと、四つしか違わない」

「歳のことは、仕方あるまい。お楽もすでに、承知の上だ」

「では、内儀の務めなぞは？　お楽はあのとおり不調法者ですし、奥を回していく才覚もありません。嫁ぎ先で、苦労をする羽目になるのでは？」

「その辺も抜かりはないぞ。頼りになる女中頭がいてな、ご妻女亡き後、奥の差配をすべて、滞りなく仕切っているそうだ。お楽がすることは何もないと、まことに結構なお話だ」

吉郎兵衛はいたって呑気《のんき》だが、かえって頭痛の種が増えたように、政二郎には思える。親戚縁者ばかりでなく、女中頭をはじめとする使用人にとっても、お楽はまさにいきなり飛んできて、横から油揚げを掠《かす》めとる鳶さながらに、盗人猛々《ぬすっとたけだけ》しい女に見えよう。

「お楽はその家に嫁いで、本当に幸せになるのでしょうか？」

「これ以上のご縁がどこにある！　腹の子ごと引き受けてくれるばかりか、血の繋がらないその子に、身代をそっくり渡してくださるという、もったいなくも有難いお話だ」

兄の言うとおりだ。年配の主人なら、歳の離れた妻の我儘も大めに見てくれようし、妹も存分に、洒落や遊山を楽しめよう。もとよりお楽が望んだことだ。

なのに、どうにもしっくりこない。喉の辺りに、呑み込み難い大きな欠片《かけら》が、引っかかってい
るように思えてならない。顚末を告げに来た喜介も、同じ不安を口にした。

「お嬢さまには、お嬢さまらしい生きようを、全うしていただきたい。それが手前の望みです。

このような経緯で良家に嫁いで、この先もそれが叶うのか……どうにも案じられてなりません」

たとえ世間の枠から外れようと謗《そし》られようと、政二郎もまた、妹の奔放を好もしく思っていた。

たぶん政二郎自身が、同様にはみ出しているからだ。常識など二の次で、囚《とら》われる者こそ愚かし
い。枠から逸脱できぬ限り、新たな商売なぞ興せない。

男ならそれが意気地となるが、産む性をもつ女の箍《たが》は、さらに窮屈だ。

「外堀をこうまで埋められては、お楽とて身動きできまい。さて、どうしたものか」

長々しい兄との談議が終わり、座敷を出て独り言《ご》ちた。

「打つ手なしとも思えたが、存外この細工が、逆目の鍵となるかもしれない」

藍の包みを手に、政二郎は妹の部屋に向かった。


「これは……！　兄さん、これをどこで？　誰から？」

今日は少し加減が良いようで、臥《ふ》せってはいなかったが、やはり顔色は芳しくない。食が進ま
ぬようで、目に見えて痩《や》せている。悪阻であることは明白だった。

ただでさえ青白いのに、蝶の細工を見るなり、さらに血の気が引いていく。

店先で、千代太が受けとったと、政二郎は事のしだいを妹に語った。

「誰かは、私も千代太も知らないよ。でも、お楽、おまえは承知しているのだろう？」

藍の布ごと、兄の手から細工を受けとる。指先も唇も、震えていた。

「お腹の子の、父親かい？」

こたえる声は、嗚咽《おえつ》にかき消えた。細工を両手で胸に押しつけて、涙をこぼす。

「……ごめんなさい、秋治さん……ごめんなさい……！」

ききたいことも確かめたいことも、山ほどある。それでも妹の悲嘆が収まるまで、政二郎は辛抱強く待った。下手な慰めをかけるつもりもなく、好きなだけ泣かせてやるのがいちばんだ。縁に出てしばし庭をながめ、嗚咽が間遠になった頃、政二郎は座敷に戻った。

「その細工について、ききたいのだが」

「秋治さんのことじゃないの？」

「職人の人となりは、喜介からきいているよ。人柄も仕事ぶりも、間違いのない男だとな」

「そうなの……とってもいい人なのよ」

泣き腫《は》らした目が、庭に向けられる。四方を座敷に囲まれた坪庭だが、縁先に黄色い花が咲いていた。晩秋の今頃に花をつける、石蕗《つわぶき》だった。

石蕗は、妹を思わせる。鮮やかな黄色は、ぱっと人目を引く。花は派手だが、艶があるのは蕗に似た葉の方であり、「つやぶき」からいつしか「つわぶき」に転じた。

石の蕗との名も、妹に似つかわしい。我を通す強情は、石のごとく硬い。

「もう一度、細工を見せてくれないか？」

ともにながめていた石蕗から目を逸《そ》らし、妹に乞う。胸に抱いていた細工を、お楽は兄に差し出した。藍の布からつまみ上げ、裏に返す。

「これがいったい何なのか、見当がつかなくてな。金具からすると、留め金とわかる。こうして外すと……このとおり、表と裏のふたつに割れるからな」

蝶の細工の裏には金具がついていて、縦に割ると、片方に穴が、もう片方に突起がある。これをぱちりと嵌《は》めれば、表裏が一体となる。そして表の右側と、裏の左側に、同じ形の手がついている。簞笥《たんす》の取っ手をうんと小さくしたような、楕円《だえん》の輪っかであり、おそらくは紐を通すための金具であろう。そこまではどうにか察しがつくが、肝心の正体が、さっぱり摑《つか》めない。

「ああ、これはね、帯留よ」と、お楽はさらりとこたえる。

「帯留？　帯を留める道具か？　初めてきくな」

「世間ではあまり、知られてないから。小間物屋の主人の話だと、出始めたのはたぶん、文化《ぶんか》の終わり頃だろうって」

勘定すると、十年から十五年前といったところか。たしかに道具としても新しいが、広まらないのには、別の理由があった。

「帯留はね、お年寄りのための道具なのよ。ほら、歳をとると、帯を締めるのも億劫《おっくう》になるでしょ。手間をかけず、容易に締めるために作られたの」

「これでどうやって、帯を締めるんだ？」

「両側の手に紐を通して、帯の上から結ぶだけよ。みっともないからって、上衣《うわぎぬ》を羽織って隠したり、目立たぬように紐を帯と同じ色にして、留め具も地味に作ったり。どのみち好んで使う人は少ないわ」

母のお登勢にも勧めてみたが、帯も締められぬほど衰えているのかと、侮られるのも癪《しゃく》の種になる。丁重に断られたと、お楽が明かす。

「世間に広まらないのは、何よりも野暮ったいからよ。年寄りくさい無難な細工ばかりで、ちっとも垢抜《あかぬ》けないの」

「ご年配のための道具なら、それも仕方がないさ」

「そもそもそこが、間違っているのよ。帯締めが、若妻や娘のあいだで流行り出しているのよ。帯締めに金具をつけた帯留が、流行らぬ道理がないわ！」

小さな雷が、政二郎の背中を駆け抜けた。お楽の言うとおりだ。紐の色柄に、留め具の艶が加わるのだ。若い女たちを惹きつける一品と、なり得るはずだ。

新奇な商売は、いつだって政二郎を夢中にさせる。いますぐ喜介を呼んで、あれこれと相談したい衝動に駆られた。どうにか堪《こら》えたのは、お楽の表情が変わったからだ。

「前にね、秋治さんにさんざんこぼしたの。どうして帯留の細工は、こんなに野暮なのかって。もっと粋で艶《あで》やかな意匠なら、あたしも締めてみたいのにって」

兄の手から、ふたたび細工を受けとって、ふっとため息をつく。

「だったら、おれが拵《こしら》えてやるって。あたしに似合いの意匠で、留め具を作ってくれるって……秋治さん、覚えていてくれたのね」

赤い目許に、また、涙がにじむ。表情には、思いの深さが透けていた。

ふたりは互いに思い合っている。ならば添わせる方途はないものか。最大の難敵は徳兵衛だ。隠居とはいえ父が認めねば、妹は嶋屋を追い出される。嶋屋との縁を切らせることなく、お楽と秋治を一緒にさせるには――。

「お楽、おまえ、商いを興してみないか？」

頭で考えるより先に、口を衝《つ》いていた。だが言葉にすると、それしかないと思えてくる。お楽は怪訝な視線を、兄に向けた。

「兄さん、冗談のつもり？　お金の話なら、あたしはもっぱら使うことしかできないわ」

「だが、秋治と一緒ならどうだ？」

語るごとに、策が立ち上がってくるようで、弾みがついた。

「商い物は、帯留だ。おまえが欲しいと思う帯留を、秋治が作るんだ。おまえなら、小間物屋にも顔が利く。置いてくれそうな店を見繕って、主人に掛け合うんだ」

「無理よ。値の取り決めすら、あたしにはできないわ」

「値のつけ所や、相談の段取りなぞは、私や喜介が当座のあいだ助けてやる。だが、あくまでもこの商いは、秋治とおまえのものだ」

秋治の細工の腕は、申し分ない。年季を終えた職人なら、材の仕入れや勘定についても、備わっているはずだ。そしてお楽には、店との伝手と、何よりも長年の洒落で培った感性がある。

新規の商いには、見極めが不可欠だ。世間の流行は、時代によって築かれる大きな川に等しい。ただ流されていては、溺《おぼ》れるのが関の山。川の流れと行先を見定めて、途中に支流を引いたり、橋を架けたり、あるいはまったく別の場所に、水源を掘り出すところから始める者もいる。

たとえれば帯留商いは、河原で拾った小石を、磨き上げるようなものか。

つまらぬものだと、世人が見向きもしなかった石ころを、お楽は拾い上げた。貴石にするには、秋治の技と、そしてお楽の感性が要る。女が何に惹かれ、目移りするか、お楽は熟知し、その先頭を走ろうとする。

「むろん、どんな商いにも言えることだが、最初の辛抱はついてまわる。それぱかりは覚悟がいるぞ。二年や三年はあたりまえ、五年、十年を経ても、実を結ばぬことすらある」

この妹に辛抱を説くなぞ、犬に論語《ろんご》、牛に経文だ。それを承知で食い下がった。

「それでもな、うまくいかないときこそ、商売は楽しい。客の声をきき、考えをめぐらせ、悩みながら工夫を重ねる。私にとっては、それが商いの醍醐味なんだ」

「だったら、いっそ兄さんが始めてはどう？　その方が、よほど上手《うま》くいくわ」

「いや、正直、やりたくてむずむずするがね。今度ばかりは、おまえに譲るよ。いわば私からの祝儀だ」

お楽は未だ、本気にできぬ風情だ。矛先を転じて、つついてみた。

「両替商との縁談が、進んでいるそうだが……おまえはすでに、悔いているのじゃないか？」

表情がにわかにこわばり、きゅっと拳をにぎる。

「そんなこと……申し分のない縁談だもの……」

「申し分がないからこそ、困っているのだろう？　戻りたくて仕方がないのに、義姉さんの実家にまで話はおよんでいる。いまさら引き返したいとは言い出せず、進退窮まっている」

お楽は目を閉じて、唇を噛む。どうやら的を射たようだ。

「ちゃんと目を開けるんだ、お楽。おまえを引き戻そうとしているのは、何だ？　それこそが、おまえの本音じゃないのか？」

形を確かめようとするように、お楽はしばしのあいだ、塑像のように動かなかった。やがて唇のあいだから、かすかな声が漏れた。

「……と一緒に、この子を……」

「きこえないよ」

意地悪く促すと、もちまえの気強さが表に立ち、きっと顔を上げた。

「あたしは、秋治さんと一緒になって、ややを産みたい！　秋治さんと一緒に、この子を育てたい！　だってこの子は、秋治さんの子だもの。きっとあの人も、喜んでくれたのに……」

声が途切れ、ぼろぼろと大粒の涙をこぼす。

「なのにあたしは、その幸先《さいさき》を己で摘んでしまった……しがない職人と所帯をもつことが怖くて、着道楽をやめねばならないのが惨めで……でも、でも、いざ縁談が進むと辛《つら》くて……秋治さんが恋しくてならなくて！」

畳に突っ伏して、盛大に泣き声をあげる。まるで子供の頃に、戻ったようだ。好きな着物や櫛を、父に阻まれるたびに、こんなふうに大泣きしていた。

「大きな声ね。家中に筒抜けですよ」

「お母さん……」

廊下に、お登勢が立っていた。座敷に上がり、次男の横に腰を下ろす。

「縁談は、御破算にするしかないようですね」

「いまから、間に合いますか？　義姉さんの実家にも、厄介をかけますし」

「久賀屋さんには、申し訳が立ちませんね。よくよくお詫びするよりほかに、ないでしょう」

「詫びを入れるのは主人の務めですから、兄さんには気の毒ですね」

と、政二郎が苦笑する。お登勢は泣きじゃくる娘をながめて、ふっと微笑んだ。

「それでも、娘の幸せには代えられませんからね」

縁先の黄色い花が、泣き声に驚いたように、大きく揺れた。

三　商売気質

「おじいさま、会ってほしい人がいるの」

千代太に切り出されたとき、徳兵衛の背中がぞわりと粟立《あわだ》った。

「まさか、またどこぞで誰かを、拾うてきたわけではあるまいな？」

「拾ったんじゃなく、出会ったんだよ。二十日くらい前だったかな、嶋屋の店先で」

思わず額に手を当てて、天井を仰いだ。困っている者を見過ごせないのは、孫の性分だ。

他人への優しさは長所のはずだが、相手の困り事をそのまま引き受けようとするのは、徳兵衛に言わせれば悪癖だ。小さなその身では捌《さば》ききれず、結局、尻拭《しりぬぐ》いをさせられるのは徳兵衛である。

「そうほいほいと、厄介事を拾うでない。これ以上はご免だと、口を酸っぱくして言うたであろうが」

「厄介事じゃなく、新しい商いの話だよ」

「なに？　商いだと？」

徳兵衛の目が、ちかりと瞬く。商いときくと、まるで鼠を見つけた猫の髭《ひげ》のように、徳兵衛の内の商売根性がぴんと立つ。同時に、疑いもまた頭をもたげる。

「よもや、押し売りのたぐいではなかろうな？　よけいな物は、一切買わんぞ」

「売りたいんじゃなく、買いたいんだって」

「買うとは、何を？」

「五十六屋の組紐《くみひも》だよ。勘ちゃんのお母さんが拵《こしら》える、紐が欲しいんだって」

「角切紐《すみきり》のことか？　あれはあいにく、卸先が決まっておってな。おいそれとは……」

「そうじゃなくて……うーんと、何て言ったっけ」

九歳の子供には、説明し難いようだ。埒《らち》が明かず、徳兵衛の方が根負けした。

「わかったわかった。会うだけ会うてやるから、ここへ通しなさい」

「わ、ほんと？　ありがとう、おじいさま！」

いかにも嬉《うれ》しそうに笑み崩れ、釣られて苦笑が漏れる。我ながら孫に甘いと自嘲《じちょう》がわいた。千代太は廊下から戸口に戻り、ひとりの若い男を伴ってきた。

整った顔立ちだが、ひどく緊張しているのか面相が硬い。

「お初にお目にかかります。本日はふいの訪《おとな》いにもかかわらず、お目通りがかないましたこと、まことにありがとう存じます」

秋治と名乗った錺師《かざりし》は、深々と頭を下げて、長々しく挨拶《あいさつ》する。

職人に多い伝法な口調ではなく、言葉遣いは行き届いていた。やすではなく、ますと述べる。まずそこに、好感をもった。挨拶を端折《はしょ》ることもなく、すこぶる礼儀正しい。

むろん、これが次男と妻の入れ知恵だとは、徳兵衛は知る由もない。

「挨拶は、長ければ長いほどいい。向こうがさえぎるくらいでちょうどいい」

「口ぶりだけは、くれぐれもていねいに。できれば商人風の物言いを心掛ければ、なおよろしいですね」

助言の甲斐《かい》あって、徳兵衛は挨拶を止《とど》めて、用件に入るよう促した。それを汐《しお》に、千代太は行儀よく、座敷を出ていった。

「まずはこちらを、ご吟味ください」

三つの小さな藍《あい》の包みを出して、それぞれを開いて畳に並べた。

ほお、と予期せず声がもれる。

亀に花、千鳥に小槌《こづち》、瓢箪《ひょうたん》に雲。取り合わせが少々妙ながら、いずれも美しい錺細工だった。

しげしげとながめて、首を傾げる。

「しかし、これは何だ？」

「帯留という道具です。市中にはまだ、あまり出回っていませんが」

細工は縦にふたつに割れて、両脇の手に紐を通して帯を締める。職人に説かれて、徳兵衛も細工を手にとった。銀細工なぞとんと縁がないが、拵えが巧みで、きれいな仕上がりであることは、徳兵衛にもわかる。

「細工は、おまえさんが？」

「さようです。この帯留のための組紐を、五十六屋さんにお願いしたいと、本日は参上しました」

なるほど、とひとまずは呑み込めたものの、疑問は残る。

「何故、わざわざ五十六屋《うちの》に？　組紐なら、他にも商い店は多かろう」

「あっしの手彫りですから、この世にひとつっきりの錺です。意匠に合わせて、紐もそれぞれあつらえたく。錺が引き立つよう模様は抑えて、代わりに色は鮮やかに仕立てたい」

耳を傾けながらも、徳兵衛は相手を、品以上にじっくりと吟味した。

いい目をしている。真っ直ぐで熱心で、不器用なほどに混じり気がない。着物は質素ながら、髷《まげ》や爪の手入れは行き届き、すっきりとした居住まいだ。

商売とは、所詮《しょせん》は人だ。どんなに旨味《うまみ》のある話であろうとも、相手が信用できなければ取引はできない。ことに徳兵衛は、相手の見極めこそが商いの要《かなめ》だと、肝に銘じていた。

「艶《あで》な紐なら、五十六屋さんがいちばんだと伺って、嶋屋さんに顔繋《かおつな》ぎをお願いしたしだいです」

主人の吉郎兵衛が承知して、ちょうど手習いから戻り、隠居家に向かう折であった千代太に案内を請うた——これは決して嘘ではない。

ただし嶋屋の者たちが、微に入り細を穿《うが》つようにして、綿密に立てた企てである。そして、ちょっぴり噛《か》んでいる千代太には、経緯をかなり端折って伝えられた。

「うわあ、お楽おばさんは、あの職人さんと一緒になるの？」

「ええ、少々行き違いがあったのですが、そのように収まりましてね」

「嬉しいなあ。前に会ったときにね、千代太も思ったんだ。お楽おばさんと、お似合いなのにって」

大喜びではしゃぐ孫に、お登勢は言った。

「あとはご隠居さまが許してくだされば、ですけどね。そのために、千代太にも一役買ってほしいのです」

「はい、おばあさま！」

何事にも周到なお登勢と、策に長《た》けた次男の政二郎が画した目論見《もくろみ》だ。どこにも隙はなく、まず先触れ役を務めたのは、この家の女中のおわさと、息子の善三である。

徳兵衛は短気なだけに、気分にむらがある。主人の機嫌をとっくりと見定めて、おわさは今朝、嶋屋に息子を走らせた。

「昨晩はめずらしく、環屋《たまきや》の旦那《だんな》が訪ねてきて、たいそう楽しそうに話し込んでらした。おかげで今朝はすこぶるご機嫌だと、大内儀に伝えておくれ」

母親に似ず無口な息子は、わかったと承知して、すぐに巣鴨町へと走った。環屋とは、嶋屋のとなりの仏具問屋である。商売抜きの人づき合いが苦手な徳兵衛だが、温厚で信心深い環屋の主人とは、存外親しく口をきく。この環屋の来訪もまた、お登勢の仕込みである。

「鄙《ひな》びた隠居家ですが、紅葉《もみじ》ばかりは見事でしてね。よろしければ、一度お運びくださいまし。徳兵衛も、心待ちにしております」

さりげなく、誘い文句をかけておいた。むろん、環屋の主人は何も知らない。言葉どおりに受けとめて、十月が十日ばかり過ぎた昨日、王子権現の名物たる玉子焼きを携えて、隠居家を訪ねてきた。

まるで丹念に張られた蜘蛛《くも》の巣である。政二郎が太い糸で輪郭を形作り、お登勢が細糸でていねいに隙間を埋める。その見事な蜘蛛の巣に、徳兵衛はすでに片足を乗せていた。

帯留細工を手に、身を乗り出して秋治に説く。

「手の寸法からすると、通るのは細身の平紐となる。丸台なら平源氏《ひらげんじ》組がよかろうが、高台なら、より肉の薄い組みも叶《かな》う。来春には高台を入れるつもりでな、職人もいるから、試しに何本か作らせてもよいが」

「本当ですかい？　そいつはかっちけねえ……いえ、たいそう有難いお話です。試しとはいえ、ご造作をかけますから、もちろん代金はきっちりお払いします。ちなみに紐のお代としては……このくらいの値で見当してまして」

懐から小さな算盤《そろばん》を出して珠《たま》を置き、徳兵衛に見せる。あらかじめ相場を調べて弾《はじ》いた額だろう。組紐の仕入値としてはまずまずだが、肝心のところを見落としている。

「細い平紐なら、糸代はさほどかからない。もう少し、安く済みそうに思うが」

畳に置かれた算盤に手を伸ばし、珠を置き換えた。

少しびっくりした顔で、職人が徳兵衛を見詰める。その輪郭がゆっくりと解《ほど》け、いかにも嬉しそうな笑顔になる。

「ご隠居さまは、正直なお方ですね。黙ってこの値を受ければ儲《もう》けになるでしょうに、わざわざ下げようとなさるとは」

「利や儲けにばかり走っても、長続きはせぬわ。互いに相談を重ね、見極めて得心した値《あたい》こそが、それこそ値打となる」

偉そうに講釈したが、実を言えば物の値段というものは、決して一律ではない。需要《もとめ》と供給《はいぶん》、品の量、運ぶ手間暇、相手の懐や急ぎ具合。値の交渉を疎《おろそ》かにすれば高値で引きとる羽目になり、あまりしつこく値下げを乞《こ》うのも疎まれる。

ただ、この職人とは、外連《けれん》のないまっとうな商いがしたい。長くつき合っていきたい相手だと、徳兵衛には思えたのだ。

「お心遣い、痛み入ります。ですが、元値のままで構いません。糸をうんと奢《おご》るつもりでおりますから」

手仕事故、そう多くは作れない。この三つを仕上げるのに、二十日近くかかったと職人が説く。数が限られる代わりに、細工も紐も凝った拵えにして値を上げたい。

「ということは、客は物持ちの女子《おなご》に絞るということか。卸や小売の先は、目途が立っておるのか?」

「いいえ、これからでさ。まずは帯留として、立派な品に仕立てねばなりませんから」

ふと、長門屋佳右衛門の顔が浮かんだ。長門屋は組紐問屋だが、上野池之端で小間物店も開いている。目新しい物が好きな佳右衛門なら、喜んで品を引き受けそうにも思えたが、かろうじて留《とど》まった。いまは角切紐の懸案を片づけるために、佳右衛門は奔走しているはずだ。時期がよろしくないと、徳兵衛らしい用心が先立った。

ひとまず三つの細工に合わせて、試しの紐を三本作ることで話がついた。用意のいいことに、職人は前金を置いていくという。固辞しようとしたが、相手の方が譲らなかった。

「ご隠居さまにとって、あっしはまだ、どこの馬の骨ともわからない職人に過ぎません。せめてもの身の証《あか》しとして、収めてくださいまし」

「この金が、身の証しか……」

職人らしくないが、文句は気に入った。律義者であることも伝わってくる。

「これから長のおつき合いを、どうぞよろしくお願いします」

「いや、こちらこそよしなに」

職人の挨拶に、二重の意味が含まれていたとは、徳兵衛は夢にも思わなかった。

「めずらしいな、どういう風の吹き回しだ?」

職人が帰っていくと、まもなく豆堂に通う子供らの喧騒《けんそう》が響いてきた。慣れもあるが、お登勢が師匠についてから、やんちゃな子供らも多少は落ち着いたようにも感ずる。

おわさの淹《い》れた番茶で一服していると、また来客があった。

「なあに、きょとんとして。せっかく娘が訪ねてきたのだから、少しは嬉しそうにしてちょうだいな」

末娘のお楽である。田舎にも父の暮らしにも、まったく関心を寄せず、用がない限り滅多に足を向けない。ただ、徳兵衛も娘のことで、少々気掛かりがあった。

「この前会うた折、顔色がよくなかったが……からだに障りでもなかろうな?」

「え? ええ、もちろん……この前って、長門屋さんから縁談をいただいたときね」

徳兵衛が娘に見合話を伝えたのは、かれこれひと月ほど前になる。お楽の頬が、ひくりとしたが、上塗りするように笑顔を向けた。

「ちょうど秋から冬になった頃合で、いっとき調子を崩しただけよ。ほら、いまは見てのとおり、すっかり達者でしょ」

「たしかに……いや、むしろ少し太ったか?」

「まあ、お父さんたら! いくら娘でも、女子には禁句よ」

むくれた顔で、幼い頃を思い出した。父の前では、常に不機嫌な子供だった。初めて授かった女児だけに、徳兵衛なりに大事に育《はぐく》んだつもりだが、むしろそれが裏目に出た。口ばかりうるさくて、そのくせ娘の欲しい物には無頓着《むとんじゃく》だ。

徳兵衛には娘の考えがまったく呑み込めず、血の繫《つな》がった親子であることが不思議なほどだ。長男や次男も、やはり似ているとは言い難いが、商いの話題なら多少は通じ合える。お楽にはそのとっかかりがひとつもなく、まるで逆に向かう舟に乗ってでもいるように、娘との間合いはどんどん開いていき、いまや姿形すらおぼろげに映る。

それでも、娘はやはり娘だ。人並みな親としての情はある。

「今年の冬は、ひときわ寒いからな。からだだけは厭《いと》えよ」

ちょっとびっくりした顔で、娘が父を見詰める。何か言いたそうに口を開けたが、躊躇《ためら》った後にまた閉ざした。そしてふたたび上塗りの笑みを向ける。

「お父さんも、からだは大事にしてね。もう歳なんだから」

「ふん、歳はよけいだ」

一瞬満ちた、気詰まりな空気が払われて、徳兵衛はほっとした。

男親のものぐさが、なせる業である。

娘には何事か、気掛かりがある。察すれば、母親ならまず声をかける。話すだけでも楽になれようし、娘の肩の荷を共に担おうと傍に寄りそう。

大方の父親は、この手の面倒事を嫌う。少なくとも、仕事より熱心に向き合わず、母親に丸投げした挙句、ひとたび事が起これば妻のせいにする。

人の情緒ほど、面倒な代物はない。避けて通る方が、よほど楽に過ごせる。

ただしそのつけは、老いてから訪れる。仕事や肩書を取っ払ってみると、慮《おもんぱか》りに欠けた、偏屈な年寄りと化している。まわりには誰も寄りつかず、寄せつけず、寂しい老後に至るのも必然だ。

ほかならぬ、徳兵衛自身がそうだった。千代太や子供たちがいなければ、女中より他に話し相手のいない、うらぶれた隠居になっていたに違いない。この一年半ほどは、それを学んだ年月だった。

とはいえ、身内となれば気恥ずかしさが先に立つ。見て見ぬふりで、話を転じた。

「で、今日は何だ？　用がなければ、おまえはこの家に足を向けまいて」

「ずいぶんな言いようね。でも、まあ、そのとおりなのだけど。正月のための帯締めをあつらえたくて、職人頭と相談に来たのよ。たしか、おはつだったかしら？」

「はつではなく、おはちだ。まったくおまえは、いい加減だな」

「名なぞどうでもいいわ。高く買っているのは、紐の趣向だもの。せっかくだから正月だけでなく、一月から三月まで、それぞれ月ごとに三本欲しいわね」

「三本は多かろう、二本にしておきなさい」

いつもの文句が口を衝いたが、その拍子に、先ほどの細工を思い出した。組場に行こうとする娘を引き止める。

「待ちなさい、おはちはここに呼ぶから、行かずともよいわ」

「いやよ、お父さんの前で注文しても、楽しくないわ。どうせけちをつけるでしょうから」

「そうではない。おはちには、別の相談があってな。できれば、おまえの考えもききたい。まずは……これを見てくれんか」

先ほど職人が置いていった細工を、畳に並べた。娘の視線が、吸いつくように釘付《くぎづ》けになり、大きく息を吐いた。

「……見事だわ」

銀細工が放つ光を受けたかのように、お楽の瞳《ひとみ》はいつになく輝いていた。

決して、芝居ではない。意匠を創したのは外ならぬお楽だが、形に成して彫り上げたのは秋治だ。今日このときまで、仕上がりを見せなかったのは、次兄の差し金である。お楽は世辞にも芝居が上手《うま》いとは言えず、父の目を欺くための布石だった。

頭の中に描いた意匠を、大きく凌駕《りょうが》する出来だった。その驚きは、何にも代えがたい。

秋治とは、あれから一度だけ会った。一切を打ち明け、事の成り行きを説いた。秋治は思う以上に喜んでくれて、帯留を手掛けることも承知した。

「模様の取り合わせが、少々妙にも思えるが……」

「あら、そこがいいのよ。ありきたりな趣向より、よほど面白いわ」

亀に花、千鳥に小槌、瓢箪に雲。お楽が意匠を伝えたときは、秋治も意外そうな顔をした。それでも筆をとり、お楽の言うままに下絵を引いた。小さな道具に仕立てるには、やはり無理があり、互いに案を講じながら、さまざまに工夫した。

――お楽、おまえ、商いを興してみないか？

次兄から告げられたときは、明け方の夢ほど現実味がなかったが、秋治と語り合いながら、帯留の意匠を紙の上に立ち上げたひと時は、これまでに感じたことのない張りと充足を、お楽にもたらした。

秋治と一緒に、帯留商いで身を立てよう――。そのためには、父の許しと助力が要る。苦手な芝居とて、やり果《おお》せてみせる。

「お父さん、この帯留をどこで？」

「ほう、さすがだな。帯留と知っておったか。先ほど、錺職人が訪ねてきてな。この細工につける組紐を、注文していった」

「職人てどんな人？　住まいはどこ？」

「きいてどうする」

「もちろん、品の注文に行くのよ。こんな帯留なら、何としても手に入れたいわ」

またか、と徳兵衛の口からため息がもれる。おはちの組紐を求めたときも、同じ執着を見せていた。

「名は秋治と言ってな、板橋宿平尾《ひらお》町の弥次兵衛《やじべえ》長屋ときいておるが」

「板橋宿の、弥次兵衛長屋ね、わかったわ」

その場所に、足繁く通っていたことなどおくびにも出さず、お楽はうなずく。

「まあ、そう急《せ》くでない。試しの紐ができしだい、取りに来ると言うておったからな」

「試しの紐は、いつ仕上がるの？」

「そうさなあ、榎吉の都合によるからの、まだ何とも。榎吉というのは、おはちの亭主でな、高台をあつかえる。来春から、うちで雇うつもりなのだが……」

「来春までなんて、とても待てないわ。明日にでも、お義姉《ねえ》さんを誘って、その錺師に注文に行くわ」

せっかちに過ぎるが、これもまたいつものことだ。好きにしろ、と娘に告げた。

それよりも、徳兵衛には、娘に確かめたいことがある。

「お楽、ひとつきくが、帯留とやらは、この先、売れると思うか？」

「ええ、この帯留ならね」

徳兵衛にとっては、初めて目にする代物だ。海の物とも山の物ともつかないが、こと身を飾る品については、娘は一家言もっており、あながち的は外れていないと承知している。娘が説く帯留の仔細《しさい》にも、身を入れてきき入った。

ついでに紐の色目や仕立てを、職人頭のおはちと相談する折にも同席させた。

「細工を引き立てるなら、やはり色は単《ひとえ》にした方が、よろしいかもしれませんね」

「端に濃い色を通してはどう？　見映えが締まると思うの」

「白と黒の矢絣《やがすり》なら、銀の色を邪魔しないかもしれません」

「あら、面白いわね！　瓢箪に雲なら、馴染《なじ》みそうだわ」

徳兵衛を脇に置き去りにして、女ふたりで相談が弾む。お楽は紐を、単なる添え物ではなく、細工の意匠を完成させるための背景や色彩と捉《とら》えた。その点だけはいたく感心したが、それにしても話が長い。

やがて豆堂の指南が終わると、千代太がやってきた。

「おじいさま、勘ちゃんと瓢ちゃんがね、千代太屋の相談に乗ってほしいって。いまはお忙しい？」

「おお、そうかそうか。いや、構わんぞ。向こうで話をきくとするか」

これ幸いと腰を上げ、孫とともに座敷を出た。

三組の紐を手に、おはちの亭主の榎吉が訪ねてきたのは、暦が替わった霜月朔日《ついたち》のことだった。


「なんと、それぞれ二本、対の仕立てにしたのか」

「へい、女房がえらく入れ込みやして。つき合う羽目になりやして」

口ではこぼしながらも、顔が素直に笑みくずれる。思えば、夫婦が元の鞘《さや》に収まって、初めて共に仕上げた組紐だ。おはちが頭に描いた意匠を、榎吉は確かな技で形にする。存外なほどに手《て》応《ごた》えがあったと、亭主の顔に書いてある。

「まずそれぞれの留め具に、ひと色のみで拵えて、対の品として、色や趣きを変えて組んでみやした」

「同じ道具で、ふたとおり使えるというわけか。商いにおいても、上手い工夫だ」

亀に花には、愛らしい桜色。千鳥に小槌には、金の色を想起させる山吹色。そして瓢箪に雲の細工には、空の色を思わせる清々《すがすが》しい水色が、ひと色紐として使われていた。

そして対の紐には、まったく逆の風情がある。

亀の甲羅を思わせる渋い茶に、千鳥が飛びかう海の色と見える深い藍。それぞれ細工を邪魔しないよう、真ん中に一本、あるいは上下に二本、細い線を入れてある。瓢箪に雲は、過日おはちが案じたとおり、白黒の矢絣に仕上がっている。

洒落《しゃれ》なぞまったく縁のない徳兵衛ですら、思わず唸《うな》るほどに粋な仕立てだった。

その場で錺師から預かった手間賃を渡し、吝嗇《りんしょく》を美徳と考える徳兵衛にはめずらしく、さらに酒手を弾んだ。

「おまえさんの腕を、とっくりと見せてもらった。来春から、働いてもらうのが楽しみだ」

徳兵衛の褒め文句は、酒手以上に効いたのか。榎吉の目尻が、嬉しそうに垂れ下がった。

そして錺師のときと同様に、組紐師と入れ違いに珍客が訪れた。次男の政二郎である。

「お父さん、これは？」

挨拶も早々に、畳に広げたままの細工と紐に目を落とす。帯留というものだと、娘からの受け売りの仔細を披露する。

「その帯留とやらの商いを、これから始めるおつもりですか？」

「いや、あくまで錺職人から紐を頼まれただけだ。わしとしては、関わるつもりは……」

「では、ぜひ私にやらせてください！」

常に利と理が勝った次男にはめずらしく、興奮気味に徳兵衛に乞う。

「道具としては手軽でありながら、格が高く美しい。これは売れますよ、お父さん！　うんと値を奢っても、すぐに買い手がつくはずです」

「おまえがそこまで言うとは……」

次男の商才は、徳兵衛も認めている。政二郎が語る商い談議を、真剣に拝聴する。

「まずは物持ちの商家に売り込むのが上策でしょうが、私ならそうですね、狙いをお武家に絞ります。お大名やご大身の旗本、そのご息女や若いお女中が狙い目です」

「武家だと？」

徳兵衛のこめかみが、ぴくりとした。武家ときいて、つい食指が動いたのだ。

「ご息女というたが、帯留はもとより年寄り向きの品なのだぞ」

「古今東西、流行《はや》りは常に、若い娘から生まれます。役者や太夫《たゆう》の真似をして、素早く装いにとり入れる。機に乗じる敏こそが、流行りの肝であり、年寄りには真似のできない芸当ですよ」

「しかし、何故わざわざ武家なのだ？　流行りの大本となるのは、おまえが言うたとおり役者や太夫、つまりは芝居町や吉原《よしわら》ではないのか？」

「役者や太夫には、少々品が良過ぎます。もっと派手に目立つ品が好まれますから。……待てよ、銀細工ではなしに金や螺鈿《らでん》なら……いやいや、遠目で捉えるには、やはり細工が小さ過ぎる。舞台や花魁《おいらん》道中に使うには、やはり向かないか」

「政二郎、話が逸《そ》れておるぞ。どうして武家なのだ？」

「ああ、すみません。上品で小ぶりな道具は、武家にこそ合うのではと。最初にとびつくのは姫さまやお女中だとしても、ほどなく贈り物として、奥方やご隠居にまで広まりましょう」

「なるほど、贈り物か」

「はい、この細工は、贈り物としても気が利いています。こちらは帯留としてではなく、紐を外して銀細工のみとするのが良いでしょう。たとえ身につけずとも、邪魔にはなりません」

さすがは政二郎だ。こと商いにおいては、たちまちのうちに確かな絵図を描く才がある。

「というわけで、お父さん。ぜひ、この細工を拵えた錺師に、顔繋ぎをお願いします」

「いや、それはできん。少なくとも、しばし待ちなさい」

「どうしてですか！　商売の機というものは、そのまま運に繋がるのですよ。逃せば悔いることになりかねない」

「実はな、わしも帯留とやらに、少々興がわいてな」

政二郎の瞳が、底光りした。用心深い徳兵衛だけに、即座に食いつくことはしないが、釣針のついた餌が気になってならないようだ。ここぞとばかりに、針を揺らす。

「五十六屋は、小売はしないはず。もしや角切紐に関わっている、長門屋や柏屋ですか？」

「まだ卸先に当てがないと申していたからな、秋治とかいう職人が望むなら、話を通してみても悪くはなかろうて」

「お父さんが、どうしてそこまで？　一度会っただけの、職人に過ぎないというのに」

「むろん、細工の見事もあるのだが……まあ、決め手は人となりに尽きる。あれは見るからに律義者だ。せっかく組紐を通して縁ができたのだ、良いつき合いができそうに思えてな」

我ながら、らしくないことを語っているが、政二郎は意外にも、深い笑みを返した。

「お父さんは、本当に変わりましたね。お気持ちはきっと、その職人にも伝わりましょう」

「これ、茶化すでない」

褒め文句は、慣れていない。次男の口を通すと、なおさらだ。

「お父さんがそこまで肩入れしているなら、仕方ない、帯留は諦《あきら》めましょう。長門屋や柏屋相手では、端《はな》から太刀打ちできませんしね」

政二郎はさばさばと言って、座敷を出ていった。

隠居家の外まで見送りに出た、女中のおわさが、気づいたように声をかける。

「おや、どうされました？　冴《さ》えないお顔ですね。芝居は首尾よく運んだはずでは？」

「いや、あれは芝居じゃなく、半ば本気になってしまったよ。あの細工には、どうにも商売気をそそられる。己で商えないのが、いまさらながらに悔しくてね」

「ご気性の違う親子なのに、因果な気質《たち》ばかりは、ご隠居さまに似ちまいましたねえ」

肩を落として帰っていく姿をながめながら、おわさは小声で呟《つぶや》いた。


「ほう、これは……悪くない」

帯留をじっくりと検《あらた》めて、ため息のように番頭はもらした。長門屋佳右衛門と、思わず目顔を交わし合う。

徳兵衛と佳右衛門は、日本橋堺町《にほんばしさかいちょう》の小間物店、柏屋を訪ねていた。

堺町はとなりの葺屋町《ふきやちょう》と合わせて、江戸随一の芝居町であり、役者と縁続きの店や料理屋も多い。歌舞伎役者が屋号で呼ばれるのもそれ故だ。

柏屋は、中村座《なかむら》の看板役者、十一代中村勘三郎《かんざぶろう》の屋号であった。

もっとも役者当人が店繰りに関わることは滅多になく、柏屋を実でまわしているのは、ふたりの番頭である。

ことに若い方の経兵衛《きょうべえ》は遣手《やりて》だと、徳兵衛も認めている。商人にしては愛想に欠けるが、目のつけ所がなかなかに鋭い。

半年ほど前、徳兵衛がもち込んだ五十六屋の品に、真っ先に関心を寄せたのもこの番頭である。

「また、派手な帯締めですな。役者の小道具としては映えますが、小売となると捌けるかどうか」

年嵩《としかさ》の一の番頭が尻込みしたのに対し、経兵衛はたった一言、ぽつりと告げた。

「いや、悪くない」

この二の番頭にとっては、それが何よりの褒め文句だった。

中村勘三郎の定紋、角切銀杏《いちょう》にあやかって、角切紐と名付けたのも経兵衛である。

一方で、商売相手としては強《したた》かだ。値段はもちろん、卸す時期や品数をこと細かに定め、質や量が満たない場合は、罰則まで設けられた。商談はふた時にもおよび、常に堂々とした佇《たたず》まいの長門屋佳右衛門ですら、額にびっしりと汗をかいていた。

長門屋と徳兵衛がふたりがかりで粘ったのは、この番頭が角切紐を、初手から売れると判じていたからだ。

「まずはひと月ほど置いてみて、売り物になるかどうか見定めないと。諸々《もろもろ》の相談は、それからでも遅くはなかろうに」

長っ尻《ちり》に疲れてきた一の番頭が、途中でほのめかしたが、若い番頭は譲らなかった。

「いいえ、それでは遅過ぎます。ひと月どころか、店に出せばたちまち客がつきます。売れ残る心配より、品薄をまず懸念すべきです」

徳兵衛にとっては、どんな褒め文句より嬉しい言葉だった。

「角切紐と銘打つ以上は、小売は柏屋《うち》のみ、他には決して卸さないと約束してください。本家本元との条も、加えさせていただきますよ」

正直、縛りが多くて厄介な取引先だ。それでも怜悧《れいり》な面相の奥に、角切紐への並々ならぬ関心と本気が感じられる。だからこそ徳兵衛と長門屋は、この番頭に託すことにした。

実際、相談が落着すると、後はとんとん拍子に進み、思いのほか早い売り出しとなった。

経兵衛の手強《てごわ》さも、そして手応えも、十二分に承知している。

今日、新たな品を薦めるにあたって、ふたりは念入りに相談を重ねてきた。

新作たる帯留を前にして、まずは長門屋佳右衛門が切り出した。

「お大名家の奥方から、角切紐の求めがあったと、以前、お訪ねした折に伺いましたが」

「さようです。あの折はまだ一家のみでしたが、みるみる増えましてね。すべてに入用の数を納めるには、一年はかかりましょう」

奥方というのは、大名の妻のことではない。妻の暮らす奥御殿のことを指す。大名の妻や娘はもちろん、数多《あまた》仕える奥女中たちも含まれ、おそらく角切紐の人気を御殿に伝え広めたのは奥女中たちだ。よって数も、一家につき二、三十本に上り、中には誂《あつら》えを頼まれることもあるという。

「模様を揃えて、色はさまざまに。逆に色を揃えて模様を変える、などの注文も賜っております。いずれも、お家に因《ちな》んだ他家にはない色柄をと、そこばかりは同じですが」

つまりは、家紋や家の由縁を元にした模様を新たに案じ、他家の前で見栄《みえ》を張りたいということか。大名家や大身旗本ともなれば、観劇も奢っている。殿さまや奥さまの付き添いに、若衆や奥女中がずらりと桟敷に居並ぶさまは壮観である。揃いの派手な帯締めは、さぞかし周囲の目を引こう。
二、三十本となれば、一家だけでも五十六屋には手に余る。待たせれば、しびれを切らして他所《よそ》に鞍替《くらが》えすることもままあろう。角切紐を真似た偽物が、早晩出回ることは、すでに見越していた。偽物を完全に封じるのは、無理な話だ。人気にとびつき便乗するのは、商いのひとつの常套《じょうとう》でもあるからだ。流行とは字のとおり、うねりを伴う大きな流れである。三、四人の職人がまわす五十六屋では、止めようがない。
されど、みすみす商機を奪われるのも業腹だ。徳兵衛との相談から想を得て、佳右衛門は一計を案じた。

「ここはいかがでしょう、柏屋さん自らが、墨付を与えては？」

経兵衛が、にわかに目を見張る。察しのいい二の番頭は、即座に理解したようだ。なるほど、と呟いた。

流行の川には、有象無象が舟を漕《こ》ぎ出す。勝手に行き交う数多の舟に、「墨付」と大書した幟《のぼり》を立てるのだ。幟のあるなしは、売り上げを大きく左右する。

「墨付を与える数は、どのくらいを見積もっておりますか？」

「柏屋さんしだいですが、初手はひとまず、小売店が十五軒ほど。卸問屋は五軒ほど見繕っております」

佳右衛門が持参した一覧に、素早く目を通し、ふむ、とうなずく。その顔には、悪くないと書いてある。しかし同席する五十がらみの一の番頭は、たちまち青くなった。

「いきなり十五軒も商売敵が増えては、うちは大損ですよ。どうしてわざわざ、敵に塩を送るような真似を」

「いや、柏屋の損を抑えるには、この手しかありません。真似物ばかりは防ぎようがない。ならばいっそ、目が届く内で真似をさせる方が、よほど御しやすい。むろん墨付は、ただではない。柏屋にとっては、濡《ぬ》れ手に粟で儲けを得られる上策です」

一の番頭の説得は、経兵衛自らが引き受ける。

「吉原や両国広小路、深川《ふかがわ》なぞはまだ許せる。だが、木挽町《こびきちょう》の成田屋《なりたや》ばかりはいただけない。よりによって柏屋《うち》のいちばんの商売敵に、儲けをくれてやることはなかろうに」

堺町の中村座と、葺屋町の市村《いちむら》座は、目と鼻の先にあり同じ芝居町を形成する。しかし河原崎《かわらざき》座だけは、銀座に近い木挽町にあり、市川團十郎《いちかわだんじゅうろう》の屋号たる成田屋もまた木挽町にあった。

七代市川團十郎は、河原崎座の座元と関わりが深く、人気絶頂の看板役者である。河原崎座は、江戸三座の控櫓《ひかえやぐら》という立場にあり、中村座や市村座からすれば格下である。にもかかわらず、團十郎人気に支えられ評判をとっているのが小面憎い。当の役者以上に、芝居町の者たちの負けじ魂は際立っており、柏屋にとっての何よりの商売敵とは成田屋である。

これればかりは容赦できないと一の番頭はごねたが、それすらも経兵衛は逆手にとる。

「放っておけば、成田屋はきっと、三升《みます》紐を売り出しますよ」

「何だと！　座長の定紋、三升と銘打って商うつもりか。それればかりは勘弁できない」

「ですから、先手を打つのです。鎌輪奴《かまわぬ》で受けた無念を、今度はこっちがお返しするのです」

鎌輪奴とは、元禄《げんろく》の頃に流行った文様で、七代團十郎が使ったことから人気が再燃した。柏屋でもやはり、鎌輪奴文様の手拭いや浴衣《ゆかた》は売れ行きが良かったが、昔気質《かたぎ》な一の番頭としては、忸怩《じくじ》たる思いがあったようだ。

「なるほど！　成田屋が角切紐を商えば、いわば仇討《あだう》ちが叶うというわけか。それはさぞかし、溜飲《りゅういん》が下がろうな」

さようです、と経兵衛はすましてて請け合ったが、当のこの男には商いが何よりで、特に張り合うつもりはなさそうだ。成田屋の番頭が商売人であれば、やはり無駄な意地など張るまいと、後になってこそりと告げた。

「小売の十五軒は、場所もほどよく散らばっておりますし、手前どもの商いにも障りはなさそうです。五軒の卸問屋は、いずれも組紐問屋ですか？」

「組紐問屋は二軒、残る三軒は小間物問屋です。いずれも大店で、商いも手堅い。しかし何よりも重んじたのは、出入りの組紐職人の質と数です」

墨付は、実は柏屋だけに留まらない。小売の墨付は、柏屋から小間物店に与えるが、それとは別に卸の墨付は、長門屋から五軒の問屋に下される。そして問屋の墨付には、五十六屋の墨付も含まれていた。

角切紐は、職人頭のおはちが創した、色と柄が要となる。その独特な感性は、誰もがおいそれと追随できるものではない。もちろん腕のある職人なら、真似くらいはできようが、所詮は二番煎《せん》じに過ぎず、やがては先細りする。

相応の墨付料を払えば、長門屋を通して五十六屋から、新たな模様や趣向を入手できる。それを出入りの職人に組ませれば、墨付料を引いても、問屋と職人双方に儲けを生む。

佳右衛門が内々で打診したところ、五軒の問屋はいずれも乗り気になった。

もとより五十六屋には、捌ききれぬほどの注文が舞い込んでいる。待たせるくらいなら、他所の職人たちに任せる方が無理がなく、なおかつ墨付として趣向料も受けとれる。

まさに一石三鳥といえる、妙案である。柏屋が承知してくれれば、佳右衛門は明日からさっそく段取りをつける構えだと、ふたりの番頭に告げた。

「ひとつだけ、少々気になることがございます」

先刻までは墨付を後押しし、一の番頭を説き伏せておきながら、最後の壁となるのも、やはり経兵衛である。

「擬物《まがいもの》が出回るくらいなら、墨付を与えた方がよほどまし。その料簡《りょうけん》にはうなずけます。ただ、小売の手前どもとしては、多少の不安が残ります。いくら本家本元を謳《うた》っても、商売敵が増えることには変わりない。たとえば売値に差をつけるとか、売れた本数によって墨付料を割増しするなぞ、旨《うま》みをつけられぬものでしょうか？」

やはりこの男は抜け目ない。商売相手としては、一の番頭の方がよほど楽に話が運ぼう。しかし徳兵衛も佳右衛門も、一筋縄ではいかない相手だともとより承知している。このくらいの求めがあることは、覚悟していた。

佳右衛門が、徳兵衛に向かってうなずいた。後を任せるという意味だ。

「値決めに口を挟むのは、控えるべきかと。商いに差出口を出すに等しく、よけいな不快を招きましょう。墨付料の割増しも、嘘や誤魔化しを生みかねず、やはり上策ではないと存じます」

「では、あらかじめ決めた墨付料より他は、手前どもには益がないと？」

「私どもは、別の旨みをご用意しました。まずはこちらを、ご覧くださいませ」

ここで徳兵衛は、小風呂敷《こぶろしき》をほどいて、細長い桐箱を三つ並べた。ひとつずつ蓋《ふた》を開け、ふたりの番頭の前にすべらせた。中身は言うまでもなく、秋治の手による帯留である。おはちが意匠を工夫し、亭主の榎吉が高台で組んだ、二種の組紐も添えてある。

「柏屋さんならご存じでしょうが、帯留というものです。恥ずかしながら、私は初めて目にしましてな。正直、たいそう驚きました。あまり人気のない道具とききましたが、この品なら、どこに出しても恥ずかしくない。もしも柏屋さんがお気に召せば、新たな商いに繋がろうかと、おもちしたしだいです」

帯留を手にとって、たっぷりと矯《た》めつ眇《すが》めつした後に、経兵衛は呟いた。

「ほう、これは……悪くない」

二の番頭が興を寄せたなら、帯留商いは八分方まとまったも同じだ。思わず佳右衛門と目顔を交わし合い、徳兵衛は密《ひそ》かに興奮していた。

五十六屋に、角切紐に次ぐ生計《たつき》の道が、拓《ひら》けたように思えたからだ。


「ご機嫌が、よろしいですね。うまくまとまりやしたか」

上首尾が、そのまま顔に出ていたのだろう。柏屋を辞して佳右衛門と別れると、口の重い下男が、めずらしく話しかけてきた。

商談には、喜介を連れていくのが常だが、今日はあいにくとからだがあかなかった。昨日いきなり、長門屋への訪問を決めたのだから無理もない。

「なるほど！　柏屋を説き伏せるのに、またとない土産です。私の方もちょうど、めぼしい店や問屋をまとめましてね。問屋にはすでに根回しも済ませました。善は急げと言いますからね。どうせなら、これからさっそく柏屋を訪ねませんか」

商いにおいては、いたって軽やかな男だ。帯留を見せると、佳右衛門はたちまち乗り気になって、今度ばかりは徳兵衛も否やはない。ふたりはその足で、柏屋に向かった。

「見当よりも、よほど上手く運んだわ。さすが柏屋の二の番頭だ、商売の種は見逃さんな。あの帯留は柏屋にとっても、次の目玉になりそうだと、一目で察したのだろうて。値の相談すらまとまらぬうちに、あの見本を引きとりたいと即座に言いおったわ」

下男の善三は、手応えこそないものの、よけいな口を挟まぬだけに語る相手としては悪くない。柏屋との相談が、思う以上に都合よくまとまって、徳兵衛も舞い上がっていた。巣鴨へ帰る道すがら、帯留の顚末《てんまつ》を饒舌《じょうぜつ》に語る。

「値の相談を省いたのは、いくらでも高く売れると踏んだのだろうて。お大名の奥方などにいかがかと水を向けたらな、目の色が変わったわ。あの番頭は顔には出さぬが、目は案外正直でな」

「あの細工は、きれいなもんでしたが……高いとは、いかほどですか」

火鉢の炭を足しにきた折などに、善三も帯留を目にしている。

「はっきりとは言わなんだが、五両は固い、十両でも捌けるかもしれないと……」

「じ、十両！　あんな小さな留め金が、十両なんて！」

その声でふり向くと、後ろに従っていた下男は、目を白黒させていた。ははは、とつい笑い声がこぼれた。

「あの手の品はな、値などあってないようなものだ。世間に出回っておらぬ品は、他所と比べようがないからな、相場の見当がつかぬのだ。加えて武家は、品を見る目は肥えているくせに、総じて価に疎く、しかも見栄っ張りだ」

早晩、人気が出ましょうが、下々にはまだ広まっておりません。格別の品故に、まずはこちらさまにおもちしました——。

どこぞの奥方に帯留を薦める絵が、容易に浮かぶ。あの二の番頭なら、造作もなかろう。

「それにしても、十両はさすがに……ぼったくりではねえですかい」

「そうとも言えん。珍や目新しさは、それだけで値を生むからな。ほれ、古い壺《つぼ》や茶器にも、とんでもない値がつくことがあろう。あれも同じ道理だ。品が限られ、求める者が多ければ、自《おの》ずと値はつり上がる」

「あっしには、さっぱりわけがわかりやせんや」

若い下男は、首の裏に手を当てて腑《ふ》に落ちぬ顔をする。何故だか、安堵《あんど》に近い気持ちがわいた。

考えようによっては、すべてが金で決まる商人の世界は、何とも世知辛く理不尽ですらある。いたって朴訥《ぼくとつ》な善三からすれば、薄汚れて見えたとしても不思議はない。そのあたりまえの心情が、妙に愛《いと》おしく感じられた。

良い商人とは、利を理詰めで考える。経兵衛しかり佳右衛門しかり、次男の政二郎や手代の喜介、ほかならぬ徳兵衛とて同じたぐいだ。

そこには合理という、絶対の法則がある。無駄がなく、能率に富み、理屈に適《かな》っていることが、目的を果たすための何よりの早道なのだ。

そして、合理の逆にあるのが情である。得てして女が得意とする。

男が仕事場から女を爪弾《つまはじ》きにするのは、表店には入れず、仕事に口を出すなと叱るのは、情をもち込みたくないからだ。絶えず己の技と、向き合わねばならない職人も同じだ。情が交じれば、技も合理も揺らぐ。それを厭うて、女を遠ざける。

「まあ、中には、お登勢のような女もおるが……あれは変わり種と言えるからな」

ついぼやきに似た、呟きがもれた。

「何か、言いやしたか？」

「ああ、いや……善三は、いくつになったかと思うてな」と、ごまかした。

今年二十一で、年が明ければ二十二になると、律義にこたえる。

「そろそろ嫁をもらってもいい頃だ。見合い相手なぞ、見繕ってもよいぞ」

「えっ！　嫁ですかい？　いやあ、急に言われても……困ったな」

「なんだ、好いた女子でもおるのか？」

「そそそ、そんなわけありやせんや。おれみたいな朴念仁には、色恋なぞ無縁の代物で……」

耳まで真っ赤にして、実にわかりやすく狼狽《ろうばい》する。この手のことには無頓着な徳兵衛ですら、ははん、と察しがつく。相手は誰なのか、人並みに興味もわいたが、色恋こそ面倒な情がしこたま絡まってくる。決して関わるまいと肝に銘じており、あえてつつく真似はしなかった。

「まあ、よいわ。無理に見合いを、仕立てるつもりもないからの」

と、小銭入れにしている巾着《きんちゃく》を、懐中から出した。今日は上野の長門屋から、日本橋の柏屋まで、終日、下男を連れ回した。遠出をさせた駄賃だと、一朱銀の小粒を握らせる。

「ええっ！　ご隠居さまが駄賃を？　しかもこんなに！」

「何だ、その言い草は。びっくりの度が過ぎるであろうが」

心外だと顔をしかめたが、善三が呆気《あっけ》にとられるのも無理はない。なにせ吝嗇に、着物を着せれば徳兵衛だ。一朱はおよそ四百文、一文すら惜しむ主人が大金を寄越したのだ。驚きが過ぎると、妙な心配をし始める。

「お願いですから、ご隠居さま。明日ぽっくりなんてこたあ、なしにしてくだせえよ」

「勝手に殺すでないわ。商い事がうまくまとまったからな、祝儀じゃ祝儀。どこぞの娘に、贈り物でも買《こ》うてやれ」

手の中の小粒を、大事そうに握りしめ、善三はいかにも嬉しそうな笑みを広げた。

「ありがとうございます、ご隠居さま。帰りにおっかさんに、土産を買いやす」

十両の細工にてらせば、一朱なぞはした金だ。それでも、こんな笑顔を向けられるなら悪くない。決して情のために金を使ったつもりはないが、たまにはいいかと、そんな気になった。

冬の日がだいぶ傾いてきた頃、主従は巣鴨町に着いた。嶋屋の看板が見えてくると、徳兵衛が思いついたようにたずねる。

「そういえば、おわさへの土産はどうした？　まだ買うておらぬではないか」

嶋屋の先を曲がれば、後は巣鴨村の田舎道であり、ほどなく隠居家に帰りつく。土産を買うならいまのうちだと促したが、善三にはちゃんと目当てがあった。

「これから板橋宿まで、ひとっ走りしてきやす。この前、板橋で買った栗饅頭《まんじゆう》を、おっかさんがえらく気に入って。そいつを買いに行きまさ」

嶋屋から板橋宿まで、半里余といったところか。善三の足なら、往復しても半時はかかるまい。

ふむ、と顎《あご》をなで、思いつきを口にした。

「板橋には、わしも行こう」

「え、ご隠居さまも、栗饅頭を？」

「饅頭ではないわ。錺師の、秋治を訪ねようと思うてな。せっかくの嬉しい知らせだ。一刻も早く伝えてやりたくてな」

善三の顔がこわばって、急に歯切れが悪くなる。

「いや、ご隠居さま、それはどうかと……一昨日《おととい》、訪ねたばかりでやすし」

善三を連れて、秋治の家に赴いたのは二日前だ。榎吉の組紐が仕上がった、翌日のことだった。秋治を呼びつけることをせず、わざわざ板橋に出掛けたのは、職人の仕事場や仕事ぶりを、見ておきたいとの存念からだ。

紐の見事な出来栄えに、秋治はため息をつき、五十六屋に頼んでよかったと、心からの満足を伝えた。この帯留なら、高値も見込める。卸先と売先は任せてくれぬかとの、徳兵衛の申し出にも快くうなずいて、お願いしますと細工を託した。

柏屋が高く引きとると承知して、十両の売値もほのめかした。銀細工の卸相場はまだまだ不勉強だが、紐の材と手間賃を引いても、三両から五両は錺師の懐に入ろう。

あの若い飾師が、どんな顔をするか。喜ぶさまが見たかった。

常に主人に素直な下男が、どういうわけかしきりに止め立てする。

「もう日も暮れてきやしたし、遅い刻限に訪ねるのもどうかと。帰りはきっと真っ暗になりやすよ」

「向こうで提灯《ちょうちん》を借りればよかろう。何よりおまえがおれば、夜道でも難はない」

「夜風はおからだに障りやすし、ほら、日が落ちると急に冷えてきて……」

「わしを連れていくのが、そんなに億劫《おっくう》か。たしかにおまえにとっては、足手まといになろうがな」

「決してそんなつもりは……困ったなあ」

機嫌を損じた徳兵衛に、もとより正直者の善三は途方に暮れる。

善三が秋治のもとを訪ねたのは、あれが初めてではない。しめて五、六度にはなろうか。行李《こうり》やいくつもの風呂敷包みを、嶋屋から板橋の弥次兵衛長屋まで運んだ。

中身はお楽の着物や、身のまわりの品々である。

秋治が試しの細工を仕上げるまでは、お楽も大人しくしていた。悪阻《つわり》がひどかったためにやつれており、そんな姿を見せるのも躊躇われたのだろう。

しかし悪阻が治まった頃、秋治は帯留を仕上げた。細工の見事さに心を打たれ、丁寧な仕事は、自身への思いの強さのようにお楽には思われた。それが引き金になった。

明日にでも義姉と一緒に錺師を訪ね、帯留を注文する――。徳兵衛にはそう伝えたが、隠居家からの帰り道、お楽は矢も楯《たて》もたまらずその足で板橋へ向かい、以来、ほとんど職人の許《もと》に居続けているありさまだ。

野放図が過ぎると、兄の吉郎兵衛は妹を連れ帰る算段をしたが、母のお登勢の忠告で、好きにさせることにした。

「そろそろお腹も大きくなりますし、嶋屋に置いてはかえって目に立ちます。板橋の長屋の方が、人目に立つ心配もさほどしなくてすみますよ」

母の助言のおかげで、お楽は心置きなく秋治との暮らしを楽しんでいるのだが、周りはなかなかに気を遣う。ことにおわさと善三親子には、実に重大な役目が課せられた。

「いいですか、ご隠居さまが板橋へ赴く折は、必ず前もってお楽に知らせるのですよ。鉢合わせでもしたら、これまでの苦労が水の泡ですからね」

「任せてくださいまし、お登勢さま。ご隠居さまのことなら何ひとつ見逃しません。もしものときは、必ず息子を走らせます」

事実、善三は、一昨日も一回多く、板橋宿まで往復していた。朝のうちに錺師の許に、徳兵衛の来訪を知らせ、さらにはお楽の大量の荷を、秋治と一緒に物入れに押し込んで、お楽の身はひとまず旅籠《はたご》に預け、また隠居家まで駆け戻った。

「なかなかに大変だったが、お嬢さんを隠し果せて何よりだ」

「よくやったね、善三。もしも本当《まこと》を知ったら、ご隠居さまはその場で倒れちまうかもしれないからね」

母のおわさは、息子の働きぶりに満足したが、善三には小さな引っかかりが残った。

「ひとりだけ蚊帳《かや》の外なんて、何やらご隠居さまが気の毒に思えるな」

「すべてはご隠居さまのご気性が招いたこと、いわば身から出た錆《さび》ですよ」

と、母の口ぶりはにべもない。懐に仕舞った一朱銀が、妙に重くなったようにも感じて、善三は往生した。うっかり真実を打ち明けそうになったが、既《すんで》のところで福の神が現れた。

「あ、おじいさまあ！　お帰りなさあい！」

道の向こうから、千代太が手をふりながら駆けてくる。その向こうに、お登勢の姿も見える。豆堂の手習いを終えて、今日はふたり一緒に嶋屋に戻ってきたようだ。

「あのね、おじいさま、今日はすごいことがあったんだよ。犬のシロがね、友達を連れてきたんだ。茶色い犬でね、尻尾《しっぽ》が丸まってるんだよ」

「何だと！　それはきき捨てならんぞ。まさか餌を与えたわけじゃあるまいな」

「もちろんあげたよ。だってシロの友達だもの、おもてなししてあげないと」

「何ということを……居着いてしまったら、どうしてくれる」

「心配要らないよ、ちゃんと家があるもの。巣鴨村のもっと奥まったところにある、おばあさんの飼い犬なんだ」

徳兵衛が千代太と話し込んでいる間に、善三は小声で仔細をお登勢に伝えた。

「わかりました、こちらで何とかお引き止めしましょう」

即座にうなずかれ、肩の荷を下ろしたように、善三が安堵する。

「千代太、今日覚えたくだりを、おじいさまにご披露なさい。千代太はこのところ、『商売往来』を読み込んでおりましてね。なかなかに覚えも良いのですよ」

「ほう、商売往来を」

「千代太屋の商いに役立ちそうなことが、色々書いてあるんだよ。おじいさまにも、きいていただきたいな」

「そういうことなら、板橋は明日にするか」

孫の誘いには抗《あらが》えず、千代太に手を引かれて嶋屋へ向かう。

「善三も、ご苦労でしたね。いただき物の干柿がありますから、一服しておいきなさい。帰りにもたせますから、おわさへの土産になさい」

へい、と返事して、お登勢に従った。前を行く徳兵衛は、孫と楽しそうに語らっている。二日前に感じた引っかかりが、また頭をもたげる。

「すいやせん、ご隠居さま。もうしばらく、見逃してくだせえ」

善三は呟いて、徳兵衛の背中に、詫《わ》びるように手を合わせた。

四　櫛の行方

組場には、糸玉の音だけが心地よく満ちていた。

組紐《くみひも》師は三人。同じ丸台を使っていても、それぞれ少しずつ音が違う。いちばん若い十五歳のおうねが、手捌《てさば》きはいっとう速く、糸玉同士がぶつかって、カチカチカチと速い調子を刻む。おうねのふたつ上、姉のおくには、速さでは妹に追いつかないが、音はより規則正しく出来も勝っている。

職人頭のおはちは、手は決して速くない。姉妹より音の調子も遅い上に、しばしば止まるが、ちゃんと理由がある。

おはちは組みながら、色と模様の按配《あんばい》を確かめているからだ。

組紐の丸台は、鼓に似ている。鼓を縦に置き、ぐるりに三、四十の糸玉をぶら下げたような恰《かっ》好《こう》だ。木玉に糸を巻きつけた糸玉を、交互に正確に動かすことで、彩《あや》な組紐が仕上がっていく。

とりわけ『五十六屋』は、色柄の派手を売りにしている。それだけ使う色糸も多く、組みようも非常に複雑だ。店の要《かなめ》とも言える意匠は、すべておはちが創していた。

おはちはいまも手を止めて、三分《さんぶ》ほど仕上がった組紐を手にとって模様を確かめている。難しい顔をしているから、気に入らないのだろうか。

意匠が決まるまでは、おはちは一切、紙に頼らない。組んでみるまでは、その色模様はおはちの頭の中だけに存在する。やり直すことも茶飯事で、案の定、丸台に向かったまま、隣部屋に声をかけた。

「おむらさん、もういっぺん経尺《へいじゃく》を頼めるかい。今度は……」

「すみません、おむらさんとおしんさんは、嶋屋に糸をとりに行っていて」

隣部屋にひとり残っていたてるは、職人頭にそのように応じた。

職人三人が座る間は畳だが、隣部屋は納戸であっただけに板敷きである。ここではおむらとおしんが、組糸の下準備をしており、糸繰りや経尺などを行う。

「ああ、そういえば、そうだったね。あら、他の子たちはどうしたの？」

「みんな豆堂に。あたしもすぐ行きます」

十一歳のてるも、豆堂の筆子のひとりであり、朝から昼までは見習いとして組紐師の修業をし、午後から夕刻までは読み書きや算盤《そろばん》を習っていた。

ただし修業といっても、未《いま》だに糸には触らせてもらえない。

てるを含めた五人はいずれも子供で、今年の正月から弟子入りしたが、今年一年は組紐には一切関わっていない。いまは十一月初旬、十月以上ものあいだ何をしていたかというと、前と変わらず紐数珠《じゆず》作りである。

紐数珠は名のとおり、切れ端や屑糸《くずいと》を編んで、数珠に見立てたものだ。

千代太の名を冠した『千代太屋』は、瓢吉や勘七を先頭に、十八人の子供たちが関わる参詣《さんけい》案内の商売である。案内するのは王子権現の境内。広い敷地に多くの寺社、堂や仏塔などが点在し、見所を無駄なく廻《まわ》るには案内が必要となる。道ばかりでなく、寺社の由縁や歴史も併せて客に語り、さらには荷物運びから、土産物屋や茶店の世話までこなす。

子供商いとはいえ相応の稼ぎがあり、紐数珠は客への景物として配ったり、土産物として境内で売られてもいる。

てるたち五人は、毎日のように紐数珠作りに勤《いそ》しんでいただけに、すでに手許《てもと》を見ずとも編めるほどの域に達しているのだが、てるには別の焦りがある。手足を使って編む紐数珠と、丸台で組む組紐は、まったく別の代物だ。自ら望んで組紐師を志し、弟子入りを志願しただけに、一刻も早く丸台や組紐に触りたい。

何度か乞《こ》うてみたのだが、いつも同じ台詞《せりふ》を返された。

「弟子が仕事は見ることだで。おらだちが手許さ、ようく見ねばいげね。飽きちまうくれえ何百遍も見て、技さ盗む。弟子が仕事は、そんだけだ」

「見るだけなんて歯がゆいだろ？　でもね、楽して人から教わっても、案外身につかないんだよ。職人の手許を見ながら、己でくり返し考える。糸の捌き、力加減、組みの調子と、あたしら三人もそれぞれ違う。技の外にある己の型は、己で思案して工夫するしかないんだよ」

職人頭のおはちが、意匠の思案で忙しいだけに、見習いの面倒を見ているのは、おくにとおうねの姉妹である。ふたりの出身は上州桐生で、妹は直す気すらないようで未だに田舎訛《なま》り丸出しだが、姉は江戸風のしゃべりを心掛けている。

性質もずいぶんと違っていて、おうねは末娘らしく天真爛漫《らんまん》で遠慮会釈がない。一方で三人姉妹の次女たるおくには、控えめながら小まめな気遣いを欠かさない。妹の言葉足らずを補って、わかりやすく説いてくれた。

ただ、どんなに言葉を尽くされても、焦りと不安は容易には消えない。

「でも……あたしは、いえ、あたしたちは、一日も早く一人前の職人にならなきゃいけない。咲《さき》助《すけ》もひえも、同じ気持ちのはず。だって家の稼ぎ手は、あたしらなんだから！」

参詣案内の子供たちは、お店《たな》の坊ちゃんである千代太を除けば、誰もが子供ながらに暮らしを支えている。

てるは病に臥《ふ》せった母の代わりに、母娘ふたりの生計《たつき》を立てているが、それでもまだましな方だ。十歳の咲助は、両親は離縁の挙句、父に置き去りにされて、からだの利かない祖父と弟妹、四人の暮らしを、小さなからだで背負っている。同じく十歳のひえは、継父と実母に邪険にあつかわれ、家には居場所がなく飯すらろくに食えない。

長患いは得ているものの、母の病は少しずつ快方に向かっており、何よりも娘のてるを大事にしてくれる。母ひとり子ひとりであるだけに、ずいぶんと心細い思いもしたが、参詣案内を始めて仲間ができると、自分などまだまだ序の口だと思い知った。

このどうしようもない貧しさから抜け出すためには、毎晩、泣きたくなるほどこみ上げてくる不安を払拭《ふっしょく》するには、一人前に稼げるだけの技を身につけるしかない。

「あんたらの気持ちはわかるよ。あたしらやおはちさんも、同じ思いをしたからね。ただね、職人の手仕事を間近で見て、思うんだ。修業には、近道なぞないってね」

「皆の手当は、ご隠居さまが按配してくださる。いよいよ困ったら、おひえ坊の時みたいにあいだに立ってもくれる。いまは家のことよりも、己のことを考えな。まずは手習いを終えるのが先だからね」

おむらとおしんも、たびたびそのように慰めて、てるの逸《はや》る気持ちをなだめてくれた。

おはちを含めた三人の母親もまた、稼ぐ苦労は身にしみている。おむらの娘よしと、おしんの娘りつも、五人の見習いに含まれているが、ともにまだ八歳と幼い。職人修業には早過ぎるために、いまは母親のとなりで機嫌よく紐数珠作りをしている。

紐数珠は出来高によって、千代太屋から手間賃が払われる。それでもてるは母親の薬代がかかり、咲助は一家四人の暮らしを担っていて、とても足りない。

本来の職人修業は、衣食住の面倒は親方が見るものの、給金のたぐいは得られない。しかしおはちの口添えもあって、五十六屋を実でまわす隠居の徳兵衛は、店繰りの金から工面して、てると咲助に与えていた。

ひえの場合は、事情が違う。職人修業をさせる旨、ひえの親に告げたところ、あろうことか奉公させるのなら金を寄越せとのたまった。短気な徳兵衛は、この言い草に烈火のごとく怒り、えらい剣幕で両親を容赦なく怒鳴りつけた。

「この、馬鹿者どもが！　ろくに世話もせず手習いにも通わせず、飯すら与えぬおまえたちの、どこが親か！　よいか、おひえはわしが預かる。金の無心はおろか、今後一切、娘に近づくでないぞ。のこのこ現れたら、ただでは済まさんぞ！」

「あたしも昔、ご隠居さまから同じように叱られて……傍《はた》できいていて、何やら身が細る思いがしたよ」

職人頭として、隠居とともに出向いたおはちは、恥ずかしそうにそう語った。

徳兵衛は両親を置き去りに、名主と大家にさっさと話をつけた。ひえは隠居家の内で、桐生の姉妹と同じ部屋で寝起きしている。

咲助以外は女ばかりで、総勢十人と、組場はなかなかの大所帯だ。ふだんは他愛ないおしゃべりが、ひっきりなしに交わされて賑《にぎ》やかで、この家の女中のおわさも、日に二、三度は通ってきて歓談に興じる。

しかしごくたまに、職人三人きりになると存外静かになる。三月ほど前に、てるは気づいた。不思議とおしゃべりが絶えて、黙々と作業に没頭する。

おはちとおくには、どちらかと言えば物静かな気質《たち》で、いつもは聞き手にまわることが多い。そのためもあろうが、たぶん別の理由だと、てるは察していた。

目の前に、本音をぶつける相手がいるからだ。言うまでもなく組紐である。

傍目には、組紐は子供でもできそうな単純な作業に見える。しかしたった一度、糸の締め具合を誤っただけで、不出来な箇所ができ、仕上がってから一目でわかる。

てるも何度か、家に帰ってから見よう見まねで拵《こしら》えたことがあるのだが、まるで苦悶《くもん》に七転八倒する蛇のように捻《ねじ》れがひどく、同じ加減を崩すことなく真っ直ぐな紐に仕上げるのは至難の業だと思い知った。一色の糸ですら、その体たらくだ。何色、何十色もの色を組み合わせて、同じ模様が浮かぶようにする技は、やはり一朝一夕では身につかない。

以来、文句を控えて、そのぶん糸を操る手許をじっと見詰めるようになった。

てるがことに目を向けるのは、おうねの手捌きだ。自分とは四歳しか違わないのに、およそ十年分の開きがある。

上州桐生にあるおうねの一家は、曾《そう》祖母の頃から代々、組紐師を生業《なりわい》にしてきた。組紐を担うのは女たちで、おうねもまたふたりの姉とともに、幼い頃から祖母や母の仕事ぶりをながめ、そして真似てきた。

見ることで技を盗み、真似ることで技を体得する。あらゆる職人技はそのように伝授され、おうねはいわば、年端もいかぬうちに職人修業を始めたに等しい。

桐生にいる長女と、江戸に上京した次女のおくには、どちらも十六、七で祖母の墨付をいただいた。三女のおうねはそれより早く、十四で師匠たる祖母のもとを離れた。

これには少々おまけが入っていると、おうねは明かした。おくにとともに江戸に出たいと、おうねが熱心に訴えたからだ。

「もう二、三年、おらが仕込みたかったども、まあよがんべって婆《ばっ》ちゃが。江戸が職人さ手際見りゃあ、修業さなんべえって許しくれた」

「いくら何でも早ぐねがって、父《とっ》ちゃは最後まで粘っていたが。父ちゃは末っ子のおうねが可愛くて仕方ねえんだわ。でも、うちは婆ちゃがいちばん偉いから、父ちゃも折れるしかなくってね」

江戸に出た経緯を、姉妹はそのように語った。たとえおまけであろうとも、おうねは立派に一人前の仕事をこなしている。その姿はてるにとって、憧《あこが》れ以外の何物でもない。

指の動きが凄《すさ》まじく速いおうねの手捌きは、憧れの象徴であったが、真似るにはひとつ難点がある。年下の四人は、手先の器用を見込まれて弟子入りしたが、てるだけは別だ。紐数珠にしても、咲助やひえの方が、よほど早く仕上げられる。

だからこそ焦りが生じたが、職人頭のおはちは、諭すように告げた。

「手の速さは、たしかにひとつの天分だよ。並みの人が一本組むあいだに、二本も三本も組めたら出来高が違うからね。あたしも遅い方だから、うらやましくてならないよ。でもね、職人は十人十色。誰にだって得手不得手はあるものさ」

「器用じゃないあたしに、どんな得手があると？」

「それはおてる、あんた自身が見つけていくんだよ。でもそうだね、ひとつあげるなら根気かね。どんなに才があっても、根気がなければ続かない。職人にはなくてはならない要石さ」

「要石……」

相応の根気なぞ、誰でももっていると思っていた。そんなところを褒められるなぞ、てるには意外だった。

「たとえば、ご隠居さまのように短気な方は、職人には向かないってこと？」

おはちは笑いを堪《こら》えながら、おそらくね、と小さな声で言い添えた。

「手際の速さはおうねの得手で、技の確かと丁寧はおくにが勝るでしょ。同じように、おてるにはおてるの持ち味がある。これから見つけて、何年もかけて磨けばいいんだよ」

おはちに励まされ、そわそわと浮いていた尻《しり》が、少しは落ち着いた。

昼になると、子供たちはまずおやつをいただいて、それから一時半から二時ほど手習いを教わる。手習いを終えた夕刻に、遅い昼餉《ひるげ》を食べるのが常だった。昼餉とおやつを逆にするのは、夕餉を満足に食べられない子供たちがいるからだ。

おやつは、おわさ特製の煮豆や駄菓子のたぐいだが、たまに師匠や千代太が気を利かせ、饅頭《まんじゆう》や団子なども配られる。子供たちにとっては、ここでしか当たらないご馳走《ちそう》だ。

昼になると、おわさがぶら下げた魚板をたたき、おやつを告げる。

魚板とは、禅寺などで使われる魚形をした木彫りの道具で、軒などに吊《つ》るして諸事の知らせに打ち鳴らす。中をくり貫《ぬ》いて音が響くように作ってあるのは、木魚と同様である。

「木魚も魚と書くでしょ？　どうしてお寺の道具は、魚ばかりなの？」

古道具屋で魚板を見つけてきたのは、おわさの息子の善三である。鴨居《かもい》に下げられたとき、千代太は不思議そうに首を傾げた。こたえたのは、豆堂の師匠を務める、祖母のお登勢だった。

「魚は目を閉じることがなく、眠らない生き物とされていますからね。魚を真似て、眠気を払うためですよ。お坊さまの修行は厳しくて、眠気に抗《あらが》わねばいけませんから」

「ああ、わかる！　経をきくと眠くなるもんな」と、瓢吉が即座に応じる。

「木魚も古くは、魚板の形をしていたそうです。ほら、開いた口に丸い玉をくわえています。この玉は煩悩を表していて、魚の背を叩《たた》くことで煩悩を吐き出させるのです」

「ぼんのーが出てくれるなら、うちの父ちゃんの背を百遍だって叩きてえや」

瓢吉ばかりでなく、誰もが多かれ少なかれ、親には苦労させられている。まったくだ、と笑いやらため息やらがさざ波のように広がった。

ともあれ、おやつと昼餉、そして手習いの開始を告げる折には、魚板の音が響くようになった。おやつはことに何よりの楽しみで、木を叩く音がきこえたとたん、組場の子供たちも一斉に腰を浮かせる。

「手習いに、行って参ります」

「行って参ります」

職人のいる隣座敷に向かって、手をついて挨拶するようになったのは、行儀作法を併せて仕込む、お登勢師匠の成果である。

下の四人が嬉しそうに出ていった後も、てるだけはその場に残ることがある。職人の手捌きを、ながめるためだ。今日のように職人のみになると、常の喧騒が嘘のように、静寂の中に糸玉の音だけが心地よく響く。

その音に身を浸していると、すうっと落ち着いてくる。

暮らしにまつわる心配事は、些末《さまつ》ながら数が多い。絶えず方々に気を回していると、まるで小さな棘《とげ》が肌から生えてでもいるように、からだ中が尖《とが》ってくる。糸玉の音は、その棘をなだめてくれた。てるはこのひと時が、好きだった。

三人の立てる音に、しばし湯につかるように浸っていたが、中のひとつが、急に調子を崩した。

——まただ、と、ついそちらを見遣る。姉妹の姉の、おくにである。

懸命に平静を装っているが、外からの音に気をとられたのは明らかだ。

縁の外からきこえるのは、ザッザザッ、と竹箒《たけぼうき》を使う音だった。

冬場のいまは障子を閉めているだけに、外のようすは見えない。それでもこの家で外回りを掃除するのはひとりだけ。

ザッザザッ、と通り過ぎる箒の音を、おくにはからだできいている。

「てる姉、早く来ないとなくなっちゃうよ！　今日は甘いお煎餅《せんべい》だよ」

ひえが呼びに来て、はあい、とてるは腰を上げた。

冬は日が短く、手習いを終えた頃には、日はだいぶ西の空深くに傾いている。

豆堂の子供たちは、にぎやかに遅い昼餉をとっていたが、あれ、とてるは気づいた。

「おかしいな、いつもならすっ飛んでくるのに」

豆堂の顔ぶれに交じって、遅い昼餉を楽しみにしている者がもうひとりいる。職人のおうねである。細いからだに似合わぬ大食らいで、ことに米の飯が大好きだ。毎食必ず二膳《ぜん》三膳とお代わりし、朝昼晩と三食食べてもまだ足りない。

「あんたはいっそ、四食にしたらどうだい。豆堂の子供らと一緒に食べれば、少しはお凌《しの》ぎになるだろ」

食べ盛りの娘に、食うなとも言えない。おわさは諦めたようにそう達し、以来、おうねは遅い昼餉の折には、必ず顔を見せるようになった。

仕事の切りが悪いのだろうか。一応、ようすを見てこようと、てるは座敷を出た。しかし組場に向かう前に、おうねを見つけた。

この家は百姓家だけに、戸口には囲炉裏を切った板間と、広い土間がある。おうねは戸の陰に張りついて、外を窺《うかが》っていた。

「おうねさん、こんなところで何を?」

いきなり背中から声をかけられて、びっくりしたのだろう。泡を食って、おうねがふり向いた。

「何だ、おてるか……脅かすない」

「おやつ、食べないんですか?」

おうねは遅い昼餉を、おやつと呼んでいる。

「もちろん食うだよ。食うだが……」と、やはり外が気になるようだ。

おうねと頭を上下に並べて、外を窺う。一組の男女が立ち話をしていたが、特に色っぽい風情もなく、ある意味よく見る光景だ。

「なあ、おてる、あれ見で、どう思う？　あんふたり、惚《ほ》れ合ってんだべか？」

「どうでしょう……あたしには何とも」

「んだなあ、おらもわがらね」

はああ、と大きなため息をつく。家の外で談笑しているのは、おわさの息子の善三と、嶋屋の女中のおきのだった。

「もしかして、おくにさんのため？」

「うおっ！　おめ、気づいてただか」

「何となく……外から箏の音がするたびに、おくにさんの糸玉の調子が外れるから」

善三が竹箒を使いながら外を通ると、きまっておくにの手捌きに乱れが生じる。

そうかあ、と応じて、てるの袖《そで》を引く。囲炉裏のある板間に、並んで腰を下ろした。

「どうも姉ちゃだら本気でな、だどもおきのちゃに気い遣って何も言えん。どうにかしてやりてえと思ってな」

「つまり、善さんとおきのさんが、いい仲かどうか確かめたいと？」

「んだ、ふたりにきいた方が早いんべが、姉ちゃがどうしたって承知しね。困っちまってな」

おくにの性格からすると、それもうなずける。相手がおきのとなれば、なおさらだ。

おきのは桐生姉妹の従姉妹《いとこ》にあたり、徳兵衛が姉妹を江戸に呼び寄せたのも、おきのの仲立ちがあってこそだ。ことにおくにとおきのは仲が良く、仮におきのが善三を慕っているなら、己の気持ちを殺してでもその幸せを祈る――そんな決意まで固めているという。

「おらだったら遠慮なんぞせず、ぱっと言っちまうだが、姉ちゃにはできね。善さんとおきのちゃだら似合いだっつって、心にもねえこどを」

「善さんとおくにさんも、似合いだと思いますけどね」

決して世辞ではなく、収まりは悪くない。ただ善三もまた、もとは嶋屋の奉公人で、おきのとは隠居家で顔を合わせる機会も多い。桐生の姉妹が来るまでは、この家の若い者といえばこのふたりだけ。気安い間柄となっても、何ら不思議はない。

「せっかく江戸に上っただ、もっと粋な男がいくらでもいっぺと、おらなんぞ思うだが」

「若い男は、善さんだけだから。ぽっとなるのも仕方ないですね」

善三は上背があり、力仕事をこなすだけに相応にたくましい。決して色男とは言えず無口だが、人当たりは優しい。組場の女たちにも、馴《な》れ馴《な》れしく接するような真似をせず、それでいて頼み事をすれば即座に請け合ってくれる。

桐生にいた頃は、家から出ることすらあまりなく、江戸に出てもやはり、組場に詰めきりの暮らしぶりだ。十七のおくににとって、善三は初めて出会った異性と言える。

「どうせなら、もっと詳しい者にたずねてみては？　ほら、あそこに……」

囲炉裏の間の隣座敷では、先に飯を終えた男の子たちがはしゃいでいる。その脇でにこにこ眺めている身なりの良い子供を、てるは手招きした。

「え？　善三とおきのが？　惚れ合ってるの？」

千代太はきょとんとして、丸い目をぱちぱちさせる。

「いや、どうだかわかんねがら、坊ちゃんにきいただで」

「どうだろう、坊もわからないよ。当人にきいてみたら？」

それでは本末転倒である。おうねとてるは、困り顔を見合わせる。

「女の子って、本当に色恋の話が好きなんだね。って、瓢ちゃんが言ってたよ」

「そうじゃなく、わかってないなあ。おうねさんは従姉《いとこ》だけに、おきのさんが心配なんだよ」

嶋屋の坊ちゃんには、その建前を通した。お登勢に仕込まれて、だいぶていねいな物言いが板についてきたものの、千代太に対しては、ぞんざいな仲間言葉がとび出す。

「善三とおきのが一緒になるのは、悪くないと思うけど……ただ奉公人同士が、勝手にくっつくのはいけないことだって」

「え、そうなの？」

「うん、小僧の誰かからきいたんだ。どうしてかは坊も知らないけど、でも主人の許しを得れば大丈夫だって。良ければ坊から、お父さまに頼んでみようか？」

いつのまにやら、とんでもない方向に話が進んでいる。おうねが慌てて止めに入る。

「待で待で！　そう急ぐもんでねえだ。ふたりが思い合ってっかどうか、肝心要んごと忘れてんべ」

「あんなに仲良しだし、別にいいんじゃない？　善は急げって言うし」

跡継ぎだろうが子供は子供。いたって単純明快に、事を運ぼうとする。

「いやいや、坊ちゃん、人の恋路を邪魔する奴は、馬に蹴《け》られるっていうだろ？」

「邪魔なんてしないよ、後押しだもの。善三とおきのが喜んでくれたら、坊も嬉しいし」

「ええと、男女の仲ってのは色々とこんがらがっていて、くっつけるより前にふたりの仲を確かめるのが先で……」

千代太を話に引き入れたのは、まずいやりようだった。本当のことを明かすわけにもいかず、ひとまず勇み足を止めようと必死で説き伏せる。

「あのふたりなら、たぶん惚れ合ってんじゃねえか」

「うん、おれもそう思う」

ふいに襖《ふすま》の陰から声がかかり、ぎょっとしてふり返る。ふたつの頭が、上半分だけ覗《のぞ》いていた。

「瓢ちゃん、勘ちゃん！　何か知ってるの？」

千代太屋の仲間の、瓢吉と勘七だった。てるにとっては弟分だ。勢いあつかいがぞんざいになる。

「惚れ合ってるって、どうしてそう思うの？　ほら、ちゃっちゃと白状しな」

「おれたちこの前、見ちまったんだ。巣鴨町下に新しくできた櫛屋《くしや》で」

「うん、ふたりで仲良さそうに、品をえらんでた」

巣鴨町は、上・上仲・下仲・下と、四つに分かれている。嶋屋があるのは上組で、てるの長屋は上仲組、瓢吉は下仲組、勘七は下組に、それぞれ暮らしている。

今年の四月、巣鴨町は火事に見舞われ、下組から下仲組の半分までが焼けてしまった。半年余りが過ぎたいまは、表通りには白木の店が立ち並び、瓢吉や勘七も新しい長屋に収まった。ただ、火事で財を失って、巣鴨を去った店もいくつかある。以前は茶飯屋だったところに、ふた月ほど前に櫛屋ができたと、下組に暮らす勘七が語る。

「ほら、この前、朝からすげえ雨が降ったろ？　あの日だよ。境内商いもできねえし、暇になっちまって、逸を連れて勘の家に行ったんだ」

「そのうち逸となつが、腹がへったと騒ぎだしてよ。仕方ねえからちびたちを置いて、雨ん中、ふたりで駄菓子屋まで走ったんだ」

櫛屋の前を通ったのは、その折だという。

「声を、かけなかったの？」と、千代太がたずねる。

「ボロ傘一本だったから、結構濡れててな、店には入りづらくって」

「睦《むつ》まじそうにしてたから、邪魔しちゃ悪いしな」

とふたりが、顔を見合わせてうなずき合う。

「そうかあ、あんふたりはやっぱり、そっだら仲だったか」

はあぁ、とおうねが、残念そうなため息をつく。

「え！　おうねはまさか、善さんのこと？」

「ちげちげ、馬鹿こくでね」

瓢吉の勘違いを、片手をひらひらさせながら即座に打ち消す。

もうひとつ、大きな勘違いが生じていたが、その場の五人は誰も気づかなかった。


「で、おくにさんには話すんですか？　善さんとおきのさんのこと」

「言えるわけねえべ。おてる、おめが伝えてけれ」

「いやいや、あたしはとても。ここはやっぱり、妹のおうねさんが」

おくにが善三に惚れていて、しかし善三は、すでにおきのといい仲らしい。そしておきのとおくには、仲の良い従姉妹同士である。色恋にさっぱり縁のないふたりには、そのもつれようは手にあまる。

「とりあえず、おくにさんには内緒ってことで」

「それしかねえべな」

ひとまず先送りにするしかなく、だんまりを貫くことにした。

「ひとつ、きいてもいいですか？　おうねさんは、誰かに一途《いちず》になったことってありますか？」

「馬鹿にすっでね。おら、もう十五だぞ。そうさなあ、本気で惚れただ三人ばかりか」

「意外と移り気なんですね」

「まずは菊五郎《きくごろう》だろ、そんで團十郎、だども何と言っても幸四郎《こうしろう》だべな。あの鼻の高いことといったら！」

「なんだ、歌舞伎役者の話ですか……」

役者を描いた錦絵《にしきえ》は、土産物として国中に広まっている。おうねの恋の相手は、その錦絵であったようだ。

「そういうおてるは、どうなんだ？　お仲間にも、男がたんとおるだろうが」

「あれは男ではなく、ガキと言うんです」

拳《こぶし》を握って一刀両断すると、ひゃはは、とおうねが腹を抱える。

「にしても、恋って面倒なものですね。一文にもならないどころか、稼ぎの邪魔になる」

「おてる、おめ、世知辛《がれ》えな」

「おくにさんだって、せっかくの腕が折々に鈍《なま》っちまうでしょ？　もったいなく思えて」

「だども恋ってのはな、雷さまみてえに、いきなり天から降ってくるもんだからな。避けようがねえときくぞ」

「雷に当たったら、死んじまうでしょ」

「綾《あや》がねえな、おてるは」

はああ、と大きなため息をつかれたが、何となく釈然としない。

その日の修業を終えて家に帰ると、さっそく母のおちかに話を披露した。母にだけは、何でも打ち明ける。

「……というわけなんだ。恋なんて、何のためにあるんだろうね、おっかさん」

「おてるには、まだちっと早いかもしれないね」

ふふ、と笑って、娘の頭に手を置く。母の目尻にできる笑い皺《じわ》が、てるは大好きだ。母の微笑は、何よりもてるに安堵をもたらす。

「おとっつぁんとおっかさんも、惚れ合って一緒になったんだよね？」

「そうだよ。夕立に見舞われてね、慌てて軒に駆け込んだら先客がいて。それがおとっつぁんだった」

両親のなれそめは、てるも知っている。それでも、母が幸せそうな顔をするものだから、ついつい話をせがむ。

「そういうのを、一目惚れっていうんでしょ？」

「どうかねえ……雨がなかなかやまなくて、色々と話をしてね。感じのいい人だなとは、思ったがね」

雨は父と母を引き合わせたが、父の命を奪ったのも、やはり雨だった。父は橋作りに携わる人足だったが、作業の最中《さなか》、突然の大水で流された。川の上流で大雨が降り、急に水嵩《みずかさ》が増して呑《の》み込まれたのだ。てるが三つのときだから、そのときのことは覚えていない。

てるがいちばん怖い思いをしたのは、母が倒れたときだった。

九歳になった正月、仕事から帰るなり、ただいまも言わず土間で倒れ、どんなに呼んでも目を開けなかった。あのときの恐ろしさは、からだにしみついている。思い出すだけで、いまでも震えがくる。

大家さんやご近所が駆けつけて、ひとまず事なきを得たが、以来母は寝床から起き上がることさえできなくなった。めまいと吐き気がひどく、ろくにものも食べられない。ほんのひと月ほどで、みるみる痩《や》せていった。

「おそらく、働き過ぎだろうね。この三年というもの、朝から晩まで働き詰めだったからね」

てるは六歳から手習いに通うようになり、ご近所の手を借りながら、留守番もひとりでできるようになった。母は朝から門前町の土産物屋で売り子をし、昼にいったん帰ってきて、娘と一緒に昼餉をとる。そして午後から晩までは、料理屋で下働きをした。

三年のあいだ、そんな暮らしを続けて、相当に無理をしたのだろう。てるは母の快癒を祈願しに、毎日のように王子権現に通い、そして、参詣案内をしていた仲間に会った。

母の病は一進一退、二年のあいだは寝たり起きたりの暮らしぶりで、内職すら長くは続かない。それでも今年に入ってからは、ゆっくりとながら着実に回復し、それが何よりも嬉しかった。

「てるが職人になるなんて、思ってもみなかった。苦労ばかりかけちまったけど、望む道を見つけたなら、母さんも嬉しいよ。おかげでこのところ、あたしまで力がついてきてね」

母がそう語るのだから、そのとおりに違いない。ただ、てるとしては手放しで喜べない。去年と違うことがもうひとつ、母の身に起きたからだ。

「こんちは、おてる坊。おっかさんの具合はどうだい？」

「……悪くないよ」

「そいつは良かった。今日は、ほら、茹《う》で卵を買ってきたぞ。おっかさんに食べさせてやんな」

「……いつもどうも」

相手は愛想笑いを張りつけているが、てるは仏頂面を崩さない。戸口に仁王立ちして、そのまま追い返したかったが、背中から母の声がかかった。

「いつもすみません、小与蔵《こよぞう》さん。気を遣っていただいて」

「同じ長屋内なんだから、このくらいはあたりまえだ。喜んでもらえりゃ、こっちも張りになる」

小与蔵は今年の初め、向かいに越してきたが、てるは最初から気に入らなかった。母に対して、あまりに馴れ馴れしいからだ。あたりまえのように戸を潜り、四畳半の隅に腰をかけた。

「今日は加減が良さそうで、何よりだ。定斎《じょうさい》は足りているかい？」

「はい、この前いただいた分がまだ。商売物なのに、もらってばかりで悪いようで」

「そんなこと、気にすんなって。病に効いてくれるなら、定斎屋としても張りになる」

定斎とは、うんと苦い漢方の粉で、ひとつまみの塩を加えて熱湯を注ぐ。庶民にも求めやすい手軽な薬湯であり、暑気あたりや胃もたれ、腹痛に効くとされた。

小与蔵は天秤棒《てんびん》でこれを売り歩く、定斎売りをしていた。

引っ越しの挨拶に来たとき、母の食が進まないときくと、ぜひ試してみてくれと、定斎の包みをいくつか置いていった。それから十月が過ぎて、十一月になったいまも未だに続いていて、定斎に留まらず、卵だの鰻《うなぎ》だの団子だの、ちょくちょく土産も携えてくる。

母はたいそう有難がっているが、てるは気が揉《も》めて仕方がない。小与蔵の目当てが何なのか、あまりに見え透いているからだ。

「それと、そのう……」

ひととおりの世間話を終えても、今日は何故か立ち去ろうとはせず、小与蔵はもじもじしている。しばし逡巡してから、懐から薄い紙の包みを出して、畳に置いた。

「巣鴨町下に新しい櫛屋ができて、ちょいと覗いてみたんだ。中のひとつが目について、おちかさんに似合いに思えて……よければ、もらってくれねえか」

「あたしに？」

ひどくびっくりしながらも、包みをあける。櫛を見るなり、まあ、とため息をついた。

「何てきれいな細工……ほら、おてるも見てごらん」

不満より、わずかに興味が勝った。座敷に上がり、母の手の上の櫛をながめる。

櫛歯の上一面に、七宝柄が透かしで入れられている。丸い花形に見える七宝は、縁や円満を意味する、縁起のいい紋様だった。櫛の左端だけは、七宝柄ではなく、細い花弁をもつ大きな花が一輪、やはり透かしで入っていた。

「花弁が六枚ある。これ、何の花？」と、てるは首を傾げる。

「花じゃなく、雪紋だそうだ。春風雪《はるかぜゆき》っていうそうでな」

「春風雪……」と、母が呟く。

「来年の春には、おちかさんの病が癒《い》えますようにと、願をかけるつもりもあって。それで……その頃に、ご縁がありますようにって」

小与蔵が、恥ずかしそうに下を向く。さっと母の頬が染まり、互いに気詰まりながら、何とも甘ったるい沈黙が続く。母が息を継ぐように唇を開き、声をきくより早く、てるは叫んだ。母のこたえをきくのが、怖かったからだ。

「ご縁なんて、ないから！　あってたまるもんか！」

「これ、おてる……」

「ほら、用が済んだなら、さっさと帰ってよ！」

小与蔵の背をぐいぐい押して、外に出す。後ろ手に、ぴしゃりと戸を閉めた。精一杯睨《にら》みつけたが、小与蔵は目を逸《そ》らさない。

「おてる坊、おれは本気なんだ。本気でおちかさんと、一緒になりてえと思ってる。おちかさんを大事にして、もっともっと丈夫にして……」

「あんたの気持ちなんて知らない！　おっかさんとあたしに関わらないで」

「おてる坊、おれは敵じゃあねえ。味方になりてえんだ！　三人で仲良く、暮らしてえんだ！」

ふっと、意地の悪い笑いが込み上げた。

「仲良くだって？　きいてあきれる。おっかさんが、どうしていままで独り身を通したか、教えてあげようか？」

「知ってる……一度は再縁したんだろ？　大家さんからきいたよ」

死別も離縁もめずらしくはなく、幼子《おさなご》を抱えていればなおさら、再婚はあたりまえだ。母もまた、父を失って一年のうちに再婚したが、わずか三月で離縁した。

「その亭主がひでぇ男で、泣いてるおてる坊を足蹴にしやがった。だからおちかさんは、もといたこの長屋に逃げてきたって」

ここは、てるが生まれ、両親と暮らした長屋だ。再婚したことで一度は離れたが、頼れる身内のいない母にとって、実家に等しい場所だった。母の訴えで、大家があいだに立って離縁が成り、ふたたびこの長屋で暮らすようになった。

「どうせあんたも、おっかさんとくっついたら、あたしを爪弾《つまはじ》きにするんだろ？　なさぬ仲の娘なぞ、可愛いはずがないもの」

実を言えば、母の二度目の亭主のことは、まったく覚えていない。足蹴にされたことも含めてだ。それでも母の再婚に異を唱えるには、格好の盾になる。

「そんなことはしねえ。……そう誓っても、口約束じゃ信用ならねえか」

ふう、と息を吐き、小与蔵は真顔を解いた。ぱんぱん、と己の両頬を張ってから、にっと快活に笑う。

「おれはせっかちでな、ちっと事を急ぎ過ぎたようだ。だが、こっから先は、長丁場を覚悟してくれ。おちかさんとおてる坊が、おれを信じてくれるまで、五年でも十年でも、じっくり腰を据えてかかるつもりだ」

「……ものすごく迷惑なんだけど」

「だろうな。それでもひとつ、よろしく頼まあ。じゃあな、おてる坊、また寄らせてもらうよ」

言うだけ言って、向かいの長屋に帰ってしまった。厚かましい上に、腹が立つ。

その日は頭がかっかしてなかなか眠れず、翌朝は寝坊した。


「どうしたの、てる姉。今日は変な顔になってるよ」

「これ、りつ、それを言うなら、顔色が悪い、だろ」

りつの母のおしんが、脇から口を添える。寝坊して、慌てて隠居家に向かう途中で、おしんとりつ、よしに行き合った。いつもはよしの母のおむらも一緒なのだが、今朝は姿が見えない。

「おむらちゃんは、ちょいと用があってね、今日は遅れてくるんだ。それよりおてる、大丈夫かい？　本当に加減が悪そうだよ」

「からだは平気です。昨日よく眠れなかっただけで……」

「何か、あったのかい？　よかったら、話してごらんな」

おしんは大柄な女で、笑顔すら逞《たくま》しさを感じさせる。おしんもまた、亭主が長患いを抱えている。境遇が似ていることも手伝って、田舎道を歩きながら、促されるまま昨日の顚末《てんまつ》を語った。

「なるほどね、おてるはその男に、おっかさんを取られたくないんだね？」

「そういう子供っぽい話じゃなく……」

「いいんだよ、おてるはまだ、子供なんだから」

反論しようとしたが、大らかな笑顔とぶつかると、何故だか何も言えなくなった。

「おてるはしっかりものだから、ちょっと心配だったんだ。仲間内でも、皆の姉さん役を務めているだろ。無理をさせてるんじゃないかって、案じられてね。きっとおっかさんの前でも、いい子でいるだろ？」

「それは、よしやりつだって……」

「あの子たちは、家に帰るとそうでもないんだ。よしは、ああ見えて頑固でね。言い出したらきかないし、うちのりつは気まぐれで堪え性がない。なかなかに手を焼いているよ」

はしゃぎながら少し先を行く、よしとりつをながめた。他の仲間にくらべれば行儀もよく、特に面倒を起こしたこともない。意外に思えたが、母親の前では甘えているのだろう。

そういえば、と思い出した。よしとりつは八歳。てるもそのくらいまでは、帰りが遅いとか、もっと構ってほしいとか、あたりまえに母にぶつけていた。けれど母が寝付いてからは、一切を封印した。病の母は、子供の自分より、弱い存在に思えたからだ。

「おてるは色んなことを、我慢してきたろ？　だったら今度ばかりは、我を通しても罰《ばち》は当たらないよ。どうせなら、納得がいくまで抗えばいいさ。おっかさんにも、相手の男にもね」

「いいの？　それで」

「構わないさ。いっそ相手の男の、本気や辛抱を見極められるなら、いいじゃないか」

「でも……」

我を通すということは、母の気持ちを無下にすることだ。櫛をもらったとき、母は頬を染めていた。あの瞬間、母は、てるの母ではなくなった——ように思えた。

「恋って、厄介なものですね。関わりのないこっちまで、面倒に巻き込まれる」

十一の子供が、すべてを悟ったように語る。思わず浮かんだ笑みを、おしんは唇の端で押し留《とど》めた。

「たしかにね、七面倒くさいものさ。当人がいちばん大変でね、そうだねえ、昨日まであるく穏やかだった気持ちが、あっちこっちから引っ張られて往生するようなものかね」

てるの気持ちもまさに、そんなありさまだ。母と小与蔵のことを考えるごとに、慌てたり戸惑ったり、落ち込んだり苛《いら》ついたりと、何とも忙しい。

「それでもね、恋ってのは悪かないよ。まるで一足飛びに、冬から春になっちまった感じでね。おかしいくらい、有頂天になっちまう」

「おしんさんもやっぱり、ご亭主と惚れ合って？」

「あたしのはすでに昔話だがね、最近ごく身近で、ながめることになってね」

「身近、というと？」

「おむらちゃんだよ」

「えっ！　おむらさん、再縁するんですか？」

「実はそうなんだ。相手が若いからさ、最初は尻込みしていた。でも、向こうが熱心でね。懲りずに何度も通ってきた。そのうちおむらちゃんも、ほだされちまってね」

おむらは大柄なおしんとは対をなし、背丈が低くふっくらしている。博奕《ばくち》癖の抜けない亭主と離縁して、からだの利かない実母を抱えていた。歳や実母のことが引け目になっていたようだが、相手の男の一言が、おむらの気持ちを決めさせた。

「『一家三人の面倒を、押しつけられるなんて思っちゃいない。おれもあんたの一家に、加えてほしいだけなんだ!』って。あたしら夫婦もその場にいたんだがね、いい口説き文句だと思えたよ」

おしんとおむらは、姉妹のように仲がよく、いまは同じ長屋のとなり同士に住んでいる。再縁が決まるまでの経緯を、間近でながめる羽目になったのはそのためだ。

「よしは……よしは何て？　嫌じゃなかったのかな、新しいお父さんのこと」

おしんに向かってたずねたが、先を行くよしが、くるりとふり返った。

「ちょっとだけ、嫌だった。だって、本当のおとっちゃんじゃないもの」

三つも年下なのに、真顔のよしは、ひどく大人びて見えた。

よしは母の再縁を打ち明けられて、二日間ほど不機嫌だったと、おしんがこそりと告げる。その気持ちは、てるには痛いほどわかる。

「でもね、おじちゃんのことは嫌いじゃないし、りっちゃんとホントの姉妹《きょうだい》になるのは嬉しいから」

「よっちゃん、姉妹じゃなく従姉妹でしょ」と、りつが横から口を出す。

「え、従姉妹？　ってことは……」

「そうなんだ。おむらちゃんは、あたしの亭主の弟と一緒になるんだよ」

ちょうど隠居家の前に着いた折で、戸口の敷居をまたぎながら、おしんが告げる。

とたんに内から、びっくりするような大きな音がした。

「おむらさんが所帯をもつって……本当ですかい？」

土間に茫然《ぼうぜん》と突っ立っているのは、善三だった。足許には、逆さになった鍋《なべ》がころがって、水が広がっている。水を張った鍋を、とり落としたようだ。

「あ、ああ、本当だよ。いまごろふたりで、名主さんに挨拶に行ってる頃さ」

「そうですかい……そいつは目出てえこって。お祝いを言わねえと」

「そんな葬式みたいな顔で言われてもね。善三さん、あんたまさか……」

「おしんさん、後生ですから、黙っていてくだせえ」

鍋を拾い上げた善三は、哀れなほどにがっくりと肩を落として、裏口から出ていった。

「あたしてっきり、善さんの想い人は、おきのさんだと……」

「どうやら、違ったようだね。おむらちゃんも存外、罪な女だねえ」

女と子供の口は、御上でさえ封じられない。おむらの再婚と、善三の失恋は、その日の昼には、隠居家中に広まった。


「どうしよう……えらい勢いで薪《まき》を割っていて、声をかけてもふり向きもしないんだ」

千代太が気遣わし気な顔を、仲間に寄せる。

昼のおやつ時に、噂は一気に広まり、千代太はようすを見にいったが、善三は家裏で、何かにとり憑《つ》かれたように、薪の山を築いていたという。

「放っといてやれよ、武士の情けだ。よしの母ちゃんの祝儀と、重なっちまったからな。よけいにいたたまれないんだろ」と、瓢吉が大人びた口を利く。

「もうひとつ、心配事が……昨日、父さまに話しちゃったんだ。善三とおきのを、一緒にさせてあげてくださいって」

「おい、それは帰ったらすぐに、正しておけよ。よけいにややこしいことになるからな!」

命じた勘七に、千代太は情けない顔で、こくりとうなずく。

三人を横目にして、てるはおきのに、こそりとたずねた。

「おきのさんは、知っていたんですか? 善さんの想い人が、誰かって」

「いいえ、誰とまでは知らなかった。ただ、好いた人に贈りたいときいただけ。どんな櫛がいいか決めようがないから、一緒にえらんでほしいって頼まれて、櫛店までお供したの」

ただ、と、おきのはふっと微笑した。

「あの櫛はね、ある人に似合いそうだなって、思い描きながらえらんだの。残念ながら、見当は外れたけれど」

「ある人って、もしかして、おくにさん?」

「なんだ、おてるちゃんも知っていたんだね」

仲良しなだけに、おきのもまた、おくにの気持ちに気づいていたという。

「それじゃあ、渡せず仕舞いになった櫛は、いわばおくにさんのための櫛だったんですね」

「おきのちゃん、いまの話は本当?」

いきなり後ろから声がかかり、びっくりしてふり返る。ふたりが背にしていた廊下に、おくにが立っていた。どぎまぎしながらも、そのつもりだったと、おきのがうなずく。

「そう……」と、考え込みながら、廊下をそのまま行き過ぎる。

「大丈夫かな、おくにちゃん、ぼんやりしちまって」

「あたし、ちょっとようすを見てきます」

てるは素早く腰を浮かせ、後ろ姿を追った。おくには戸口に近い囲炉裏の間から、土間に下り、そのまま裏口へと抜ける。てるはこっそりと跡をつけた。

「善三さん、ここにいたんですか」

裏口に近づくと、おくにの声がした。思わず足を止め、そろりと目だけを覗かせる。

薪割り仕事が尽きたのだろう。山積みになった薪を背に、座り込んだ善三の姿がある。その前に、おくにはしゃがみ込んだ。

「善三さんが櫛を求めたと、ききました。いまも、おもちですか？」

のろのろと、善三が顔を上げる。おくにを認め、薄く笑った。

「ここにある……もう用無しになっちまったけどな」

懐から、薄い紙の包みを出した。

「見ても、いいですか？」

ああ、と疲れたようにうなずく。おくには包みを開けて、とり出した櫛をながめる。

「可愛い……白椿ですね」

そのときは見えなかったが、櫛歯の上に一輪、緑の葉をつけた白い椿が描かれていた。

「気に入ったなら、もらってくれねえか……どうせ行き場のねえ代物だ」

「違います、この櫛は……最初っから、あたしのところに来ると決まっていたんです！　そう思うことにします！」

善三がぽかんとし、おくにを見詰める。こちらに背を向けているから、おくにの顔は見えないが、両の耳裏と首筋は真っ赤になっていた。

「え？　……え？」

「……いただいても、いいですか？」

「……どうぞ」

櫛を胸に抱いたおくには、鬼灯《ほおずき》で染めたような顔で裏口からとび込んできた。顔を伏せていたから、戸の陰にいたてるの姿にも気づかぬようだ。そのまま奥へと駆けるように去った。

「あの内気なおくにさんが、あんな豪の入った真似を……」

恋とは、実に空恐ろしい。臆病《おくびょう》な娘を、これほど大胆に変じてしまう。

「何だろう……何かすっきりした」

おくにの勇気は強い春風のように、てるの胸にあったもやもやすら吹きとばしていた。

「春風雪か……」

母がもらった櫛にあった、花のような雪紋が浮かび、小与蔵の声が耳によみがえる。

——おれは敵じゃあねえ。味方になりてえんだ！　三人で仲良く、暮らしてえんだ！

言葉なぞ当てにならないし、先のことなぞ誰にもわからない。それでも、まあいいか、とそんな気になった。

もう一度、裏のようすを覗く。未だに事が呑み込めないのか、善三は時が止まったように、ぽかんとしたままだった。

五 のっぺらぼう

弟というのは、実に厄介なものだ。

「兄ちゃん、どこ行くの？」

目立たぬように抜け出したつもりが、逸郎は目ざとく見つけて追いかけてきた。

「ええと、何だ……ちょいと用足しにな」

「おいらも行く！」

「逸、すぐ戻るから、皆と一緒にいろ」

「一緒に行く！」

はああ、と瓢吉は、ため息をついた。一事が万事、この調子だ。まさに金魚の糞《ふん》のごとく、兄の行くところにはどこでもついてくる。

逸郎は七歳。十歳の兄とくらべれば、当然、足の速さもはしっこさも敵《かな》わないし、おまけに人前では口下手だ。

「雨上がりで道がぬかるんでいやす。足許《あしもと》には気をつけてくだせえ」

「気をつけてくだせえ」

「お堂までは石畳でやすが、その先はちょいと難儀で。王子権現のご由緒なぞは、道々お話ししやす」

「お話ししやす」

兄弟は王子権現の境内で、参詣《さんけい》案内をして稼いでいる。とはいえ客あしらいも荷物持ちも兄任せで、口上すらろくに言えない。兄の言葉尻《じり》を真似るのが精一杯の有様だが、愛らしいと微笑まれて、女客にはことに受けがいい。

兄というのは、実に世知辛いものだ。甘ったれで泣き虫な弟の世話を、否応《いやおう》なく押しつけられ、それでいて弟を泣かそうものなら、兄貴のくせにとなじられる。

兄と同じにできることは何もないくせに、何でも一緒にやりたがる。

弟がごねるたびに、やれやれとため息が出る。

だが、今日ばかりは連れていけない。待ち合わせの相手から、ひとりで来るようにと含められているからだ。

「いなくなるのは、ほんのちょっとだ。大急ぎで戻ってくるから」

「嫌だ!」

「皆と一緒に待っててくれたら、帰りに団子を買ってやるぞ」

「いーやーだー!」

なだめてもすかしても団子で釣っても、今日に限って意固地に言い張る。だんだん腹が立ってきて、約束の刻限も迫っている。

「いい加減にしろ! 駄目だって言ってるだろ!」

つい、きつい調子で怒鳴っていた。弟の丸い輪郭がたちまち崩れ、まるで打たれたように大きな泣き声があがる。

「あーっ、瓢ちゃんが逸ちゃんを泣かせたあ」

「泣かせた、泣かせた。瓢ちゃんが弟を苛《いじ》めてるう」

てきた。

「苛めてねえぞ！　勝手を抜かすな！」

ともに参詣案内をする仲間のうち、小さい連中が囃《はや》し立てる。騒ぎをききつけて、勘七がやってきた。

「どうした、瓢？　何か悶着《もんちゃく》か」

「勘、いいところに。こいつをしばらく頼めねえか。おれ、約束があってよ」

「約束？」

勘七の耳に口を寄せて、こそりと告げる。へえ、と意外そうに、勘七が目を見張る。

「こいつは連れていけねえし、四半時ほどで戻るからよ」

「わかった。逸郎はおれが面倒見るよ」

勘七は即座にうなずいた。瓢吉と同じ歳だけに、通りが早い。

この隙にと、急いで背を向けて走り出す。

「おいらも行くーっ！　兄ちゃんと一緒に行くーっ！」

「逸郎、おれたちと一緒に、待っていような」

勘七のなだめる声と、弟の泣きわめく声が、交互に追ってくる。

「置いていかないでよーっ！　兄ちゃあん、兄ちゃあん――！」

山門を抜けても、逸郎の声だけはどこまでも追いかけてきた。


山門から鳥居を抜けて、ゆるい坂道を一気に駆け下りる。

足がぐんぐん前に出て、左右の景色はとぶように過ぎてゆく。金魚の糞さえいなければ、こんなにも速く走ることができる。すでに弟の声も届かず、爽快《そうかい》な気分だ。

音無川《おとなし》を渡ると、金剛寺《こんごうじ》の境内にかかり、さらにうねうねとした道を辿《たど》る。やがて中山道に出て、この辺には茶屋が多い。ここには庚申塚《こうしんづか》があって、街道沿いに置かれた、道の守り神のようなものだ。丸い塚の上に、大きな一枚岩が鎮座して、金剛《こんごう》さまが彫られている。

その前に、佇《たたず》んでいる姿があった。

「ごめん、遅くなって。逸の奴がついてくると言ってきかなくて、ふり払うのに往生してな」

「まあまあ、冬なのにこんなに汗をかいて。風邪をひいちゃいけないからね、これで汗をお拭《ふ》き」

差し出された手拭《てぬぐ》いを、素直に受けとる。顔の汗を拭うと、ふわりと甘い匂いがした。何やら懐かしい、母の匂いだ。

「久しぶりだね、瓢吉。ちょっと会わないうちに、また背丈が伸びたんじゃないかい？」

母の笑顔がまぶしくて、瓢吉は目を逸《そ》らした。母に会うのは、未《いま》だに慣れない。

父の杵六《きねろく》と母のおよねは、三年ほど前に離縁した。

杵《きね》と米、名を並べれば相性が良さそうなのに、うまくいかなかった。

非はすべて、父にある。父は稼いだ金を、そっくり色街に注《つ》ぎ込むような男だ。愛想をつかした母は、父と離縁して、他の男と所帯をもった。

離縁となれば、男子は父方に、女子は母方に引き取られるのが世の慣《なら》いだ。

瓢吉と逸郎の兄弟も、父の手許に残された。母と別れてからも、父の悪癖は相変わらずで、稼ぎはすべて色街に吸いとられる。自分たちの食い扶持《ぶち》を稼ぐため、参詣商いを始めたのだ。

ここに来るよう指図したのは、父の杵六だった。

「瓢吉、明日、およねと会ってこい」

「母ちゃんと？」

「おまえに話があるんだとよ。逸郎は連れていくな……ちょいと込み入った話だからな」

晩はたいてい色街に向かうのに、昨晩はめずらしく家にいて、さらに異なことに籠《かご》を編んでいた。杵六は籠職人で、腕も悪くない。

今日の昼四ツ、庚申塚の前でと、父は背中を向けたまま告げた。

話って、何だろう——。母の顔を思い浮かべるだけで、なかなか寝付けず、今朝は半時ほど寝坊した。王子権現で商いするあいだも、妙にそわそわして落ち着かなかった。

子供たちの不自由な暮らしを見かねて、お金を渡すつもりだろうか。いや、先々のことかもしれない。瓢吉も十になったのだから、そろそろ身のふり方を考えろ、か。男子は大方、十二、三で手習所を終えて、奉公したり職人修業を始めるものだ。

あれこれ考えあぐねて、最後はいつも、同じ台詞《せりふ》で終わる。

『母ちゃんと一緒に、暮らさないかい？』

両手を広げ、満面の笑みを浮かべた母がいる——。妄想はいつもここで終わるのだが、いかんいかんと慌てて頭《かぶり》をふる。

その辺の呑気《のんき》な餓鬼とは違う。子供ながらに、世間の風の冷たさは身にしみている。そんな上手《うま》い話が、そうそう転がり込むはずもない。

鍵《かぎ》は、逸郎だ。弟を連れてくるなと言ったのは、当の逸郎のことを相談するためではないか？

『逸郎をね、引き取りたいんだ。あの子はまだ、小さいからね』

少しすまなそうな顔で、母がうつむく。そして、呟《つぶや》くように続ける。

『おまえには悪いけど、ふたりは無理なんだ……』

今朝、目が覚めたとき、悲しそうに告げる母の姿が浮かんだ。

ああ、そういうことか――。いたく腑《ふ》に落ちて、胸の底からゆらゆらと湧いてきた悲しみに、急いで蓋《ふた》をした。

弟がいなくとも、寂しくなんてない。勘七や千代太や仲間がいるし、ずっと邪魔だった金魚の糞がなくなれば、むしろすっきりする。

顔を洗いながら、弟の手を引いて王子権現に向かいながら、常のとおりふたりで参詣客を捌《さば》きながら、何度も何度も言いきかせた。

「兄ちゃん!」と呼ばれるたびに、歳よりもあどけなく見える弟をながめるたびに、胸がしわしわして泣けそうになったが、どうにか堪《こら》えた。

大丈夫だ。心構えはすでにできた。おれは兄貴として、弟の門出を笑顔で見送ってやるんだ。

「おまえとこうして会うのは、久しぶりだからね。そこらで団子でも食べようか」

固い決意を胸に秘め、笑顔の母にうなずいた。


「みたらし団子は、好物だろ。たくさんお食べ」

砂糖醤油《じょうゆ》の餡《あん》をからめた団子は、この世でいちばん旨《うま》いと思う食べ物だ。なのにどうしてだか、今日は喉《のど》につかえる。逸郎のいちばんの好物も、やはりこの団子だ。そして嫌いなものはネギ。好き嫌いすら、瓢吉の真似をする。

「どうしたい、もう食べないのかい?」

母が心配そうに、顔を覗《のぞ》き込む。

「今日は寝坊しちまって、朝飯が遅かったから。まだ腹いっぱいなんだ」

つい、嘘をついた。朝飯は境内の出店や門前町で、稲荷鮨《いなりずし》やら豆腐田楽やら、日によっては団子や大福やらを買って腹に詰め込む。以前は朝飯を買う余裕なぞなく、空《す》きっ腹で参詣客の相手をし、もらった銭を握りしめ、店に走るのが常だったが、いまはおやつと昼飯は、隠居家でいただける。おかげで稼いだ金を、朝飯と晩飯に充てられるようになった。

ただ今日だけは、朝飯を食う気になれず、弟には菜飯のお握りを買ってやった。

やはり肝心のことを済ませないと、飯すらおちおち食えない。

「母ちゃん、話って……？」

「ああ、そうだったね……瓢吉、おまえに、相談事があってね」

来た！　と、思わず串《くし》を握りしめた。串に四つ刺さった団子は、あとふたつ残っている。

「三年も放っておいて、こんなこと言えた義理じゃないことは、わかっているんだがね」

十一月もあとわずか。冬の最中《さなか》だというのに、脇の下が汗ばんでくる。

なかなか切り出せないのか、言い訳めいた語りは長く続いたが、うまく頭に入ってこない。そしてその台詞だけが、すこん、ととび込んできた。

「母ちゃんと一緒に、暮らさないかい？」

ぽかん、と母を見詰める。これはやはり、現実ではなく妄想だろうか。

くり返し描いた姿とは違って、母は両手を広げていないし、満面の笑みでもない。

少し心配そうに、息子の顔色を窺《うかが》っている。

「ええと……一緒にって、逸郎とってことだよな？　おれは数に入ってないよな？」

「とんでもない。もちろん、ふたり一緒にだよ」

今朝起きてからは、弟だけが望まれて、自分は置いていかれるものと、ひたすらその万一に備えていた。おかげで頭がついていかない。

「え、おれも?」

「やっぱり、嫌かい? 逸郎はともかく、おまえが承知してくれるかどうか、わからなくてね。だから先に、打ち明けることにしたんだ」

どうやら本当らしいが、色々とうまく呑《の》み込めない。口をあいたままの息子に、母は仔細《しさい》を語った。

「実はね、いまの亭主の前のおかみさんが、先頃、病で亡くなってね。娘がひとりいるんだよ。十三だから、おまえより三つ姉さんになる」

母の再婚相手は兼八《かねはち》といって、茶臼《ちやうす》の目立師をしている。

兼八もまた一度離縁していて、前の女房は、娘のおこまを連れて再縁した。しかし母親が亡くなると、娘の立場は中ぶらりんになった。おこまは実の父と暮らしたいと望み、兼八もやはり同じ気持ちだった。

「会ってみたら、素直ないい子でね。亭主に乞《こ》われて、あたしも承知したんだ。そうしたら、手前ばかりが無理を通すつもりはない。どうせなら、おまえたちふたりも引きとって、五人で暮らそうじゃないかって言ってくれてね」

「一気に三人の子持ちになって、養えるのか?」

「子供のくせに、よけいなところに気を遣うんじゃないよ」

およねは笑ったが、はっとして、すまなそうにうつむいた。

「そっか、あたしのせいだね……おまえたちには、苦労ばかりかけちまって。いまさらだけど、すまなかったね」

「別に母ちゃんのせいじゃないよ。悪いのは父ちゃんだし」

「おまえたちのことは、ずっと心にかかっていたんだがね。本当はもっと早く、迎えにこれたらよかったのにね」

ごめんね、と頭を下げる。母を恨む気持ちは、毛頭ない。両親の離縁は、もとより父の悪所通いが招いた結果だ。

「まあ、たまには顔を見せてくれてもよかったのに、とは思うけどな。おかげで逸なんて、母ちゃんの顔すら忘れちまって」

およねは離縁して二年半ものあいだ、一度も会いにこなかった。ようやく訪ねてきたのは今年の秋になってからだ。最初は八月半ばだった。

久方ぶりの母との再会は、何やら恥ずかしいやら気まずいやらで、ろくすっぽ話もできなかった。逸郎は兄以上に、馴染《なじ》むのに暇がかかった。

「ほら、母ちゃんだぞ。覚えてるか？」

瓢吉がたずねると、困った顔で首を横にふった。兄の背に隠れてしまい、母がいるあいだ中、一言も口をきかなかった。

「あたしが出ていったとき、逸郎はまだ四つだったから。覚えてなくとも仕方ないね。逸郎にとっては、知らないおばさんだものね」

傷ついた顔をしながらも、言い訳のように明るく言った。

もしかしたら、あの最初のときから、息子たちを引き取る算段をしていたのかもしれない。母はそれから根気よく、月に一、二度ほど、巣鴨に通ってきたからだ。

お菓子をもらったり一緒に遊んだりするうちに、逸郎もしだいに慣れて、最近ではおよねが来ると、嬉しそうに迎える。

ただ、何というか、母親というよりも、可愛がってくれる他所《よそ》のおばさん、との域を、未だに出ていない感もある。およねの前では決して、泣いたりごねたりしないからだ。

「まあ、高輪から巣鴨は、ちっと遠いしな。母ちゃんも新しい亭主の手前、もとの亭主の家に通うのは具合が悪い。そのくれえは、おれが察しているから気にすんな」

「この子ったら、生言って」

母に頭を小突かれて、いひ、と笑う。少し気持ちが、楽になった。

「父ちゃんは、何て？　もう、話してあるんだろ？」

「昨日の昼間、伝えたよ。おまえが、うんと言えば、好きにして構わないって」

「こっちに丸投げかよ。いつもながら、いい加減な親父だな」

残っていた団子にかじりつき、口の中でもぐもぐさせる。あいた間に、母の細いため息が入った。

「ああ見えて、根は悪い人じゃないんだがね。酒は呑まないし、あたしや子供に手を上げたりしない。稼ぎはみいんな使っちまうが、あたしも飯屋で働いていたからね。どうにかおまえたちを養うこともできた。あたしの給金までは、手をつけなかったからね」

「はあ、ほおひへ？」

じゃあ、どうして別れちまったんだ？　そうきいたつもりが、伝わらなかったのか。

いつまでも口の中に居座る、冷えて固くなった団子のように、母の表情はこわばっていた。どうにか団子を飲み下したとき、呟くようにこたえが返った。

「あたしにも、意地があったからね」

「……意地？」

「女の意地ってやつさ」

およねはさばさばと言って、皿にあった最後のひと串を、ぱくりと頬張った。


「逸、明日、母ちゃんちに遊びに行くぞ」

晩になると、瓢吉は弟に切り出した。

「母ちゃんちに？　どうして？」

「どうしてって、一度高輪に遊びに来いって誘われたんだよ。行くだろ？」

「兄ちゃんも行く？」

「そりゃ行くさ」

「だったら、おいらも行く」

嬉しそうに笑み崩れる。まったく単純な奴だ。

たとえ母がいても、兄弟にとっては他人の家だ。なさぬ仲の父や姉とうまくやっていけるのか、不安もある。それを除くために、高輪まで来てほしいと、およねは乞うた。要は、見合いのようなものだ。

「事を急《せ》くつもりはないんだ。おまえたちがあたしらと暮らしたいって思ってくれるまで、いつまでも待つし、何遍だって通ってくれて構わない。親戚《しんせき》の家を訪ねるようなつもりでさ、遊びにきてほしいんだ」

師走《しわす》に入ると互いに慌しい。霜月のうちにと考えて、明日にした。参詣商い仲間には、今日のうちに断りを入れた。

「そっかあ、お母さんちに遊びに行くんだね。うんと楽しんできてね」

千代太は我が事のようににこにこし、勘七は道のりを心配する。

「高輪までとなると、歩いていくには結構遠いぞ。瓢はともかく、逸は大丈夫か？」

「歩くのは湯島聖堂《ゆしませいどう》まで。そっから舟になるそうだ」

「その日のうちに、帰ってこられるか？　何なら一日、二日、向こうに泊まっても構わねえぞ。そのくらいなら、おれがどうにか瓢の代わりを務めるからよ」

それが見合いだということは、まだ打ち明けないつもりでいた。決まったわけではないし、瓢吉自身にも実感が伴わなかったからだ。

けれども、千代太の眩《まぶ》しいほどの笑顔や、勘七の律義な瞳《ひとみ》にぶつかると、ついしゃべってしまった。我ながらだらしないと思いつつ、胸中のあれこれを仕舞っておける性分ではないのだ。

母からの申し出を伝えると、千代太の眉《まゆ》がみるみる下がった。

「だったらもしかして、高輪に行ったっきりになっちまうの？　瓢ちゃんとは、これでお別れなの？　嫌だよ、寂しいよ」

「そう話を急くな。見合いみてえなもんなんだから、ちゃんと巣鴨に帰ってくるよ」

「でも、でもお！　見合いだとしたら、そこで話が決まるかもしれないでしょ。どうしよう、瓢ちゃんがいないと『千代太屋』だってまわせないよ」

仲間に頼みにされるのは、素直に嬉しかった。

参詣商いは、千代太がとりまとめ役を引き受けて、その名を屋号にした。勘定は勘七が、そして境内での差配は、瓢吉が務めている。

「勘ちゃんも、黙ってないで何とか言ってよ！」

それまでしばし考え込んでいた勘七が、顔を上げた。

「もし、お袋さんの一家に不足がねえなら……高輪に行くべきだと、おれは思う」

「勘ちゃん！ どうしてそんなこと言うの」

「瓢や逸にとっては、その方がいい。ちゃんと世話してもらって、金の心配もなくて。本当はそれが、あたりまえのはずだろ？」

「そうだけど……わかってるけど……」

お店《たな》の坊ちゃんである千代太には、暮らしの苦労ばかりは察しようがない。

「うちもさ、親父が戻ったろ。ひと悶着はあったが、一応、もとの鞘《さや》に収まった。いまになって思うんだ。なつのためには良かったなって」

「なっちゃんの……？」と、千代太が呟く。

勘七には妹のなつが、千代太にもやはり幼い妹がいる。

「おれたちはまだいい。あと二、三年ほどで、身のふり方も決まってくるからな。でも妹や弟は、この先五年も六年も、いまの暮らしが続くんだ」

逸郎の笑顔が、いっぱいに浮かんだ。泣き虫で甘えん坊で、甚だ面倒な弟だ。

こいつさえいなければ、もっと速く、もっと遠くまで駆けていけるのに——。

そう思ったことも、一度や二度ではない。

それでも、瓢吉がこれまで足を止めなかったのは、逸郎がいたからだ。母がいなくなってから、石ころだらけの険しい坂道ばかりだった。息が切れ、座り込もうとするたびに、ふとふり返ると、嬉しそうについてくる逸郎の姿があった。

小さな手が腰にかかり、その温《ぬく》もりが意外なほどに強い力で、瓢吉の尻を押した。

「逸郎は、おまえと離れるなんて、考えてもいねえだろ。だからふたりで、高輪に移れ」

勘七は、まじめな顔でそう勧めた。その横で千代太は、膝《ひざ》の上で両手を握っていた。

「おじいさまから、きいたことがあるんだ。たとえ主人が倒れても、商売を続けていく。そのために、お店を皆で支えるんだって」

隠居の徳兵衛は、孫の千代太に商いのいろはを教えている。教わったときには、ぴんとこなかったと千代太は明かす。

「でも、いまわかった。瓢ちゃんがいなくなっても、皆のために参詣商いは続けなくちゃならない。そのために千代太屋はあるんだ」

うん、と勘七が、力強くうなずく。

「だから瓢ちゃん、後のことは心配しないで。逸ちゃんとお母さんと、達者に暮らしてね」

「いや、千代太、おまえ大泣きじゃねえか。そんな顔で言われても……」

「瓢だって、泣いてるじゃねえか。おまえらほんとに涙もろいな」

瓢吉と千代太の涙腺《るいせん》は、いたってゆるい。滅多に泣かない勘七は、まるで今生の別れのように涙をこぼすふたりに、辛抱強くつき合ってくれた。

ただ、別れを惜しんだのは、決して大げさではない。

ふたりの許しを得たことで、瓢吉の腹は、八分ほど固まっていた。

水を差したのは、その晩遅くに帰ってきた父親だった。


「水だーっ、水もってこい、瓢吉ぃ！」

籠職仲間に背負われた杵六は、へべれけで声を張り上げる。

「父ちゃん、酔ってんのか？　下戸のくせに、何やってんだよ」

夜中にたたき起こされた上に、父親は正体不明になるほど酔っている。色街通いは慣れていても、こんなことは初めてだ。

水瓶から汲《く》んだ水を柄杓《ひしやく》ごと呑み干すと、杵六はそのまま倒れるように寝てしまった。いったん目を覚ました逸郎も、眠気に勝てなかったのか、父親の横で寝息を立てる。

「まったく、なんてえ体たらくだ。これじゃあ、別れを惜しむ気にもなれねえや」

「およねさんが、おまえたちを引きとるって話かい？」

すでにきいているのか、父を背負ってきた豊治《とよじ》が、気づいたようにたずねる。

同じ籠職人で、父とは若い頃からの遊び仲間でもある。といっても、所帯をもってからは色街にたまにつき合う程度で、女房と子供をちゃんと養っている。

母のおよねとも顔馴染みで、離縁の経緯も知っている。兄弟にとっても、よく顔を見せる気のおけないおじさんだ。瓢吉は母とのやりとりを、豊治に打ち明けた。

「そうか……まあ、おっかさんのもとで暮らす方が、おまえらにとってはいいんだろうな。だが、杵には辛《つら》い話だな。別れがふたつも重なってはな……」

「ふたつって、何だよ？」

「いや、おれの口からは言えねえよ。子供に話すのもはばかられるしな」

豊治はもったいをつけたが、瓢吉は急いで頭をめぐらせた。

「実は母ちゃんからも、きいてんだ。女の意地で離縁したと、母ちゃんは言っててな」

微妙に脚色は入ったが、嘘ではない。

「なんだ、おめえもそこそこ知ってたのか」

「細かいところまでは、よくわからねんだ。ほら、母ちゃんにはきけねえだろ？」

「そりゃあな、およねさんとしちゃ、勘弁ならねえもんな。単なる色街遊びならまだしも、たったひとりの女のために、身銭を切って通い続けたとあっちゃな」

えっ、と発しそうになった声を、慌てて呑み込む。

「……父ちゃんはずっと、その女のために？」

「ああ、お志保《しほ》さんていってな。杵の幼馴染だそうだ」

まるで名がきこえたかのように、んごっ、と父親が鼾《いびき》で応じた。


父の杵六が、幼馴染のために色街通いを続けていた。

知らされた瓢吉は、しばしぽかんとした。

「そのおしおだかおしがだかに会いてえがために、父ちゃんは稼ぎをみいんな注ぎ込んで、何年も色街に通い詰めてたってことか？」

「お志保さんな。何でも、同じ小石川で育った仲だそうだ」

籠職人仲間の豊治が言い添える。酔い潰《つぶ》れた父を家まで運び、やはり酒で口が軽くなったのか、子供の耳にはばかりのある経緯を語り出した。

「仲って……夫婦《みようと》約束でもしていたのか？」

「いやいや、そんなんじゃねえ。子供のときは高嶺《たかね》の花で、ろくに口を利くことすらできなかったそうだぜ」

「何だそりゃ？」

「お志保さんは表店のお嬢さんで、人形みたいにきれいな子でな、誰もが憧《あこが》れていたそうだ。杵もそのひとりでな、もっとも裏長屋住まいのしがない棒手振《ぼてふ》りの倅《せがれ》だから、指をくわえて遠くから見ているのが関の山だったそうだ」

「また締まらねえ上に、情けねえ話だな」

下戸のくせに呑めない酒を呑み、豊治に担がれてご帰還した杵六は、呑気に鼾をかいている。やれやれと、ため息が出た。

「おれも一時は、同じ店に通ったからな。たしかに、あんな場末の店にはもったいねえような別嬪《べっぴん》だ」

杵六が出入りしていたのは、板橋宿の『鶸木屋《ひわきや》』という旅籠《はたご》だった。

板橋・内藤新宿《ないとうしんじゅく》・品川《しながわ》・千住《せんじゅ》のいわゆる四宿は、江戸の四隅に配された五街道への門口である。四宿の旅籠には古くから、旅人を色でもてなす飯盛女が置かれ、岡場所のはしりとされる。かつての御改革により、方々の岡場所はお取り潰しの憂き目に遭ったが、四宿はあくまで旅籠と称し、しぶとく生き残った。

鶸木屋も旅籠の看板を上げているが、その実は色宿で、十数人の遊女を抱えていた。

「そのお嬢さまが、何だって板橋宿の飯盛女なぞに？」

「親父さんが店繰りにしくじってな。借金取りに追い回されて、一家で小石川から夜逃げしたそうだ。その後も、運が向かなかったんだろうな。結局、身売りする羽目になったようだ」

「身売りするにせよ、別嬪のお嬢さまなら、もう少し格の高い引受先がありそうにも思うがな」

子供の瓢吉でも、そのくらいは知っている。吉原を甲とするなら、岡場所としての板橋宿はさしずめ丙だ。

「最初はな、もう少し華やかな店にいたそうだが、さすがに薹《とう》が立ってきて、それからは店を転々としたそうだ」

いくつもの岡場所を経て、板橋宿に行き着いたと、豊治は相手の女の経緯を語った。

「杵はこう見えてお人好《ひとよ》しだからな、お志保さんの苦労話にほだされたんだろうな」

昔の憧れと、そして同情が、杵六の足を板橋宿に向けさせた。最初は女房の目をはばかって月に数えるほどだったのが、そのうち腰まで浸《つ》かり、なりふり構わず金の続くかぎり通い詰めるようになった。

「つまりはおれたちの暮らしの金も、その女に貢いじまったたってことか」

「板橋宿《ここ》を出されたら後がない。夜鷹《よたか》にでも落ちるより他にないって泣きつかれてな」

子供ながらに、世間の荒波に揉《も》まれた瓢吉からすれば、あまりに他愛ない。

客の前では、決して本心を見せない。一文でも多く引き出すためなら、子供ですら同情を武器にする。それが商売の鉄則で、参詣商いだろうと色商いだろうと、おそらく変わらない。

「遊女の手練手管ってやつじゃねえのかと、おれも諫《いさ》めたんだがな。杵の奴ときたら、きく耳をもたなくて。そのうち、およねさんにもばれちまってな」

「そりゃあ母ちゃんが、頭にくるのも納得だ」

「およねさんが出ていってからは、意固地になったのか、ますます足繁くなって。おれもつき合いきれなくなっちまってな」

女房に離縁され、仲間にも見放され、杵六はいっそうお志保にのめり込んだ。

そのあいだ瓢吉と逸郎は、ほったらかしにされた。子供達には背を向けて、日中は一心不乱に籠を編み、夜になると出掛けていく。父親の背中しか、瓢吉は覚えていない。

いまもやはり、父は背中を向けて眠りこけており、まるで大きな海鼠《なまこ》のように見える。

「で、この体たらくは何なんだ？　さっき、別れがどうこう言ってたが」

「いや、それがよ、お志保さんが身請けされちまってな。身請けしたのは、やはり客のひとりだった商人だそうだ」

杵六にとっては寝耳に水で、いつものとおり鶉木屋に出向いて、身請け話を初めて知らされた。動顚《どうてん》と気落ちのあまり家に帰る気にもなれず、豊治を引っ張り出して酒につき合わせた。夜鳴き蕎麦《そば》屋でたっぷりと、愚痴やら泣き言やらをこぼし、この有様だと豊治はため息をつく。

「結局、女に騙《だま》されて、いいカモにされてたってことじゃねえか。だらしがねえにも程がある」

「まあ、そのとおりなんだがな……罰が当たったと、杵は言ってたよ。おまえたちは、およねさんのもとに行くんだろ？　同じ折に、お志保さんも失った。すべては身から出た錆《さび》、因果応報だと、くり返しこぼしていた」

いまさら悔いても、後のまつりだ。こぼれた水は、盆には返らない。妻も、そして息子たちも、自分のもとを去っていく。

「目当ての女がいなくなって、親父はこの先どうするのかな……」

「案外、別の女に鞍替《くらが》えして、また板橋に通うかもしれねえぞ。ひとりっきりじゃ、他にすることもねえからな」

冗談のつもりか、そう口にして、豊治は腰を上げた。礼を言って、豊治を見送る。

狭い座敷に戻ると、父の肩からずり落ちた半纏《はんてん》をかけ直す。

「ほれ、風邪ひくぞ、馬鹿親父」

と、眠っているはずの海鼠が身じろぎし、呟くようにこたえた。

「わかってらあ……おれは、何もしてやれねえ馬鹿親父だ。おめえらは、母ちゃんと達者で暮らせ」

半ば寝言であったのか、あとは寝息だけが返った。


「兄ちゃん、眠そうだね。夜更かししたの？」

弟の手を引いて、湯島聖堂へと向かいながら、何度も大あくびをする。

「夜中に親父に叩き起こされてよ……逸は、覚えてねえのか？」

「うん、覚えてねえ……おいら何でも、すぐ忘れちまうんだ」

「そいつは、頼もしいかぎりだな」

適当に相槌《あいづち》を打って、またあくびの数を稼ぐ。

今日は、母が再縁した家を、訪ねることになっていた。湯島聖堂に近い船着場まで、母のおよねが迎えにきて、ともに乗合船に乗った。神田《かんだ》川から大川《おお》に出て、大川の河口に架かる永代橋《えいたい》に至るまで、瓢吉はずっと寝こけていたが、ここで舟を乗り換えた。

この先は海を行くために、帆掛け船を使うのだ。伝馬船ほどの小型の舟ながら、船足は速く、右手に見える浜御殿や増上寺《ぞうじょうじ》がとぶように過ぎていく。兄弟もこのときばかりは船縁《ふなべり》に張りついて夢中で景色に見入った。

やがて高輪の船着場に着いて、そこから三町ほど歩いた。

「へえ、思っていたより立派な構えじゃねえか」

障子戸には『兼八』と大書され、その横に、茶臼目立と添えてある。

石臼の上下の境に、鑿《のみ》と鏨《たがね》で溝を刻むのが目立師だ。茶臼は粉を挽《ひ》く臼よりも小型で、石の目立てによって抹茶の味が大きく変わる。また石臼は摩耗するだけに、小まめな修繕や調整も欠かせない。

さる高名な茶人が贔屓《ひいき》についたことから、兼八は目立師として名が売れた。いまは職人や弟子を五人抱えていた。

「よく来てくれたな。ゆっくりくつろいでくれ」

当の兼八は、口が重く愛想のない男だったが、向けられた眼差《まなざ》しは優しい。瓢吉は、かえって好感をもった。

調子のいい者は、嘘やへつらいを紛れ込ませるために、口達者にならざるを得ない。外ならぬ瓢吉自身がその手合いで、時折、自分の口に嫌気がさす。

手技という絶対の拠《よ》り所があるからこそ、口に頼らずに己を通すことができるのだろうか。職人の姿に、憧れに近い気持ちがわいた。

そして兄弟を誰よりも歓迎してくれたのが、兼八の娘のおこまだった。

「よろしくね、瓢吉さん。弟になるのだから、瓢ちゃんでいい？」

いきなりてらいのない笑顔を向けられて、妙にどぎまぎしながらうなずく。

「あたしのことは、おこまでも姉さんでもいいからね」

「姉さん……」

口の中でころがすと、これまで味わったことのない甘い味がする。

十三のおこまは、瓢吉とは三つ違いのはずだが、ずっと大人びて見えた。

「あなたが逸郎ちゃんね、まあ、可愛いこと」

兄の腰に張りついている、逸郎の頭をなでる。参詣客で慣れているだけに、逸郎はとびきりの笑顔を返す。

「お母さん、お迎えご苦労さま。朝が早かったから、大変だったでしょ」

「川舟で、たっぷり休んできたから大丈夫さ。瓢吉と一緒に寝こけちまってね。懐の番は、逸郎がしてくれたんだよ」

「昨日、あんまり寝てねえからよ。櫓《ろ》を漕《こ》ぐ音がまた、子守歌みてえで」

「楽しみで、眠れなかったんでしょ？　あたしも同じ。だって弟なんて初めてだもの。しかもふたりも！」

昨晩の父の顚末を明かすわけにもいかず、ひとまずそういうことにした。

「あ、その包みは『おたふく』ね！」

「ああ、おこまの好物の餡餅《あんもち》を買ってきたんだ。それと、この子たちの好きな団子もね」

母は途中で、おたふくという菓子屋に寄った。母がさし出す土産の包みを、おこまは嬉しそうに受けとる。

おこまがこの家に来て、まだひと月ほどときいていた。

なさぬ仲の母娘ながら、思った以上に睦《むつ》まじい。

「気丈な子でね……おっかさんを亡くして辛いはずなのに、あたしらの前では明るくふるまって。せめて精一杯のことを、してあげたいと思ってね」

家まで歩く道すがら、母はおこまについてきかせてくれた。

実母の四十九日を済ませてから、おこまは兼八とおよねのもとに引き取られた。

「最初から母親面するつもりはなくて、親戚の叔母《おば》さんくらいに思っておくれと言ったんだ。でもあの子は、お母さんと呼んでくれてね。亡くなった母親がおっかさんで、あたしがお母さん、というわけさ」

互いの気遣いも功を奏し、気性も合いそうだ。ふたりのやりとりをながめて瓢吉は察した。奥で饅頭や団子をいただき、四人でおしゃべりに興じる。兄にくらべると引っ込み思案な逸郎も、ほどなく打ち解けて、母やおこまに愛嬌《あいきょう》をふりまく。

昼餉《ひるげ》には兼八も加わって、母の手料理を味わった。芋の煮ころがしも鰈《かれい》の煮つけも、瓢吉の舌は覚えていた。

「うお！　この芋の煮ころがし、懐かしいな。甘くてほっくりして、昔とおんなじだ。逸は、覚えてるか？」

「ううん、覚えてない……」

「まだ小さかったんだから、無理もないね。さ、たんとお上がりな」

懐かしいと言われたことも、覚えてないと告げられたことも、同じくらい痛かったのかもしれない。母はたんこぶをさすってでもいるような、苦笑いをこぼした。

「よかったら、浜に行かない？　高輪の名物は、何と言っても海だもの」

昼餉が済むと、おこまに誘われた。おこまと兄弟を、馴染ませようとの気遣いか。母は後片付けを引き受けて、子供三人を送り出した。

「うへえ！　気持ちがいいなあ。本当に真ん前が海なんだな」

瓢吉が、うん、と伸びをする。霜月の末だけに水は冷たかったが、よく晴れていて風もさほど強くない。波打ち際で足を水に浸したり、砂山を作って棒倒しに興じたり、ひとしきり遊んだ。

「瓢ちゃんと逸ちゃんが来てくれたら、毎日遊べるね」

楽しそうな顔を向けられて、瓢吉は思わず下を向いた。おこまは敏感に気づいて、瓢吉のとなりに腰を下ろす。

逸郎は見つけた蟹《かに》に夢中になっていて、砂浜に寝そべって棒でつついていた。

「うちが、気に入らなかった？」

「そんなことねえよ！　おじさんもいい人だし、おこま姉ちゃんも親切だし」

「もしかして……お母さんのこと、恨んでる？」

自分で思う以上に驚いて、おこまをふり返った。

「お母さんがね、気にしてたんだ。二年半も会いにいかずに、ほったらかしにしちまったって。恨まれても仕方がないって」

離縁の元凶は父であり、母を恨んでなぞいない。昨日、巣鴨で会った折、母にもそう伝えた。なのにどうしてだか、おこまに真っ直ぐに切り込まれると、こたえに詰まった。

「お母さんが会いにいかなかったのは、前のご亭主を、瓢ちゃんたちのお父さんを許せなかったからだって」

両親は、惚《ほ》れ合って一緒になった。だからこそ浮気はこたえ、相手の女のために湯水のように金を注ぎ込むさまは、母をいたく傷つけた。

母の心の傷は、思う以上に深かった。巣鴨に足を向けることすらできなくて、やがて見合いで兼八に嫁ぎ、夫婦の暮らしが落ち着いてきてようやく、捨てて逃げてきた過去と向き合う勇気がわいたのだ。

「女同士だからね、お母さん、話してくれたんだ。あたしもね、死んだおっかさんには言えなかったことも、案外ぺろりとお母さんにはしゃべっちまうの。不思議だよね」

「そういや、おこま姉ちゃんの親は、どうして離縁したんだ？　おじさんは真面目そうで、浮気なぞしそうもねえし」

「うちはね、おばあちゃんがきつい人で。おっかさんが気苦労のあげくに倒れちまって、おとっつぁんは実家《さと》に帰すことにしたんだって」

「なるほど……姑《しゅうとめ》とのいざこざか」

「そのおばあちゃんが亡くなって、およね母さんと一緒になったんだよ」

何気ないようすで語ったが、おこまが大人びているのは、相応の苦労を重ねてきたためかもしれない。祖母と母の不仲、両親の離縁と母の再縁。その母も亡くしてしまった。

おこまの歳を見かけより引き上げたのは、きっと細竹の節のように折々に溜《た》めこんだ寂しさだ。心許なく不安で、自分だけ置いていかれたような悲しさだ。その気持ちが、瓢吉にも手にとるようにわかる。瓢吉もまた、同じ思いをしてきたからだ。

「母ちゃんのことは、恨んでない……恨まねえように、してきた。空きっ腹を抱えて、そんな暇もなかったしな」

できるだけ正直に、いまの自分の気持ちを告げた。

「ただ、一緒に暮らせねえのは、別のわけなんだ。母ちゃんも、おじさんも姉ちゃんも関わりなくて……」

懸命に説こうとしたが、心の中にわだかまった思いを言葉にするのは、いたく難しかった。母がいないところで、瓢吉は己の足場を築いてきた。一切を捨てて母のもとに行くのは、何か釈然としない。女の意地ならぬ、男の意地だ。

「そっか……瓢ちゃんは、巣鴨にいるお仲間や、参詣商いを捨て難いんだね」

覚束《おぼつか》ない説きようを、おこまはそのように理解した。

「捨て難いといや、もうひとつあって……馬鹿親父を、放っておけねんだ。いまはな」

相手のお志保が去った経緯を、かいつまんで語った。

「どうしようもない親父だが、いちばん弱ってるときに打遣《うっちゃ》るのは、卑怯《ひきょう》に思えてよ。子供や病人と同じだろ？　首でも縊《くく》られたら、それこそ寝覚めが悪いしよ」

母やおこまとのひと時は、掛け値なく楽しかった。だからこそ、ひとり家で海鼠になっている父が、しきりに思い出された。

父親としては落第だが、世の中にはもっとひどい親がいる。仲間の境遇から、瓢吉は学んだ。杵六はたしかにろくでなしだが、子供を叩いたり足蹴にしたり、暴言を吐いたり傷つけたりはしない。そういう大人は世の中にいくらでもいて、父はまだましな方だ。甲乙丙に見立てれば、丙の上といったところか。

「わかってるよ。馬鹿だって言いてえんだろ。たしかに親父譲りの大馬鹿者だ」

「それを言うなら、お人好しでしょ」

妙なところが、父に似ていた。嬉しくもないはずが、おこまににっこりされると、不思議と悪い気はしなかった。

「それでな、おこま姉ちゃんに頼みがあんだ。逸郎だけは、ここで養ってもらえねえか」

「兄弟、離れ離れになるというの？」

「逸はまだ小さいから、母ちゃんと暮らすのがいちばんだ。あいつは甘ったれだからな、おれの代わりに構ってやってほしいんだ」

「もちろん、喜んで面倒見るよ。でも、逸ちゃんが承知しないんじゃ……あんなにお兄ちゃんを慕ってるのに」

その折に、「兄ちゃん！」と呼ぶ、逸郎の声がした。

「ほら、蟹が釣れたよ！」

逸郎が握る枝の先に、蟹がぶら下がっている。いっぱいの笑顔が胸に刺さり、泣けそうになった。

「逸には、おれから話すよ。相当にごねるだろうが、それが筋ってもんだからな」

おこまを先に帰して、瓢吉は弟を手招きした。


「嫌だ！　おいらは兄ちゃんと一緒にいる！　兄ちゃんと一緒に巣鴨に帰る」

案の定、逸郎はがんとして承知しなかった。まあ、端《はな》からわかっていたことだ。

「ここにいれば、毎日、母ちゃんの旨い飯が食えるんだぞ。好物の団子だって、食い放題だぞ」

「団子なんていらない。兄ちゃんがいい」

「おこま姉ちゃんのことは、逸も好きだろ？　兄ちゃんの代わりに、姉ちゃんができるんだ」

「おいらは、兄ちゃんがいい！」

駄々をこねる子供には、理屈が通用しない。弟や仲間のちびたちのおかげで、身にしみてわかっている。

「なあ、逸郎、おまえ、母ちゃんと暮らしたいと思わねえか？」

「思わねえ」

即座に返されて、にわかに戸惑った。こんなふうにはっきりと、ものを言うのはめずらしい。

「もしかして、逸、母ちゃんが嫌いなのか？」

「嫌いじゃねえ。でも怖い」

「……怖い？　母ちゃんは、怖くねえだろ。逸に優しくしてくれるだろ？」

「だって母ちゃんは……のっぺらぼうだから」

母が妖怪《ようかい》だと言われても、話が繋《つな》がらない。首を傾げつつも、辛抱強く弟にたずねる。

「母ちゃんには、ちゃんと顔があるだろ？　のっぺらぼうなんぞじゃねえだろ？」

「だっておいら、母ちゃんの顔を忘れちまって……母ちゃんを思い出そうとしても、のっぺらぼうしか出てこなくて……」

ふいに、今朝のやりとりが頭に浮かんだ。

——おいら何でも、すぐ忘れちまうんだ。

あれは、母のことだったのか——。痛みのような切なさに襲われた。弟が、これほど傷ついていたとは、迂闊《うかつ》にも気づいていなかった。

母が去ったとき、弟はまだ四つだった。忘れても無理はない歳頃で、深くは考えなかった。母への思慕を長く引きずっていた瓢吉にしてみれば、むしろうらやましくすらあった。

だが、そうではなかった。小さいからこそ深手を負い、消えない傷となったのだ。

「母ちゃんが家に来るようになって、今日も一日、一緒にいて……目の前にいるときは、母ちゃんてわかるんだ。でも、後で思い返そうとしても、やっぱり母ちゃんの顔だけ、のっぺらぼうのままで……」

逸郎の口が横に歪《ゆが》み、大粒の涙がこぼれた。

「兄ちゃんと離れたら、兄ちゃんもきっとのっぺらぼうになっちまう……おいら、兄ちゃんだけは、のっぺらぼうにしたくねえんだ……兄ちゃんだけは、忘れたくねえんだよお」

わんわんと泣き続ける弟を、ぎゅうっと力いっぱい抱きしめた。

「わかった、わかったから、もう泣くな……兄ちゃんが悪かった。おまえとはずうっと一緒だ。一緒に巣鴨で暮らそうな」

海風が、少し強くなってきた。

弟の肩から顔を上げると、砂浜の向こうに佇む、母の姿が見えた。


「よかったあ、瓢ちゃんと逸ちゃんが巣鴨で暮らすことになって」

翌日、瓢吉は、高輪での出来事を、千代太と勘七に語った。

「だが、お袋さんはがっかりしたろ。息子ふたりに袖にされて」

「まあな。でも、母ちゃんもわかってくれたし、兼八さんやおこま姉ちゃんもいるしな」

「お母さんとは、また会えるよ。これからも、高輪に遊びに行くんでしょ？」

「うん、道も覚えたし、そのうちな。あ、そうだ！　今度はおまえたちも一緒に行かねえか？　帆掛け船は、すんげえ気持ちいいぞ」

「うわあ、乗ってみたい！　次に行くときは、ぜひ誘ってね」

千代太は期待をふくらませたが、勘七は現実の懸案が気になるようだ。

「あとは、親父さんだな。相手がいなくなったんなら、さすがに色街から足が遠のくんじゃねえか？」

「いやあ、なにせあの親父だからな。そのうちまた別の通い先を見つけて、もとの木阿弥《もくあみ》になりそうな気もするな」

「いまのうちに、おじいさまに釘《くぎ》を刺していただこうか？　きっといつにも増してたっぷりと、お説教してくださるよ」

「お、そいつはいいな。親父には、何よりの薬になりそうだ」

隠居家の囲炉裏端で、三人で笑いこける。ここが自分の居場所なのだと、そう思えることが心地よかった。

おわさが魚板を叩いて、おやつだと告げる。外で遊んでいた逸郎も、小さい仲間たちと一緒に戸口からとび込んでくる。

「お登勢さまが、卵を買ってくだすってね。今日のおやつは、茹《う》で卵だよ」

わあっと子供たちから歓声があがる。卵は値の張る代物で、かけそば一杯が十六文なのに、茹でた卵は一個二十文もする。子供たちにとっては滅多に食べられないご馳走《ちそう》であり、手習師匠を務めるお登勢の心配りであろう。

「兄ちゃん、すごいね、茹で卵だって！」

真っ白でつるりとした卵が、のっぺらぼうを思い起こさせたが、幸い弟は頓着《とんじゃく》がなさそうだ。おわさから渡された卵を、嬉しそうに受けとる。

のっぺらぼうの話は、母にも、仲間にも語っていない。

どのくらい高輪に通えば、逸郎の中ののっぺらぼうは消えるだろうか。何年かかっても、いつか母の顔に、目鼻がついてほしいと瓢吉は祈った。

「兄ちゃん、殻が剝《む》けないよお」

「どれ、貸してみろ。卵なんだから、割りゃあいいんじゃねえか？」

板間にぶつけると割れ目ができて、わずかながら中身が覗いた。

六 隠居おてだま

霜月末の午後、嶋屋の奥座敷では、密談が交わされていた。

「この辺りが、汐時《しおどき》でしょう。そろそろお父さんに明かさないと」

「すでに五月を過ぎましたからね、お腹も目立ってきましょうし」

「明かすといっても、誰がどのように伝える？　薄氷を踏むより危ういのだぞ」

嶋屋の主人たる吉郎兵衛が、ふたりに案じ顔を向ける。

心配性の長男と違って、母のお登勢は沈着冷静が身上で、次男の政二郎は何事も柳に風と受け流す。ただこればかりは、おいそれとこたえが出ない。というのも、すでに正答するための時機を逸しているからだ。誤答のうち、少しでもましなこたえを、徳兵衛の勘気をできるだけ和らげる方途はないか、と模索を重ねてきた。

「ここはやはり、お母さんにお任せしては？」と、吉郎兵衛が言い出す。

「いいえ、私では、かえって意固地を招くだけです」

「己より先にお母さんが知っていては、お父さんの面目が立ちませんからね」

おかしそうに、政二郎が相槌《あいづち》を打ち、もっともらしく続ける。

「まあ、本当なら、秋治とお楽がそろって、お父さんに許しを乞《こ》うのが筋でしょうが」

「お楽の腹が、お父さんの目に留まればどうする？　何もかもが水の泡だ」

「いまは冬ですから、綿入れに衣を羽織れば、もうしばらくはごまかしも利くでしょう」

お登勢は淡々とこたえたが、吉郎兵衛の焦りは増すばかりだ。

「そもそも、無理があったのだ。あと五月で、子が生まれるのだぞ。どう勘定しても、産み月が合わんだろうが」

「いまさらそれを言いますか。もとより無理は承知のはず。一切を隠し果《おお》すことはできません。私としては、お父さんの勘気は覚悟しておりますよ」

その上で、徳兵衛とお楽の縁を断つことなく、先に繋《つな》げるやりようを案じていたと、政二郎は語る。

「分家のおまえはそれでよかろうが、私は嶋屋の主人なのだぞ。お楽の不行届は、私に責めがある。つまりはお父さんの怒りは、すべて私に向けられるんだ！」

お楽が身籠《みごも》ったと知れたのは、九月の初めだった。産婆の見立てでは、懐妊してふた月半。十一月末のいまは、五月過ぎとなる。

身持ちの悪さは、徳兵衛がもっとも嫌うところだ。親の許しも得ず、どこの馬の骨ともわからぬ男と子をなしたと知れれば、勘当は必然だ。娘のため、妹のために、三人は知恵を絞った。

まず相手の男が、どこぞの馬の骨ではないと、徳兵衛に認めさせることだ。これはひとまず上手《うま》くいった。お楽の相手の秋治は、腕のある錺師《かざりし》で、真面目で律義な気性だった。お楽がとっかえひっかえ関わった男たちの中では、大当たりと言える。家族にとっては安堵《あんど》のいく唯一の材となった。

錺とは、金属の細工をさし、簪《かんざし》や煙管《キセル》から、建具や箪笥《たんす》の金具まで幅広い。

秋治は簪を得手としていたが、お楽の頼みで帯留を拵《こしら》えた。この帯留に、商機を見出《みいだ》したのが政二郎だ。

秋治の帯留と、徳兵衛が商う帯締めを合わせれば、儲《もう》けの種となる。商売根性たくましい父が、これを見逃すはずがない。いわば徳兵衛の商いの中に、秋治を組み込んでしまうのだ。この思案は、お登勢も悪くないと判じた。

「秋治さんの気立ての良さは、きっとご隠居さまも気に入りましょう。己が認めた者なら、お許しになるかもしれません」

「お楽と秋治の縁を繋いだのは、あくまでお父さんということにすれば、いっそう抜き差しならなくなる。その手を使ってはどうだ?」

吉郎兵衛も乗り気になり、この大芝居が始まった。

秋治がまず徳兵衛に商談をもち込み、その帯留をお楽が気に入り、ほどなく秋治と知り合う、という筋書きだ。ひとまずは上首尾に運んだものの、お腹の子は日に日に大きくなるだけに、うかうかしてはいられない。

「産み月のずれは、早産と言い張るしかありませんね。産婆の見立てが、ひと月やふた月狂うことはままありますし、七月ほどの早産もあり得ますから」

お登勢はあくまで、落ち着いた姿勢を崩さない。

「お父さんにぶつけるなら、誰がよいか。お母さんは、どう思われます?」

深慮遠謀なら、お登勢に勝る者はない。心得ている政二郎は、母に水を向けた。

「秋治さんがおひとりで、お楽と夫婦《みょうと》になりたいとご隠居さまに申し出る。それがよろしいかと、私は思います」

「秋治ひとりで、大丈夫でしょうか？　せめてお母さんが付き添われては？」

「身内が傍にいては、意地が先に立ちましょう。他人である秋治さんになら、存外、素直な存念を打ち明けるかもしれません」

そうですね、と政二郎はうなずいて、吉郎兵衛も不安は拭《ぬぐ》いきれぬものの同意する。

「では、秋治にそのように伝えましょう。明日にでもさっそく隠居家に向かわせて……」

「待て待て、政二郎、そう事を急《せ》くな！」

「急がねばと言ったのは、兄さんですよ」

「まずはお父さんのご都合を伺って、秋治に段取りを含めねば。何よりも今日明日では、気持ちの仕度が整わない。吉と出るか凶と出るか、そこで事が決まるのだからな」

いたって気の弱い長男のおかげで、決行は二日後となった。

このたった一日が、秋治とお楽の明暗を、大きく分けた。


「ほう、このたびもまた、目新しい意匠ですな」

徳兵衛が披露した帯留細工に、番頭が目を見張る。

三人が密談を交わしていた頃、徳兵衛は日本橋堺町の柏屋にいた。

柏屋は、歌舞伎役者が営む小間物屋だが、実で商いを廻《まわ》しているのはふたりの番頭だ。ことに二の番頭の経兵衛は、商いにおいてはそつがなく、気の抜けない相手だが、一方で手応《てごた》えも感ずる。

「海老《えび》に萩、兎に波、蜘蛛《くも》に牡丹《ぼたん》とは、意匠の合わせように妙がありますな」

　同席する長門屋佳右衛門も、深くうなずいた。卸問屋の佳右衛門もまた、気骨あふれる商人だけに、三人が同席する商談の場は、緊張と高揚がないまぜになって、徳兵衛はいつにない昂《たかぶ》りを覚える。

「兎に波は、たしかそのような家紋があったかと。こうして細工として形になると、より面白みが増しますが」

「いっそ客の家紋を帯留とするのはどうです？　新たな商売に繋がりそうにも思えます」

「良い策ですが、そちらは別の錺師に任せては？　意匠の合わせようの妙味こそが、秋治の売りなのですから」

　互いに思案を交わすごとに、商いの先行きが広がっていくようで実に楽しい。それぞれが培った商売魂に裏打ちされて、単なる夢物語では終わらず利に則《のっと》ってもいる。

「そういえば、かねがね気になっておりましたが、秋治ではいかにも名が軽い。もっと風雅な名にした方が、錺師としての重みが増すのでは？」

「それはよろしいですな。さっそく秋治と相談いたしましょう」

　経兵衛の申しように、徳兵衛は即座に応じた。

「ならばいっそ、顔合わせのための席を設けてはいかがです？　職人とのやりとりは、ご隠居さま任せにしておりましたが、そろそろ当人に会《お》うてみたくなりました」

　佳右衛門の言い分ももっともだ。堺町の料理屋で一席設けることにして、秋治に伝えておくと徳兵衛は請け合った。経兵衛が、並んだ細工にほれぼれと見入る。

「曲がりのない律義な人柄ときいておりますが、細工の意匠には何がしかの色気がある。職人と細工は別物と承知してはいますが、実に不思議なものですな」

「言われてみれば、たしかに……」

うなずいた徳兵衛に、佳右衛門がたずねた。

「色気といえば、秋治はたしか独り者でしたな。いい交わした相手なぞは、いないのですか?」

「その辺りもとんと……。会うたときには、細工の話ばかりで」

「物堅いところは、ご隠居さまも同じですからな」

佳右衛門は笑顔で話を収めたが、徳兵衛は手にした帯留に目を落とした。

何だろう? 何かが目の前を掠《かす》めたように思えたのだが、瞬《まばた》きするあいだに、燕《つばめ》のようにたちまちとび去っていた。後には見極められなかった、もどかしさが残る。

「では、角切紐《すみきりひも》の話に移りましょうか。まずは墨付を与える件ですが、先に申し上げた十五軒とは話がつきました。墨付料においても、こちらの言い値が通りまして、正月から一斉に売り出す段取りにいたしました」

佳右衛門の報告に気をとられ、覚えたもどかしさは遠のいていた。


「朝から嶋屋にお出掛けとは、おめずらしいですね」

翌朝、徳兵衛は、下男の善三を伴って隠居家を出た。

「うむ、年明けから組紐師の数が増えるからな、これまで以上に糸の仕入れが増える。改めて値の相談をすべきかと思うてな」

たとえ身内のあいだでも、商いにおいては筋を通さねば気が済まない性分だ。徳兵衛の言い値をそのまま承知した吉郎兵衛に、こんこんと説教したことすらある。

「おまえは嶋屋で、荷運び仕事があるのだろう？　わしの帰りは気遣わんでよいぞ」

「へい、そういたしやす」と、善三は素直に返す。

隠居家に移った頃は、無口で不愛想に見えた善三だが、近頃ではよく話をするようになった。慣れはお互いさまだが、若い下男の方が徳兵衛に懐いたと言えなくもない。

嶋屋のような大所帯では、下男と親しく口を利く機会なぞ滅多になく、短気で小うるさい主人となればなおさらだ。しかし隠居してからは、徳兵衛も少しは鷹揚《おうよう》を覚え、また怒鳴るにも筋道立った理由があるのだと、間近で見ていて善三も学んだようだ。

こうして供をする折に、雑談なども交わすようになったが、もともと口数の多い男ではないから、徳兵衛としても邪魔にならない。

短い会話を終えると、善三は行儀よく口を閉じたが、小さな鼻歌がきこえてくる。

「このところ、ずいぶんと機嫌が良いな。何かいいことでもあったか？」

「え？　いやあ、たいしたことではねえんですが……」

ちらりと後ろをふり返り、下男の顔をながめる。

「そのにやついた顔は、もしや女か？」

「い、いや、違《ちげ》えやす！　決して色っぽい話なんぞじゃねえんです」

大げさに否定しながらも、わかりやすくどぎまぎする。この手の話は不得手だけに、掘り下げるつもりはなかったが、歩きながら善三は遠慮がちに語り出した。

「実はこの前、こっぴどく振られちまいやして。と言っても、恋仲でも何でもねえ、勝手に岡惚《おかぼ》れしていた人が、あっさりと嫁に行っちまいやしてね」

善三の想い人が、組紐場を手伝う子持ちのおむらであったことは、隠居家中に知れ渡っているのだが、徳兵衛の耳にだけは入っていない。噂のたぐいを伝えるのは、おわさの仕事なのだが、こと息子の話となれば自《おの》ずと口は堅くなる。

「まさか子持ち女に懸想していたなんて、きいたときには腰が抜けそうになりましたよ。二十歳そこそこで、わざわざ苦労を背負《しょ》いこむことはありませんからね。おむらさんが片付いてくれて、やれやれですよ」

お登勢を相手に、おわさはそんな愚痴もこぼしていたが、むろん徳兵衛は知る由もない。

おわさは亭主を亡くし、善三を女手ひとつで育てた。いわばおむらと同じ立場なのだが、ひとり息子に並の幸せを望むのは、実に親らしい身勝手かもしれない。

当の善三も、気持ちのけりがついたようで、さして湿っぽくない調子で語る。

「気落ちしたのは、振られちまったからじゃねえんです。おれは度胸がなくて、ただながめているだけでやした。それがてめえでも情けなくて」

「まあ、そうだな。手をこまねいているだけでは、商いの機もめぐってはこんからな」

何事も商売に置き換えて理解するのが、徳兵衛の癖である。

「恋ってのは、身を投げ出してこそ。我が身が可愛いうちは、恋なぞできねえ——。きっとそういうもんなんでしょうね」

「なるほど……道理で苦手なわけだ」

妙に合点がいって、小さく呟《つぶや》いた。たったひとりの相手のために身を投げ出すなぞ、徳兵衛にとっては怪談よりも恐ろしい。

「だが善三、袖《そで》にされてその浮かれようは、辻褄《つじつま》が合わんぞ」

「へへ、捨てる神あれば、拾う神ありってもんで」

「すでに他の女に、鞍替《くらが》えしたというのか？　さような身軽は、あまり感心せんな」

徳兵衛がたちまち不機嫌を露《あら》わにし、善三は慌てて弁解する。

「いやいや、そんなつもりはありやせん。あっしにとっちゃ、思ってもみなかった相手で。未《いま》だに戸惑っている有様でやして」

まだほんの子供だと侮って、娘とは捉《とら》えていなかった。互いの不器用も手伝って、気持ちを確かめ合うような真似もしていないと、ばつが悪そうにぼそぼそと語る。

「それでもね、ご隠居さま。てめえの意気地のなさにがっくりしていた折に、おれを陰ながら見守ってくれる者がいた。そいつが何だか嬉《うれ》しくて……それだけでさ」

もっとも興味のない色恋の話を、目下の奉公人からきかされる。どうして律義に耳を傾けているのか、我ながら呆《あき》れる思いがしたが、たまにはいいかと、そんな気になった。

しかし肝心なところは、釘《くぎ》を刺さねば済まないのが徳兵衛だ。

「その相手というのはまさか、隠居家の内におるのではなかろうな？　わしは奉公人同士の色恋など、認めぬぞ」

「え、ま、まさか！　滅相もない！」

全力で否定され、ならばよし、と田舎道を歩き出す。

鼻歌は途切れ、善三はしょんぼりと従った。


徳兵衛が嶋屋の内に留《とど》まったのは、わずか半時ほどだった。

糸の卸値が決まれば、他に用はない。さっさと嶋屋を辞去して、帰途についた。

「しかし、吉郎兵衛のようすは妙だったな……明日の都合ばかりを気にして」

昨日、柏屋から戻ってみると、秋治から文が届いていた。相談事があるから、二日後、つまりは明日の午前《ひるまえ》に訪ねたいとの由だった。ちょうどこちらからも、顔合わせを打診するつもりでいたから折が良い。使いの小僧に、承知を告げた。

その話をすると、何故だか吉郎兵衛の顔が強張《こわば》った。

秋治は嶋屋を通して、五十六屋に組紐を求めにきた。もちろん吉郎兵衛も承知している。互いに知らぬ間柄ではないが、さして親しくはないはずだ。妙にも思えたが、気の小さい長男のことだ。また些末《さまつ》なことを案じているのだろうと、すぐに気掛かりを払った。

「おや、嶋屋さんではございませんか」

嶋屋を出て早々、往来で声をかけられた。

前に会ったときよりも白髪は増えていたが、人懐こい笑顔は変わらない。

「これは亀井屋《かめいや》さん。いや、お久しゅうございますな」

「互いに隠居の身の上ですからな、無沙汰《ぶさた》もお互いさまですよ」

巣鴨町を東南の方角に抜けると、巣鴨仲町《すがもなかちょう》や巣鴨原町《すがもはらまち》など、巣鴨とつく町がいくつもある。亀井屋は、巣鴨原町にある糸問屋で、いわば同業仲間であった。

「ここで会ったのも、ご縁ですな。実は今日、『乾越会《かんえつかい》』の集まりがありましてな」

乾とは、北西の方角をさす。江戸の北西に店をもつ糸問屋は、『乾《いぬい》の会』という仲間を作り、商い事などを相談していた。互いを屋号で呼ぶのは、そのためだ。

幕府が定めた株仲間ほど強固なものではないが、産地ごとの糸の出来や値段の相場など、糸商いには欠かせぬ話も多い。徳兵衛もまた嶋屋の主人であった頃は、この乾の会にまめに顔を出し、いまは吉郎兵衛が加わっていた。

「ほう、乾越会ですか」

と相槌を打ちながら、こちらには足を向けたことが一度もない。乾越会とは字のとおり、乾の会を越えた者、つまりはかつての仲間が隠居後に作った会である。

「はい、板橋宿で。私は行き掛けに、巣鴨町の見知りの家に寄ったのですが、これから駕籠《かご》で板橋宿に向かうところでしてな。よろしければご一緒しませんか」

「いや、わしは不調法者でしてな、商いより他は面白みもありません。行ったところで皆さんのお邪魔になるのが関の山ですから」

遠回しに断ったが、実のところはまったく興味がない。商売に何ら関わりなく、年寄りばかりが集まったところで、さして面白くもなかろう。人との馴《な》れ合いが苦手な徳兵衛にとっては、平たく言えば、時と金の無駄遣いとしか思えなかった。

「そう言わず、一度くらいお運びくださいまし。芸者を呼ぶような派手な催しではなく、料理屋で昼餉《ひるげ》の膳《ぜん》を囲みながら、昔語りに花を咲かせるだけですし」

年寄りの昔話ほど、無駄なものはない。仲間内で過去を自慢しあって、何になろう――。内心ではげんなりしたが、亀井屋は存外食い下がる。

「この前も、嶋屋さんの話が出ましてな。一度もいらしていないのは、嶋屋さんだけですから。このまま互いに顔を合わせることなく、どちらかが先立ってしまうのはあまりに寂しいと」

その言葉ばかりは、妙に胸に刺さった。老い先がどれほどあるのか、一年か二年か、はたまた十年か誰にもわからない。

「己の葬式前に、一度くらい会いたいものだと、丸喜屋《まるきや》さんなぞはそんな冗談を口にしておりました」

丸喜屋は乾の会でも最高齢で、すでに七十を越えている。向こうが隠居して以来だから、軽く十年以上は顔を合わせていない。面倒見のいい人で、徳兵衛が乾の会に入り立ての頃は、何くれとなく声をかけてくれた。

急に焦りに似た申し訳なさが募り、亀井屋の熱心にほだされた感もある。

「丸喜屋さんや皆さんに、無沙汰を通したのはこちらの不徳。遅まきながら、お邪魔させていただきます」と、応じていた。

道の先の辻で駕籠を拾い、二丁仕立てで板橋宿に向かった。

「駕籠代と昼餉でいくらになろうか。帰りは駕籠を使わず、歩くとするか」

板橋宿に着く頃には、駕籠に揺られながら、頭の中で算盤《そろばん》を弾《はじ》いていた。


「これは嶋屋さんではありませんか。いや、お懐かしい。ようお越し下された」

丸喜屋の隠居は、実に嬉しそうに迎えてくれたが、その姿に、徳兵衛は少なからず胸を打たれた。真っ白な髪は、髷《まげ》も結えぬほど薄くなり、口許《くちもと》が萎《しぼ》んで顔の輪郭が縮んで見える。老いというものを目の当たりにしたようで、驚きとともに悲しみを覚えた。

それでも穏やかな眼差《まなざ》しや、気安い態度は変わらない。自席のとなりに徳兵衛を招き寄せ、いまのようすなぞをあれこれとたずねた。

「ほう、では隠居してから、別の商いを起こしなすったと」

「どうも遊びには不調法で、それより他に能がなく……嶋屋にくらべれば、それこそ遊びのような小商いですが」

「結構ではありませんか。どんな形であれ、世の中と繫がっていけるのは、生きる楽しみになりますからな」

妙に穿《うが》ってきこえたのか、丸喜屋の言いように、周囲の者が一様にうなずく。

「商いは私どもにとって、芯《しん》であり太い縁でもありましたからな。いきなり外されて、最初は戸惑いましたよ。何やら身内が、すかすかになったようでね」

「からだがいくつあっても足りないほどに忙しかったのに、打って変わって暇をつぶす材がない。あれは応えますな、己が用済みになったようで」

「商いで得た人の縁が、そっくり息子に移ってしまう。挨拶《あいさつ》には来ても、相談はしませんからな。物寂しいというより、いっそ悔しくてね」

徳兵衛は、意外な思いで皆の語りをきいていた。隠居したての頃は、徳兵衛もやはり同じ思いを抱えていた。皆も似たり寄ったりであったのかと、今更ながらに気づいた。

所詮《しょせん》、隠居の愚痴に過ぎず、贅沢《ぜいたく》な悩みでもある。隠居が叶《かな》うのは恵まれた立場にいるほんの一握りで、死ぬまであくせく働かねばならない者たちも大勢いるからだ。

しかし働くこと、仕事こそが、もっとも強固な世間との縁となり、自分がこの世に存する証《あか》しとなり得ると、昔気質《かたぎ》の男ならまずそう考える。一方で女は、職のあるなしにかかわらず、身内、親類、ご近所と、さまざまな縁を築く。

「隠居の後は、女の方がよほど達者ですな。うちの女房なぞ清々したと言わんばかりに、急に外《そと》出《で》が増えましてな。やれ遊山だ湯治だと、遊び歩いておりますよ」

「そうそう、うちもです。私がともに行こうとしても、まったく相手にされず。女同士や孫たちと出掛けるからこそ楽しいと、こうですよ」

「逆に身内に構い過ぎる向きもありましてな。うちじゃあ嫁と姑《しゅうとめ》の諍《いさか》いが絶えず、私も息子も辟易《へきえき》しておりますよ」

嫁との諍いなぞ、お登勢には無縁だなと、妻の顔を思い浮かべた。嫁や奉公人からは、もとよりたいそう頼りにされて、いまは豆堂の指南役も務めている。顔に出さないだけにわかりづらいが、気持ちの上では豊かな老後と言えるのかもしれない。

「すっきりと役を退いて、まったく別の生きる縁《えにし》を見つける——隠居とは、存外難しいものかもしれませんな」

皆のこぼす他愛ない嘆きに耳を傾けながら、丸喜屋の隠居はそう口にした。徳兵衛がつい自嘲《じちょう》を漏らす。

「別の道を見出せず、商いを続ける私は、やはり不調法者ですな」

「いやいや、こう申しては何だが……嶋屋さんはもとは、商い事がお嫌いではなかったか？」

思わず丸喜屋の隠居をふり向いた。柔和な老顔を、まじまじと見詰める。

「少なくとも商いを、楽しんではおられなかった。不躾《ぶしつけ》ながら、そのようにお見受けしましてな」

「そうかも、しれません……先代から否応《いやおう》なしにたたき込まれて、どこか苦行のような心持ちでおりました」

商家に生まれついたのだから、自ずと課された役目なのだから、まっとうする以外、己を認めてもらえない——。強迫めいた観念が、仕事一辺倒へと徳兵衛を追い立てていた。むろん、楽しむ余裕などどこにもなかった。

「ですがいまは、商いを楽しんでおられる。顔を見ればわかります」

「たしかに……皮肉なことですが、隠居して初めて、商いの面白さがわかったように思います」

他人に告げたことのない素直な気持ちが、するりと口を衝《つ》いた。

「私は以前、人の一生を双六《すごろく》にたとえると、隠居で上がりだと考えておりました」

「ほう、双六ですか。それは面白い」と、丸喜屋が興を示す。

「ですが、いざ辿《たど》り着いてみると、その先も山あり谷ありでしてな。上がりどころか、また別の新たな双六を始めてしまったに等しい」

「その二枚目の双六に、思いのほか夢中になったというわけですな？」

「たぶん、仰《おつしや》るとおりです」

認めながらも急に照れくさくなって、首の裏に手をやった。その姿に目を細め、丸喜屋は穏やかに続けた。

「私にとっては、隠居はお手玉ですな」

「お手玉とは、どのような？」

「主人であった頃は、奥向きは妻に任せきりで、商売だけに身を入れておればよかった。ですが隠居してまもなく、妻が先立ちましてな」

告げられて、遅まきながら徳兵衛も思い出した。葬式には参列しなかったものの、香典を届けさせた覚えがある。

「身内の恥を晒《さら》すようですが、息子夫婦のあいだで諍いが生じたり、姪《めい》が駆落ち騒ぎを起こしたり、卒中で倒れた弟の面倒を見たりと、身内や親類の悶着《もんちやく》が思いのほかに多くて。妻が亡くなってから、右往左往させられました」

「いや、よくわかります」と、徳兵衛も思わず大きくうなずいた。

当代の吉郎兵衛が起こした一大事もあったものの、誰より徳兵衛を翻弄《ほんろう》したのは孫の千代太である。いたって邪気のないあの孫のために、尻《しり》を落ち着ける暇もないほどに、あたふたさせられた。

「私にとってはまるで、慣れぬお手玉を、三つも四つも手にしているかのように思えましてな」

「なるほど……言われてみれば、まさに」

「この歳まで長らえましたが、存外、安穏としてはいられぬものですな。身内の悶着というものは、途切れることがありませんから」

ひとつ放り投げても、すぐにまたひとつ手に返ってくる。身内や周囲の悶着はまさに、お手玉に似ている。

「とはいえ、安穏と無縁であったからこそ、達者でいられたのやもしれません。過ぎてみれば、そんな気もいたします」

安穏に身を置けば、たちまち腐り出す。それもまた、ひとつの真理だ。

「隠居お手玉も、悪くはないということですな」

丸喜屋に相槌を打った徳兵衛に、思い出したように亀井屋が話をふった。

「そういえば、嶋屋さんの末のお嬢さんは、この板橋に嫁いだのですか？」

「いえ、出戻ってから、未だに家に居ついておりますが」

「さようですか……ではやはり、娘の見間違いかもしれません。いえね、娘夫婦が最近、板橋宿の平尾町に引っ越しましてね。つい先日、町内の湯屋で、お嬢さんをお見掛けしたというのです」

「お楽が、板橋の湯屋に？」

亀井屋の娘は、お楽よりも五つ六つ上になり、娘同士は親しく口をきいたことはない。ただ、同じ茶の湯の師匠のもとに通っていたために、顔は見知っていたという。

「声をかけたところ、人違いだと返されたそうですが、やはり嶋屋のお嬢さんではないかと娘は申しておりまして。お腹が少しふくらんでいたから、嫁ぎ先がこの辺りかと思ったそうです」

「それは明らかに人違いですな。お楽は板橋宿には、縁もゆかりもありませんし……」

一笑に付しながら、ちらと何かがよぎった。錺職人の秋治である。

秋治はたしかに板橋宿に住まっているが、どうしてお楽の話で秋治を思い出したのか、自分でもよくわからない。ただ、妙に心にかかる。

隠居お手玉も、悪くはない――。そう返したときは、まだ他人事《ひとごと》のように考えていた。

ずっしりと重いお手玉を、すでに握らされていることに、徳兵衛は気づいていなかった。


「今日はお会いできてよかった。また気が向いたら、お運びください」

乾越会は夕刻にかかる前にはお開きとなり、にこやかに暇《いとま》を告げて、丸喜屋の隠居は駕籠に乗った。徳兵衛も、次の駕籠を勧められたが遠慮する。

「ちと板橋宿に用向きがありましてな。駕籠はどうぞ他の方に」

「おや、板橋のどちらに？」

徳兵衛を会に誘った亀井屋にたずねられ、平尾町だとこたえる。

「平尾町の、どちらですか？」

亀井屋が重ねたのは、平尾町は三丁目まであるからだ。板橋宿は巣鴨と同様、西から上・中・下に分かれており、いわゆる下宿を平尾町と呼ぶ。

「平尾町三丁目です。つき合いのある錺師がおりましてな」

明日、秋治が隠居屋を訪ね、日取りの相談をするつもりでいたが、せっかく板橋宿まで赴いたのだ。早いに越したことはなかろう。

「では、一丁目までご一緒します。私も娘の家に、立ち寄るつもりでおりましたから」

他の者に別れを告げて、亀井屋とともに東に歩き出した。ほどなく石神井川《しゃくじい》に出て、緩やかな半円を描く板橋《いたばし》を渡る。

板橋という名は古く、鎌倉《かまくら》の頃から存在するが、いまは上宿に架かるこの橋が地名の象徴とされている。橋のまわりには旅籠《はたご》や茶屋、料理屋がひしめいており、乾越会を催した料理屋も、この西詰にあった。

「板橋にいる娘夫婦は、どうも悶着が絶えなくて。亭主になった男が、商売下手な上に、酒でしょっちゅう騒ぎを起こして。離縁も考えたのですが、娘が承知せず。どうしてあんな男にうつつを抜かすのか、親の目からするとさっぱりわかりませんよ」

互いに娘をもつ身だけに、話は自ずとそちらに向く。

「私もやはり、娘の考えなぞさっぱりです。まあ、いつまでも家に置くわけにもいきませんから、そのうち相手を吟味して、嫁がせるつもりでおりますが」

「もちろん私も、そのつもりでいたのですよ。ところが私の知らぬ間に、店に出入りしていた小商人と懇《ねんご》ろになって、どんなに諭してもきき入れません。仕方なく認めましたが、案の定、苦労が多くて……」

はああ、と亀井屋は、わざとらしいほど大きなため息をつく。

「もとは夫婦で目黒《めぐろ》におりましたが、何か起きるたびに出向くのが億劫《おっくう》で……板橋宿に小店《こだな》をもたせることにしたのです。近ければ、少しは目も届きますからね」

「それはお心の広い……私なら、問答無用で勘当を言い渡しますな」

徳兵衛は、即座にこたえた。親や仲人《なこうど》を経ずに、当人同士が勝手にくっつくなど——ましてや仕事もままならず酒に溺《おぼ》れる亭主なぞもってのほかだ。

「私もね、許すつもりなぞなかったのですよ。ですが、孫には敵《かな》いませんな。これがまた可愛い子で、じいじ、じいじと慕ってくれる」

とろけそうな顔で目尻を下げる。ぽん、と千代太の顔が浮かび、うっかりうなずきそうになった。

「孫というのは、どうしてああまで愛らしいのでしょうな。我ながら、不思議なほどですよ。孫のためと思えば、娘夫婦の厄介も我慢できますからな」

「孫当人が、厄介を背負ってくることもありますが……」

「何か仰いましたか、嶋屋さん？」

「いや、何でも……」

板橋宿の本陣は、中宿にある。本陣を過ぎてしばらく行くと、やがて平尾町にかかった。娘夫婦の家は、この近くにあるという。

「嶋屋さんの用向きは、三丁目でしたな。場所はおわかりなのですか？」

「前に一度だけ……ただ、道は下男に任せきりでしたから、うろ覚えなのですが」

「この辺には不案内というわけですな。よろしければ、私もご一緒しましょうか」

亀井屋は親切に申し出たが、脇道の奥から明るい声がとんだ。

「あっ、じいじだ！　うわあい、遊びに来てくれたの？」

ちょうど千代太と、同じくらいの歳だろうか。動きはよほど機敏で、嬉しそうに駆けてきて亀井屋にとびついた。

「じいじ、将棋指そうよ。今度こそじいじに勝とうと、うんと頑張ったんだよ」

そうかそうかと、だらしないほどに頰を弛《ゆる》める。亀井屋がどうして、この孫に甘いのかわかるようにも思えた。店を継いだ長男夫婦にも子供がいて、いわゆる内孫にあたるのだが、いっぱしの商家では躾が行き届いているために、祖父にとびつくなぞという、行儀の悪いことはまずしない。店の内では「じいじ」ではなく、「ご先代」としてあつかわれる。

元来が人好きな亀井屋には、いささか寂しかったに違いない。だからこそ愛嬌《あいきょう》があり、からだいっぱいに祖父への愛着を表すこの孫が、可愛くて仕方がないのだろう。

「お孫さんは、待ちかねておったようですからな。ここでお暇いたします」

前に一度は訪ねているから、どうにか辿り着けよう。亀井屋とはそこで別れて、徳兵衛は先を急いだ。

「外孫か……」と、つい独り言がもれる。

うらやましい気持ちもわいたが、いや、とすぐに頭をふった。親が政二郎とお楽では、まったく期待がもてない。

ほどなく三丁目に達し、見覚えのある小店を見つけた。以前、善三が道をたずね、女房が愛想よく教えてくれた。あのとき女房に言われたとおり、二丁目とのあいだの辻を北に曲がり半町ほど行くと、糊《のり》屋と火打鉄《ひうちがね》屋のあいだに長屋の木戸があった。木戸の上に、秋治の表札も出ている。

ほっとして木戸をくぐったが、とたんに金切り声が響きわたった。

「ひどいじゃない！　あたしのいない隙に、あんな女といちゃつくなんて」

「勘違いするな。おいまさんは夕餉のおかずにと、煮物を届けてくれただけだ」

「煮物だなんて、あたしへの当てつけのつもり？　どうせあたしは、沢庵《たくあん》すらまともに切れないわよ！」

戸が開けっ放しなのか、夫婦喧嘩《げんか》らしき諍いは外まで筒抜けだ。

裏長屋とは、こうも騒々しいものか。やれやれ、とため息が出た。女が沢庵も切れぬとは、親の顔が見てみたい。

「だいたい秋さんは鈍いのよ！　あの女が何かと構い立てしてくるのは、秋さんに気があるからでしょ」

「うがち過ぎだよ、お楽。単なるご近所の親切じゃないか」

かしましいやりとりに、知った名前がとび出して、どきりとした。

――お楽が、板橋の湯屋に？

亀井屋の娘は、平尾町の湯屋で、お楽と似た女を見かけた。声をかけたが、人違いだと返された――。

――それは明らかに人違いですな。お楽は板橋宿には、縁もゆかりもありませんし。

どうしてあのとき、秋治の顔がよぎったのか、自分でもわからない。ただ、湿った風が木々の葉を揺らすように、徳兵衛の中で不穏な音を立てたのだ。

嵐の前触れを察しながら、その予感を打ち消した。

「ご近所を悪く言うものじゃないよ、お楽。嶋屋のような大店で育ったおまえには、わかりづらいだろうが……」

「どうしてあたしが責められるの？　もう、いい！　あたしは実家に帰ります。秋さんはあの女と、この長屋で楽しく暮らせばいいわ」

長屋の一軒から、女が出てきた。続いて男がとび出してきて引き止める。

「落ち着け、お楽！　そんなに気を昂らせては、腹の子に障りかねない。五月を過ぎたといっても、大事にしないと……」

「まあ、ひどい！　あたしより子供が大事なの？」

「馬鹿！　どっちも大事に決まってるじゃないか」

安っぽい痴話喧嘩なぞ、徳兵衛がもっとも厭《いと》うものだ。なのに台風の目に引き寄せられでもするように、足がそちらへと向かう。

女はこちらに背を向けて、その肩越しに男の顔を捉えた。その表情が、たちまち強張る。

「ご隠居、さま……」

「お父さん……どうしてここに……」

ふり向いたのは、紛れもなく娘のお楽であり、相手の男は秋治だった。

おそらく頭の中では言い訳やら弁明やらが、竜巻のように渦巻いているのだろうが、そのぶん舌もからだも動かぬようだ。ふたりは互いの腕に手をかけたまま、石像のように固まっている。

身の内に嵐が吹き荒れているのは、徳兵衛も同じだった。

――おじいさま、会ってほしい人がいるの。

――帯留という道具です。市中にはまだ、あまり出回っていませんが。

――お父さん、この帯留をどこで？　――職人てどんな人？　住まいはどこ？

五十六屋の紐を帯留に使いたいと、秋治は嶋屋を通して徳兵衛のもとを訪ねてきた。千代太は案内役を務め、同じ日にたまたま、お楽が隠居家に顔を出し、帯留を気に入って、職人についてたずねた。

あれは十月の初旬だったか中旬だったか……どちらにせよ、ふた月は経っていない。

お楽が秋治の子を宿しているなら、その子がすでに五月に達しているなら、こたえはひとつしかない。

このふたりは、いや、千代太を含めた嶋屋総出で、徳兵衛を謀《たばか》ったのだ。

徳兵衛の中の嵐が、勢いを増す。強い風がうなりをあげ、雹《ひょう》が礫《つぶて》のように皮膚をたたく。心はとうにずぶ濡《ぬ》れになっていた。

「ふたりとも、二度とわしの前に顔を出すな」

「お父さん、待って、話をきいて！　あたしは嶋屋と縁を切りたくなくて、その一心で……」

「勘違いするな。縁を切るのは、おまえではない」

「お父さん……どういうこと？　ねえ、お父さん！」

お楽の声が追ってきたが、よくきこえない。

徳兵衛の耳には、身の内で荒れ狂う嵐の音だけが響いていた。


「お疲れ、てる姉。いま、仕事終わったのか？」

奥から出てきたてるに、囲炉裏端から瓢吉が声をかけた。

組場の仕事は、日暮れとともに終わる。灯《あか》りは油代がかかる上に火事の心配もあるからと、徳兵衛が良い顔をしないからだ。

「なんだ、あんたたち、まだいたの？」

戸口に近い囲炉裏の間には、瓢吉に加えて、勘七と千代太もいた。

「豆堂の後、三人で勘定合わせをしてたら遅くなっちまってよ」

瓢吉が応じ、勘七がうなずく。ふたりの傍らにはそれぞれ弟と妹がいたが、待ちくたびれてすでに寝息を立てていた。

「もっとも勘定合わせは、半時も前に終わったんだが……」

と、勘七は、気遣わしげに千代太を見遣《みや》る。千代太はてるに向かって、涙目で訴えた。

「どうしよう、てるちゃん、おじいさまが帰ってこないんだ！」

「ご隠居さまが？」

「今朝、嶋屋に行って、それっきり誰も姿を見てねえんだ」

「帰りにどこかに立ち寄るにせよ、夕方には戻るだろ？　さすがに心配になっちまって」

勘七と瓢吉も、戸惑い顔を見合わせる。徳兵衛が乾越会に出向いたことも、秋治とお楽とひと騒動起きたことも、隠居家にいる者たちは知る由もない。

「だったら、探しに行かなくちゃ！　組場の皆にも声をかけて、総出で探せば……」

「いけません！」

毅然《きぜん》とさえぎったのは、隣座敷から出てきたお登勢だった。豆堂の指南を済ませた後、やはり徳兵衛を案じて残っていたのだ。

「日が落ちてから、女子供が外をうろついては、かえって危ない目に遭いかねません」

「でも……」

「大丈夫、すでにおわさと善三を使いにやりましたから。ご隠居さまの行方は、嶋屋の者たちに探させます」

落ち着き払った声で、お登勢は説いたが、子供たちの顔は陰ったままだ。

「おじいさま……どこかで加減を悪くされたんじゃ……」

「冬場は年寄りにはきついからな。その辺で倒れていたりしねえか？」

「ちょっと、瓢！　そういうこと口にしないで。悪いことを口にすると、本当になるっていうでしょ！」

「やっぱり、じっとしてられねえよ。お登勢師匠、おれと瓢だけでも探し方に加えてくれねえか」

四つの小さな顔が、お登勢を仰ぐ。不安を満面にしながらも、どの顔も真剣だった。

「おまえたち……それほどまでに、ご隠居さまのことを……」

「あたりまえだろ！　ご隠居さまはおれたちの恩人だもの」

「参詣《さんけい》商いでも組紐修業でも、色々お世話になったし」

「今度はおれたちが、恩を返さねえと！」

「瓢ちゃん、てるちゃん、勘ちゃん……ありがとう！」

千代太は涙をこぼしながら、三人に礼を述べる。

ほどなく仕事場から出てきた組場の者たちも事情をきいて、職人頭のおはちをはじめ、やはり探しに行くと言い出す。

「いったん嶋屋に行って、おれたちもご隠居探しに加えてもらうか」

「それより隠居家までの田舎道を探すのはどうだ？　この辺の道なら、おれたちの方が詳しいだろ？」

「それなら提灯《ちょうちん》がいるね。この家にはいくつある？」

「たしか三つだよ。前に善三からそうきいて」

てきぱきと決めるのは、子供たちだ。いまこの場にいる者たちを三つに分けて、隠居家から三方を探しにいくことにした。

嶋屋へと至る方角には、小さい子供たちも連れていき、おはちがそれぞれの家に送り届けることになった。

「千代太、おまえも行くのですか?」

「もちろんです、おばあさま。坊も案じられてならないもの。きっとおじいさまを、見つけてきます」

「頼みましたよ、千代太」

日頃は夜道すら怖がる千代太が、頼もしく請け合う。

お登勢は目を細め、孫たちを送り出した。


皆が出ていくと、留守居役を引き受けたお登勢は、囲炉裏に薪《まき》をくべた。

「帰ってきたら、火が恋しいでしょうからね」

足した数本の薪が、ほどよく燃えた頃、入口障子が開いた。囲炉裏の火に照らされて、夫の姿が浮かび上がる。

「まあ、おまえさま! たいそう案じていたのですよ。いままでどちらに……?」

腰を浮かせて迎え入れたが、徳兵衛は返事もせず、障子戸を後ろ手に閉めた。

「さぞかし寒かったでしょう。さ、どうぞ火にあたってくださいまし。こんな晩は、火鉢では足りませんからね。この家に囲炉裏があって、ようございました」

夫が無事に帰ってきた嬉しさに、いつになく饒舌《じょうぜつ》になった。しかし徳兵衛は、戸の前に突っ立ったままだ。不機嫌には慣れていたが、ようすが違う。

「おまえさま、どうしました? もしや、具合が悪いのですか?」

「板橋宿に行った」

唐突に、そう言った。うつむき加減のまま、目玉だけが上を向き、お登勢を睨《にら》む。

「お楽に、会った」

その一言で、一切が呑《の》み込めた。お楽の一件が、最悪の状況で、夫に露見してしまった。こうなっては、詫《わ》びるより他に手立てはない。

「申し訳ございません……すべては私の浅はかが招いたこと。お詫びのしようもございません」

板間に手を突いて頭を下げたが、詫びの文句は虚《むな》しく空回りする。まるで氷の鎧《よろい》に、紙の矢を射ているようなものだ。徳兵衛にはひとつも刺さらず、すべてが足許に落ちる。

それでもお登勢は娘のために、紙の矢を射続ける。

「お楽の不届きは許されません。重々承知しておりますが、私たちにとってはたったひとりの娘です。身重のあの子を放り出すなぞとてもできず……何とか身近に置いて世話をしたいと……」

「秋治とお楽の仲は、いつからだ？」

氷の鎧が厚みを増したように、低い声はくぐもってきこえる。

「……かれこれ、半年ほど前になろうかと」

「おまえがそれを知ったのは？」

「九月の初めですから……三月近く前に」

白洲《しらす》で吟味を受けるように、問われるままにお登勢は短くこたえる。

「では、三月近くものあいだ、わしを欺いておったのだな？　おまえばかりではあるまい、吉郎兵衛もお園も、政二郎も絡んでおるか？　それに、千代太もだ」

こたえられず、お登勢はうなだれる。

「わしをひとり蚊帳《かや》の外に置いて、悦に入っていたというわけか」

「おまえさま、決してそのような……！」

「もういい……すべてわかった」

ずっと土間に立っていた徳兵衛が、履物を脱いで板間に上がった。囲炉裏の間の床を踏みしめて、いない者のようにお登勢の脇をすり抜ける。

隣座敷の敷居をまたぐより前に、徳兵衛の背中にすがるように懇願した。

「後生です、おまえさま……どうかお楽を、許してやってくださいまし」

「許すも何も、決めるのは吉郎兵衛だ。お楽のことは、好きにするがよかろう。隠居の身には関わりない」

好きにしろと言いながら、やはり声は冷たいままだ。どう応じていいものか、お登勢はしばし戸惑った。背中を向けた夫が、沈黙を埋めるように続ける。

「いや、隠居の身も、今日限りだ」

「おまえさま、それはどういう……？」

「わしは、嶋屋とは縁を切る」

「まさか、そんな……」

「お登勢、おまえとも離縁する」

いつもの感情任せの態度であれば、かわす手もあった。熱しやすく冷めやすい気性は、ある意味御しやすい。その傲慢《ごうまん》が、この結果を生んだ。まとった鎧ばかりでなく、徳兵衛の心は、芯まで凍ってしまった。

「おまえへの離縁状は、明日にでも届けさせる。それまでにわしへの離縁状を書いておくよう、

「吉郎兵衛に伝えなさい」

いわばお楽ではなく、己を嶋屋から勘当しろと、徳兵衛は申し渡した。

何事にも動じないと、周囲は勘違いしているが、お登勢とて人間だ。悩みを抱き迷いもするが、単に顔に出ないだけだ。

夫から言い渡された離縁の沙汰は、お登勢を激しく動揺させた。

何か言わなければ——。気持ちは逸《はや》るのに、唇が開かない。

沈黙が続くにつれ、ふたりのあいだの年月が、少しずつ凍りつくようだ。

と、そこへ、提灯をかざした助け船が入った。

「ただいま！　岩屋弁天《いわやべんてん》の方角を探したけど、見つからなくて……なんだ、じさま、帰ってたのか！」

戸口に背を向けて板間に立つ徳兵衛の姿に、勘七が安堵《あんど》の声をあげる。

提灯を手にした勘七と、年若い組紐職人のおうね、そして千代太の組が戻ってきた。寒風に晒されて、子供たちの頬は真っ赤になっている。

「よかったあ、おじいさま、何事もなく帰ってらして」

「やれやれ、こちとら、とんだ無駄足だぜ」

「無駄足でも構わね。無事で何よりだっぺ」

子供たちは無邪気に喜び合う。千代太は真っ先に土間から上がり、突っ立ったままの祖父の傍へ行く。

「お帰りが遅いから、心配しました。わ、お手がこんなに冷たい。一緒に火にあたりましょ」

祖父の手を握り囲炉裏端へ誘ったが、徳兵衛は孫の手を乱暴にふり払う。

大泣きする孫をなだめながら、お登勢は途方に暮れていた。

孫の千代太ですら、硬く凍りついた徳兵衛の気持ちは溶かせなかった。

「それって、おじいさまともう会えないってこと？　そんなの嫌だよ！　おじいさま、おじいさま！」

「わしは嶋屋とは縁を切った。よって嶋屋の倅《せがれ》のおまえとも、縁を断つ」

「おじいさま、どうして？　どうして千代太は、来ちゃいけないの？」

わけがわからないのだろう。千代太はきょとんと、祖父を仰ぐ。

「千代太、二度とここへは来るな。わしの前に、顔を出すな」

「……おじいさま？」


翌日、徳兵衛から嶋屋に宛て、二通の状が届いた。

一通はお登勢への離縁状であり、もう一通は今後の仔細《しさい》を認《したた》めた、吉郎兵衛宛の状である。

「どうしましょう、お母さん！　まさかここまでこじれるとは……お父さんを勘当するなぞ、私にはできません。こんな親不孝をしでかせば、きっと神仏の罰が当たります」

吉郎兵衛はおろおろし、涙目で訴える。狼狽《ろうばい》する嶋屋の当代に、お登勢は問うた。

「ご隠居さまは、何と？」

昨晩は動揺したが、ひと晩経つと落ち着いた。長男の狼狽《うろた》えようが上回っていたこともあるが、どう転んでも、いまより悪くはなるまいと腹を括《くく》ったことにもよる。

「糸の取引を含めて、嶋屋とは一切の縁を断つ。嶋屋の者とは何人たりとも関わらず、もちろん隠居手当も要らないと」

「おわさと善三は？　奉公人は、どうするのです？」

「ふたりが望むなら、隠居家の抱えとして、お父さんから給金を出すそうです」

おわさ親子は一切関わっていないと、お登勢は告げて、ふたりにも黙っているよう釘をさした。ある意味、徳兵衛のためである。奉公人がおらねば食事もままならず、かと言って新たに人を雇い入れても、夫のきに染むはずもない。

「豆堂は、どうなさるおつもりなのでしょう？」

「仕舞うつもりはないようです。お母さんの代わりに、新たに師匠を雇うとあります」

「そうですか……豆堂は続けるのですね」

安堵と寂しさがない交ぜになって、ほっと溜息《ためいき》がこぼれた。

「お父さんは、本気で独り立ちするおつもりのようですね」

政二郎が苦笑する。兄から呼び出され、次男の政二郎も同席していた。

「つまりは組紐商いの儲《もう》けから暮らしを立てて、豆堂を営むということか。角切紐は変わらず人気ですし、お父さんの采配《さいはい》なら、何とかなりましょう」

「政二郎、そういう話ではなく……」

「私は、悪くない落着だと思いますよ。お楽を勘当させぬための企《たくら》みで、そちらは首尾よく運んだのですから」

政二郎は、あくまで合理に則った見方をする。

「ちなみに、帯留についてては何か書かれておりますか？」

「帯留商いは、長門屋に託すと……」

「それは何より。長門屋を通せばこれまでどおり、小売店に秋治の帯留が届きますからね」

政二郎がにっこりし、吉郎兵衛はがっくりと肩を落とす。

「お父さんは言い出したら、後には引かない。いまは望みどおり、嶋屋から勘当するより他にありませんよ」

「親を離縁するなぞ、末代までの恥になる。痛手を被《こうむ》るのは、当代たる私なのだぞ！」

「兄さん、本当に痛い思いをしたのは、離縁されたお母さんですよ」

政二郎が労《いた》わるような眼差しを向けて、気づいた吉郎兵衛もはっとする。

息子たちの気遣いを払うように、お登勢は言った。

「私は大丈夫ですよ。嫁に来た頃に、戻ったようなものですから。また時をかけて少しずつ、ご隠居さまのお気持ちに寄り添うつもりでいます」

母の気概に、息子たちは安堵の表情を浮かべる。

「ただ、千代太が可哀想で……この一件で、いちばん手痛い目に遭ったのは、あの子かもしれません」

すでに手習いに行く刻限を過ぎていたが、千代太は布団の中で涙に暮れていた。


「もう泣くなよ、千代太。目ん玉が溶けて流れちまうぞ」

「……おじい、さばにあやばった、けど……ゆるじで、もらえなぐでえ……」

しゃがみ込んで膝《ひざ》に顔を埋《うず》める千代太の頭越しに、勘七と瓢吉が困り顔を見合わせる。

徳兵衛が嶋屋からの勘当を申し出たのは、一昨日の晩だった。

昨日一日、千代太は手習いにも行かず、布団の中で泣きどおしだった。

今朝になってもやはり、塩をふったナメクジのようなありさまで、見かねて姉《ねえ》やのおきのが、仲良しの勘七を連れてきた。

「じさまの短気は、いつものことじゃねえか。あれから二日経ったから、そろそろ勘気も解けたかもしれねえぞ。謝りに行ってみたらどうだ？　おれも一緒に行くからよ」

千代太としては、なけなしの勇気をふりしぼって、勘七とともに隠居家に謝罪に赴いたのだが、かえって裏目に出た。

「千代太が行っても顔すら出さねえし、二度と隠居家の敷居をまたぐなと、おわささんを通して達される始末だ」と、勘七が説く。

「で、王子権現に連れてきたってわけか」

瓢吉たちは常のとおり、参詣商いをしていた。ひとまず商売は仲間に任せ、瓢吉は涙にくれる千代太を慰め、勘七から事情をきいていた。

「こいつをひとりにしておけねえし、瓢や皆がいれば、いい知恵が浮かぶかもしれねえだろ？　なにせ千代太屋の看板に関わるからな」

「看板って、どういうことだよ？」

「千代太屋も五十六屋も豆堂も、じさまが肝だ。このままじゃ先行きが案じられるだろ？　だからじさまに確かめたんだ。おれだけは目通りを許されたからよ」

徳兵衛が縁を切ったのは、嶋屋の者たちだけだ。勘七に会うことは承知して、商いや手習いはこれまでどおり続けると、そのように達した。

「ただし、ひとつだけ断りがついた。参詣商いからも屋号からも、千代太を外せと」

「千代太屋じゃなくなるってことか？　じゃあ、名なしになっちまうのか？」

「いや、おれたちふたりの名から、新たな屋号を立てると……『勘瓢屋《かんぴょうや》』だ」

「……ご隠居は、名付けの才ばかりはねえようだな」

はああ、と互いに、梅雨の最中《さなか》のようなため息を重ね合う。千代太が顔を上げ、湿っぽさがさらに増す。

「もうみんなと商いもできない……豆堂にも通えない……楽しいことが一切なくなっちまって……坊はもう、生きてけないよ」

「千代太を外すなんて、そんな薄情な真似、するわけがねえだろ」

大げさな訴えに、勘七はなだめるように千代太の頭に手を置いて、瓢吉は脇を肘《ひじ》で小突く。

「そうだぞ。現に千代太がいねえと、商いに障りが出るからな」

「でも、おじいさまが……」

「表向きは、しばらくつき合ってやるさ。商い事はこれまでどおり、三人で相談しようぜ」

「だな。なにせ年寄りが意固地を張ると、ガキよりもよほど面倒だからな」

徳兵衛とはそれなりに長いつきあいだ。へそを曲げた折のあつかいも心得ている。

「待てば懐炉の日和ありって、前にお登勢師匠に習ったろ？　いまは待つしかねえが、そのうち懐炉みてえに温《あった》まってくるかもしれねえしな」

「勘ちゃん、それ、ちょっと違うと思うけど……」

「家宝は寝て待てってことだろ？　待ってこそ、お宝に化けるってもんだ」

「瓢ちゃん、それも何か違うような……」

ことわざには疎くとも、励まそうとするふたりの気持ちは真っ直ぐに届いて、千代太の心を和ませた。同時に、気持ちが落ち着くと、肝心なことが見えてくる。

「坊はおじいさまに会えなくて、寂しくてならないけれど……おじいさまはもっと、お寂しいかもしれないね」

千代太がいちばん初めに隠居家を訪ねたのは、祖父がひとりきりになって、可哀そうだと案じたからだ。無暗《むやみ》に他人を哀れむのは良くないと、当の祖父から戒められていたが、あの頃と似た思いが生じた。

「ちょっと、ためしてみようかな……きっと、よけいにお怒りを買うだろうけど、これ以上悪くなることはないし……」

ぶつぶつと呟きながら思案にふける。涙の跡はすでに乾いていた。

泣き虫でひ弱な千代太には、思いもかけない武器がある。諦《あきら》めの悪いしつこさだ。

「何かわからねえが、つき合ってやるか」

「おうよ、おれたちは千代太屋だからな！」

目配せひとつで話が決まり、瓢吉は腕をふり上げた。


千代太の懸念は、半ば当たっていた。

「ご隠居さま、今日もお出掛けにならないんですか？」

その言い草が癇《かん》に障ったのか、じろりと女中を睨む。

「おまえはそんなに、わしをこの家から追い出したいのか」

「とんでもない。昨日も一昨日《おととい》も家に籠もりきりですから、たまには外に出ては如何《いかが》かと。老いは足腰からくると言いますし」

「真冬にうかうかと寒気にあたって風邪でもひけば、それこそ命取りになるわ！　わしを殺す気か！」

　嶋屋と縁を切って五日ほど。徳兵衛はすこぶる機嫌が悪い。むっつり押し黙っているのが常で、たまにおわさがつつくと怒鳴られる。

　あれほど忙しそうに立ち回り、毎日のように出歩いていたのに、居間からほとんど出てこない。書き物仕事が溜《た》まっているとの建前を通していたが、古参のおわさは長のつき合いで察していた。徳兵衛の中で何かが切れて、つまりは張りがなくなったのだ。

　他人にも己にも厳しいだけに、すべきことはこなしている。五十六屋のためには、嶋屋の代わりとなる糸の仕入先を見つけ、お登勢に代わる豆堂の師匠も探さねばならない。それなりに繁多ではあるのだが、自ら足を運ぼうとせず、すべて文のやりとりで済ませている。他人を信じず、こだわりの強さが身上なのに、あまりにらしくない。

「今日は冬晴れですし、風も穏やかです。それこそ王子権現にでも、お参りしてはどうです？　ご隠居さまの顔を見れば、子供たちも喜びましょうし」

　一瞬、悪くないと思えたのか、わずかに間があいたが理詰めで打ち消す。

「すでに昼を過ぎておるから、もう境内にはおらんだろ。参詣商いは昼までだからな」

「でもまだ、残っているかもしれませんよ。豆堂が休みだと、あの子たちは日暮れまで、居場所がありませんから」

「何だ、わしのせいだとでも言いたいのか」

「そんなことは一言も……。そうそう、新しい師匠は見つかりそうですか？」

「五日やそこらで見つかるものか。いま、わしの伝手《つて》を頼って探してもらっておる」

この家において、おわさが知らぬことはない。徳兵衛の伝手がすでに尽きていることを、ちゃんと見抜いている。

徳兵衛がまず白羽の矢を立てたのは、お登勢の前に豆堂の師匠を務めた、狂言作者の宍戸《ししど》銀麓《ぎんろく》である。しかしあいにくと銀麓は大坂《おおさか》にいて、春まで帰ってこないという。目論見《もくろみ》は外れ、他にめぼしい当てもなく、師匠探しは頓挫《とんざ》している――とおわさは見ている。

「『弥生塾《やよいじゆく》』の大先生に、ご相談しては如何です？　お顔の広い方だと伺いましたから、指南役にお心当たりがあるかもしれません」

名をきいたとたん、徳兵衛の眉間《みけん》に不機嫌そうなしわが増した。弥生塾には、千代太が通っている。その塾長に頼れば、嶋屋の伝手を頼ったと同じこと。潔癖な徳兵衛には、それが耐えられない。

「豆堂の師範はわしが見繕う。よけいな差出口をするでない！」

とうとう癇癪《かんしやく》を起こし、こうなると意固地は増すばかりだ。おわさにもわかっていたが、尻がいつも以上に重く、ぐずぐずとその場に居続ける。

「まだ、何かあるのか？　……もしや、おまえと善三の給金の話か？」

「いえ、滅相もない！」

「だったら、もう用はない」

居間から追い払われて、すごすごと廊下を退散する。

家族や親族との縁を断つということは、たったひとりで世間に放り出され、頼る当てが皆無になるに等しい。それは世知辛さばかりでなく、残酷も秘めている。人は所詮、ひとりでは生きられない。困ったとき、窮した折に拠《よ》り所がなければ、直ちに身の危うさに晒され、場合によっては命にもかかわる。

もちろん徳兵衛には、この一年半に培った縁がある。五十六屋の職人たち、豆堂に通う子供たち、組紐商いを共に担う長門屋や柏屋。ただそれでも、還暦を過ぎた徳兵衛にとっては、たった一年半だ。残る六十年近い生涯で築いた、縁の根底にあるのは嶋屋に他ならない。懸命に見ないふりをしているが、不安や心細さは、当人が思う以上に深いはずだ。

「あたしと息子だけは、ずっとお傍におりますよと……そう言って差し上げたかったのに」

がらんとした座敷を目にすると、侘《わび》しさが募った。豆堂に使われていたひと間だ。

午後になると子供たちでいっぱいで、指南にあたるお登勢もいた。喧騒にもめげず、何事にも動じない姿は、おわさには何よりも心強く映った。

「こんなときにお登勢さまを頼れないなんて……あたしの方こそ心細くてならないよ」

丸いからだがしぼむほど、長いため息を吐いた。


おわさが座敷を去ってから、徳兵衛はしばしぽつねんと座っていた。

静かな隠居家に、糸玉の音だけが響く。木玉が奏でる音に、ゆっくりと耳を傾けたのはいつ以来だろうか。

毎日、いま時分は、豆堂の子供たちの声が騒々しい。組紐の仕事場にした西の座敷からも、しゃべりに興じる女たちの笑い声が響いて、おわさが大鍋《おおなべ》で煮た、甘い煮豆の残り香がただよい、墨の匂いと相まって妙に芳醇《ほうじゅん》に鼻に届く。

そのすべてが、ぱったりと途絶えた。寂しいというより、不思議な心地がする。この感じは、覚えがある。隠居暮らしを始めた頃に、戻ったようだ。徳兵衛が抜けても、嶋屋も世間も変わりなく、何ら困ることもない。

「あれから一年半……あの頃に戻っただけだ」

声に出すと、何やらよけいに侘しい。大柄な女中がいなくなると寒々しさが増し、火鉢で両手を炙《あぶ》っても、指先は冷たいままだ。

隣座敷との境の襖《ふすま》を、何となくながめた。冬場だけに閉ざしてあるが、徳兵衛の頭には、襖が開け放たれた晩夏のもようが映る。

長年の夢だった隠居暮らしが性に合わず、いまと似たような侘しさを抱えていた。

襖の陰から何かが覗《のぞ》き、すぐに引っ込んだ。見間違いかと目を凝らすと、ふたたびそろりと覗く。芥子《けし》坊主に結わえた頭、短い眉《まゆ》に、丸く大きな目——。孫の千代太だった。

以来、誰よりも繁々と隠居家に通ってきたのは、この孫だ。なのにその出入りを、徳兵衛は自ら拒んだ。詫びにきた孫を、けんもほろろに追い返したのは、つい数日前のことだ。

後悔というより情けなさに苛《さいな》まれた。どうしていつもいつも、同じ結果を招くのか。

お楽と秋治は己を欺き、そして嶋屋もまた、妻や息子や孫までも、一家総出で徳兵衛ひとりを騙《だま》しにかかった。徳兵衛に非はなく、一方的に向こうが悪い。——そのはずが、忸怩《じくじ》たる思いに囚《とら》われる。

結局、己の頑固が、狭量が招いたことだと、徳兵衛とてわかっている。

自分を孤独へと、追いやり追い詰めるのは、常に徳兵衛自身であった。

そんなことを鬱々《うつうつ》と考えていると、ただ寒々しさが増す。火を熾《おこ》そうと、火箸《ひばし》で炭をつついたときだった。

「ごきげんよう、おじいさま！　千代太です！」

突然の声にぎょっとして、思わず周囲を見回したが、姿はどこにもない。

「また、お詫びにあがりました！」

らしくない気合いのこもった声は、閉め切った障子越しに外から響いてくる。

「二度と敷居を跨《また》いではならないと言われたから、外からお声掛けすることにしました。ごめんなさい、おじいさま！　どうか坊をお許しください！」

うっかり失念していたが、孫のしつこさ、諦めの悪さは筋金入りだ。そしてそれを支えているのは、見掛けによらぬ打たれ強さだ。毎回、大泣きするくせに、しぶとく立ち上がり、また向かってくる。傷ついた素振りを顔には出さず、その実、一度の拒絶でぽっきりと折れてしまう徳兵衛には、計り知れない強靭《きょうじん》さだ。

ふっと指先が、温《ぬく》もるような心地がした。

「おい、うんともすんとも返ってこねえぞ。いねえんじゃねえか？」

声を潜めているようだが、地声が大きいから筒抜けだ。瓢吉の声だった。

「厠《かわや》にでも行ってんのかな？」

「たとえ厠にしても、声はきこえるはずだぞ」と、勘七の声が続く。

ふたりは千代太につき添ってきたようで、勘七の声がそれを説く。

「じさま！　おれたちは、嶋屋の諍いには関わりない。だからどちらにも偏らず、じさまとも千代太とも、いままでどおりつき合うことにした！　そいつを承知してくれ！」

「あと、看板のことだけどよ、勘瓢はどうかと思うぞ！」

勘七の申しようは頼もしく、瓢吉の物言いに口許が弛んだ。

ひと言ぐらい、声をかければいいものを、やはり頑固の虫が喉《のど》にふたをする。

「おい、まさか……中で倒れているんじゃなかろうな?」

「そういや冬場は、年寄りの卒中が多いからな」

「えっ! どうしよう! すぐにおわさに知らせた方が……」

子供たちの声に慌てて、ごほん、と咄嗟《とっさ》に咳《せき》をする。

「あれ? ご隠居、いるのか?」

また、ごっほんと、咳で返事をする。

「おじいさま、風邪を引いたの? もしかして具合が悪いの?」

「いや、返しのつもりじゃねえか。じさま、達者ならもういっぺん頼まあ」

察しのよい勘七のおかげで、今度は威厳をもたせた咳で応じる。

「ほら、大丈夫だってよ」

「よかったあ、おじいさまが息災で」

安堵の笑みを浮かべる、千代太の顔が見えるようだ。ときに鬱陶しいが、人を案じる気持ちばかりは本物だ。そういえば、とふと思い出した。

千代太は己のこととなると、存外情けない。弥生塾の女師匠の一件が、良い例だ。怖い女師匠に馴染めず、そのうち腹痛を起こすようになり、午後の手習いをやめてしまった。

あの頑迷なまでのしつこさは、他者のためにのみ発揮される。

「じゃあ、また来ますね、おじいさま。おじいさまが許してくださるまで、諦めずに通います」

千代太の声が暇を告げて、勘七と瓢吉も短い挨拶をして、三人が帰っていった。

またひとり、座敷につくねんとすると、しばしの夢だったような思いにもかられる。

諦めずに通う、と千代太は言った。それは己のためではなく他者の——つまりは徳兵衛のためか。逆に徳兵衛は、ここ数日、ひたすら自分の殻に閉じこもっていた。

そこまで考えて、はっとした。怒りに気をとられて、肝心なことに気が回らなかった。

「おわさ！　おい、おわさ！」

らしくない大声で、女中を呼んだ。ほどなく女中が、ふたたび丸顔を覗かせた。

「どうなさいました、ご隠居さま？」

「豆堂を休むあいだ、子供らの飯を忘れておった。ここでの昼飯や煮豆で、食い繋いでいる子もおるからな。何日も食えぬままでは、からだに障る」

おわさはびっくりした顔で、徳兵衛を見詰めた。

「ご隠居さまが、あの子たちのことをそこまで……」

「なんだ、その珍を見るような目は。わしとて鬼ではないわ」

「本当にご隠居さまは、お変わりになられましたねえ」

子供を褒めるときのような眼差しを向けられて、具合が悪い上に何やら腹が立つ。

「明日からは前のとおり飯や煮豆を炊いて……そうだな、善三に境内まで運ばせるか。いや、明日と言わず今日の方がよいか。なにせ幾日も昼餉にありつけておらんしな……」

「それなら、ご心配にはおよびません。その……」

おわさが目を伏せて、しばし言い淀《よど》む。

「私もさっき、あの子らから初めてききましたが……。差し入れが届いているそうです……嶋屋から」

申し訳なさそうに、上目遣いでおわさは告げた。

「なるほど、お登勢か……相変わらず手回しのいい」

癪には障ったが、子供たちがひもじい思いをせずに済んだという、安堵の方が大きかった。張り合うつもりはないが、豆堂は徳兵衛の差配の範疇《はんちゅう》だ。明日からは、最前告げたとおり、おわさが仕度した飯を善三に運ばせるよう命じる。

　かしこまりました、とおわさは、福笑いのような満面の笑みで応じた。


「先《ま》ず商人の家に生まるる輩《ともがら》者は、幼少の時より手習い算盤肝要たるべきなり。そのほか家業余力ある折からは、学問して、家事治まり方大切にいたし……」

　翌日から善三が、握り飯や煮豆を王子権現の境内まで担いでいくようになり、午後になると、三人の子供たちが隠居家の庭先にやってきた。

　どちらも一日も欠かさず続けられ、三日目までは、謝罪をくり返していた千代太だが、四日目からは趣向を変えた。

「いつも詫び文句では、おじいさまが退屈なさると思って。今日は商売往来をおきかせします」

　以前は隠居家に来るたびに、嶋屋の内のあれこれを語っていた。いわばそれを禁じられての、苦肉の策かもしれない。

　商売往来は時代や版元によって、さまざまな版が出されているが、内容は似たようなものが多い。「凡《およそ》商売　取扱文字《とりあつかうもんじ》」から始まり、そこから先は「取遣之《とりやりの》日記・請状・請負・売券《うりけん》状・会所」というように、商売に用いる文字と語が延々と続く。

　千代太は実にすらすらと読みこなしているが、子供の頃の徳兵衛は苦手としていた。というのも、往来物は漢文で書かれているからだ。すべての字に仮名がふってはあるのだが、漢文特有の

一、二、レといった返点に往生し、ちっとも頭に入らなかった。算盤の方が熱心だったのは、読み書きよりもましに思えたからだ。
千代太の声に耳を傾けながら、そうか、こんなことが書いてあったのか、と半ば懐かしく思い返した。千代太が商売往来の音読を終えると、次に瓢吉が声をあげた。

「ご隠居、おれは九九を披露する。六六から先は難儀したけど、ようやく覚えたんだ」

と、今度は九九の暗唱がはじまった。子供の九九など、身を入れてきく代物ではないはずが、これが思いのほかハラハラさせられる。

「六八・四十八、六九・五十四、七七・四十九……で、七八が……あれ？　五十四か？」

「瓢ちゃん、惜しい！」

「うわあ、またか！　六九から七七にとぶから、そこでこんぐらかっちまうんだ」

「おれも初手は大変だったが、九九は八算《はっさん》でも使えるからな。覚えておいて損はねえぞ」

と、算術が得手で、瓢吉よりかなり進んでいる勘七も励ます。

たとえば七三・二十一は、三七・二十一と同じであるから、この時代の九九では省かれる。つまり掛け算の九九は三十六通りしかなく、六九・五十四の次は、七七・四十九となる。一見わかりづらいが、割り算の九九たる八算や見一《けんいち》と組み合わせることで、二桁《けた》以上の割り算にも応用できる利点があった。瓢吉がどうにか九九を終えると、勘七はその応用を説く。

「十二で割るときは、二六・十二を思い出す。初めに二で割って、それから六で割ればいいんだ。百を十二で割るときは、まず二で割って五十、五十を六で割って八、余りは二。つまり百割る十二の答えは八、余り四だ」

「勘、おめえ、すげえな！」

「勘ちゃん、格好いい！」

閉めた障子の向こうに、照れながらもちょっと得意げな、勘七の顔が見えるようだ。

ちなみに百を十一で割るときは、二桁の割り算の九九である見一を使う。「見一無頭作九一《むとうさつきゆうのいち》」とは、百割る十一は、答えが九、余り一という意味だ。

よくできた、と言う代わりに、いつものとおり咳払いを返したが、ぶぁっくしょん、と大きなくさめでかき消された。

「大丈夫、瓢ちゃん？」

「はは、すまねえ、今日はことさら冷えるからよ」

「そういや、雪が降りそうだな。そろそろ帰るか」

「そうだね。おじいさま、今日はお暇します。また明日参ります」

千代太が行儀よく挨拶し、三人分の足音が遠ざかると、徳兵衛は声を張り上げた。

「おわさ！　おい、おわさ！」

「またそんな大声で。今日はどんなご用です？」

「勘七や瓢吉の身なりは？　この寒空に、半時も外におるからな。薄着でもしておれば一大事だ」

「ご自身で障子を開けて、確かめてみてはいかがです？」

「それができんから、おまえにたずねておるのだ！」

面倒くさいと言わんばかりに、おわさは顔をしかめる。

「ふたりとも、ちゃんと綿入れを着込んでおりますよ。それぞれ母親が、気を配っているようですね」

古着だが、寸法は合っている。今年の冬のための着物であり、勘七は母のおはちから、瓢吉も離れて暮らす母親から届けられたと、おわさは仔細にまで通じていた。

「とはいえ、昨日も木枯らしが吹いていて、やはり辛《つら》そうであったからな。どうしたものか……」

「座敷に上げてやれば、よろしいのでは？」

「それはできん！　ふたりはともかく、千代太にはいかんと申し渡したからな」

「厄介なご性分ですねえ……いっそ庭先に、火鉢でも置いてはどうですか？」

「おお、それは妙案だ！　明日からさっそく善三に、用意させなさい」

半ば冗談であっただけに、おわさはあんぐりと口を開けた。

「ご隠居さま、火鉢より焚火《たきび》の方が温まりやすよ。火の始末は、あっしがしやす」

善三がそう申し出て、午後になると、隠居家の庭からは煙が立ち上るようになった。


「兄ちゃん、お代わり！　いっぱいよそってね」

「なつはもうやめておけ、晩飯が食えなくなるぞ」

「兄ちゃん、おいらもお代わり！　でも、牛蒡《ごぼう》はいらねえ」

「逸はまた、牛蒡だけ残して。好き嫌いすんなって言ったろ」

「ああ、ああ、こぼしちゃったんだね。泣かなくてもいいよ、汁はたんとあるからね」

焚火は数日で、石組の竈《かまど》に替わり、里芋や人参《にんじん》や牛蒡をたっぷり入れた鍋がかけられた。竈のまわりに群がる十数人の子供たちの声が騒々しいが、とび抜けて大きな声は、何を隠そう徳兵衛である。

「いつまで騒いでおる！　そろそろ始めるぞ。まずは最初の組から。ほれ、さっさと座らんか」

居間から徳兵衛の声がとび、小さな子供たちは、慌てて焚火を離れる。五人が縁側に上がり、横に並んで正座した。

「では、挨拶から」

『お師匠さま、よろしくお願いいたします』

「よろしい。今日もいろはから始めるぞ。はじめ！」

『いろはにほへと、ちりぬるを、わかよたれそ、つねならむ……』

五人がいろはを斉唱する。瓢吉が焚火の前で、こそりと呟いた。

「しかしご隠居自らが、指南役を買って出るとはな。どうりで今年は、雪がよく降るはずだ。どうせなら、家の中でやりゃあいいのにな」

「坊がお出入りを差し止められたから……皆にも迷惑をかけてごめんね」

「なに言ってる、この竈塾も、おまえの思案じゃねえか」と、勘七が返す。

どうせ焚火をするなら、鍋をかけて煮炊きをしようと言い出したのは、千代太だった。

善三が即席で組んだ石の竈に、おわさが具をたっぷり入れた土鍋を置く。千代太は当然のように境内の仲間を呼び寄せ、その日からふたたび隠居家は、いや、正しくは隠居家の庭は、一気に騒々しくなった。

徳兵衛の咳払いなぞ、届くはずもない。二日ばかりは堪《こら》えていたが、そもそも口を出さずにはいられない性分だ。とうとう障子戸を開け放ち、子供たちを一喝した。

「おまえたち、少しは静かにせんか！　うるさくて書き物もできんわ！」

千代太は決して狙ったわけではないのだが、まさに天の岩戸さながらだ。そして驚いたことに、徳兵衛にとって予想外のことが起きた。

笑顔で真っ先に駆けつけてきたのは、勘七の妹のなつだった。

「あっ、じさまだ！　じさま、じさま、じさまあ！」

「ご隠居だあ！　いままで何してたんだよ。ちっとも顔見せねえでさ」

「豆堂、どうしてお休みなの？　あたい楽しみにしてたのに」

子供らの世話はお登勢やおわさに任せ、徳兵衛自身はろくに構ってやったことがない。なのにどうして、こんなにも嬉しそうに再会を喜ぶのか。馴染んでいるのは猫さながらに、隠居家の方かもしれない。それでもその家の主《あるじ》として、子供たちは徳兵衛に親しんでいる。

意外であり不思議でもあったが、親族と別れた身には心強さが伴った。

次の師匠が見つかるまでとの建前で、凌《しの》ぎの指南役を務めることにしたのは、礼のつもりもあったからだ。とはいえ、お登勢にくらべれば師匠としてだいぶ見劣りすると、自分の力量を弁《わきま》えてもいる。加えて狭いひと間で、十数人の子供らに囲まれるのも勘弁だ。この竈塾くらいが、徳兵衛にはちょうどいい。

「よかった……おじいさまが、前と変わらぬくらい達者なごようすになって」

「いや、よかねえだろ。相変わらず千代太とだけは、口を利いてくれねえし」

「そればかりはしょうがないよ、瓢ちゃん。坊は嶋屋の身内なんだから」

「大晦日《おおみそか》まで、あと五日か……正月までには、仲直りさせてやりてえがな」

「大丈夫だよ、勘ちゃん。嶋屋では祝えなくても、元旦《がんたん》には皆が隠居家に集まってくれるのでしょ？」

「おう、母ちゃんたち組場の者も、隠居家《ここ》で正月祝いをするそうだ」

「だったら、おじいさまも、賑《にぎ》やかにお正月を過ごせるね……本当によかった」

言葉どおりではないことを、ふたりは知っていた。

笑顔を作りながらも、千代太の短い眉は、八の字に下がっていたからだ。

「ご隠居さま、少しよろしいですか？　ご相談がありまして」

子供たちが家路につくと、入れ替わりに職人頭のおはちが居間を訪れた。腕に糸の束をいくつも携えていたが、徳兵衛の顔を見るなり遠慮を口にする。

「お疲れのごようすですし、明日にいたしましょうか？」

「いや、構わん。明日も子供らが押し寄せてくるのは変わらんしな……話とは、糸のことか？」

はい、と五束の糸を畳に並べる。嶋屋との取引をやめたために、新たな仕入先が必要となった。不幸中の幸いとでも言おうか、糸問屋の隠居が集まる乾越会と関わりができた。先日の催しに出席していた顔ぶれの中から、商いが手堅く、品質も悪くない五軒を見繕い、糸見本を届けてくれまいかと文を送った。会で親しく口を利いた、丸喜屋や亀井屋も入っていたが、次の代にあたるいまの主人とは、面識はあれど馴染みとは言い難い。

本来なら自ら出掛けて相談するのが筋であろうが、どうして嶋屋に頼まないのかとの疑問に、いちいち応えるのも鬱陶しい。年明けから職人を増やし、組紐商いをこれまでより大きくする。仕入先を嶋屋に限らず、一、二軒増やしたいとの建前を文には認《したた》めた。

面と向かって嘘をつくのは憚《はばか》られるが、真実《まこと》を明かすなぞ論外だ。文という中途半端な方法を取らざるを得なかった。

求めに応じて、見本の糸が三々五々届き、五軒分が揃ったのは数日前だ。それをおはちに託し、糸の質や色、そして組加減などを吟味させた。

「で、どうであった？」

「はい、ご隠居さまのお見立てどおり、『橘屋《たちばなや》』の品がいちばんよろしいかと」

「やはりそうか……」

徳兵衛が渋い顔で、顎《あご》に手をやる。橘屋は、品は良いのだが値も高いのだ。交渉しだいで多少下げることもできようが、嶋屋の卸値には遠くおよばない。一方で、値を合わせれば質が落ちる。この相反する板挟みは、如何《いかん》ともしがたい。

「仕方ない。ひとまず橘屋から卸してもらって、急場を凌ごう。元祖を名乗る以上、質は落とせぬからな。たしか年内で、紐の材が尽きるのであったな？」

「色によっては切れたものもありますが、季も替わりますし、色目を工夫すれば、半月からひと月ほどはどうにかなるかと……」

冬のあいだは、春に向けての品を組んでいた。紅梅色や桜色をあしらった、春らしい組紐を手掛けたが、年明けからは夏に似合いの涼しい色合いに切り替わる。とはいえ、大胆な色模様がおはちの身上だけに、糸色の種類が減るのは芳しくない。

「足りない糸のみ、ひと月分を仕入れて、そのあいだに別の仕入先を探さねば。多少遠くはなるが、本郷《ほんごう》や小石川、上野まで足を延ばしてみるか……上野なら長門屋が詳しいかもしれんな。世話になるばかりで佳右衛門さんには心苦しいが、ひとつ頼ってみるか」

徳兵衛が手を引いた帯留商いは、長門屋佳右衛門に託すしかない。

上野の長門屋に足を運び、佳右衛門にだけは経緯を正直に明かした。

「身内のいざこざで、まったくお恥ずかしい限りですが……」

「いや、お話はよくわかりました。職人とのやりとりは、お引き受けいたします。ただ、本当によろしいのですか？」

佳右衛門が案じ顔を向けたのは、安い同情からではない。身内の縁を断てば、五十六屋の商売にも大きな障りとなる。世情に通じた佳右衛門には、先々の艱難《かんなん》が見えていたに違いない。

「ご隠居さま、些細なことでも構いません。何かあった折には、この長門屋と私を思い出していただきたい。きっとお役に立ってみせます」

これほど心強い後ろ盾はなく、いまとなってはよけいに有難みが身にしみる。

「思えば、長門屋と縁ができたのは、おはちのおかげであったな。改めて礼を言うぞ」

「そんなもったいない……あたしは何もしちゃいませんし」

おはちはたいそう恐縮したが、ふと真顔になって畳に手をついた。

「あたしの方こそ、お礼を申し上げないと……今度のことで、よくわかりました。ご隠居さまが、どれほど仕入れの糸に、心配りをなすっていたか」

「仮にも、糸問屋の主人であったのだ。粗末な材を宛がうわけにもいくまい」

「いいえ、橘屋の糸ですら、色目においては見劣りします。中にはご隠居さまが染屋に申しつけて、新たに染めさせた糸もありました。……あたしの意匠に合うよう、どんなに心を砕いてくださったか、いまさらながらに思い知りました」

たしかに紐の材においては、できるかぎり心血を注いだ。

質が良く、値も程よい糸を、徳兵衛自らが吟味して、色も染屋に細かく指図し、場合によっては新たに作らせた新色もある。値決めにおいても、損にはならないが、さしたる儲けも出ない、いわばぎりぎりの線を見極めて吉郎兵衛に承知させた。もっとも、徳兵衛と息子の力関係があってこそなせる業であり、身内なればこその破格とも言える。

佳右衛門に言われるまでもなく、徳兵衛も頭ではわかってはいた。けれども、こうしておはちから謝辞を受けると、己の身勝手が何やら気恥ずかしい。

徳兵衛の胸中を知ってか知らずか、おはちは言葉を継いだ。

「組紐にとどまらず、うちの人のことでもお世話になりました。あたしら一家が、いまこうして四人で暮らしていけるのは、ご隠居さまのおかげです」

「よさんか、いまさらこそばゆいわ」

商い事ならともかく、情絡みは苦手なたちだ。家族の悶着には関わりたくないというのが本音であり、亭主の榎吉の一件も、自分の手柄なぞとは思っていない。

「だからこそ、今度はあたしらが、何かして差し上げたい。亭主も勘七も、それになつまでもが、そのように……」

一瞬、おはちの後ろに、一家の姿が浮かんだ。榎吉や勘七ならまだしも、幼いなつは、騒がしく煩わしいだけの存在だった。なのに思いがけず、なつの笑顔が胸に張りついている。じさまと連呼しながら嬉しそうに駆けてきた、あの笑顔だ。

「あたしらは非力で、何もできないかもしれませんが……こうしてお傍にいることだけは、忘れないでくださいましね」

何かを失くして、初めて存在の大きさに気づくこともある。

身内を失うと、佳右衛門やおはち一家の真心が、ことさらにしみる。

いわば他人が、これほど大きな拠り所になるとは——。疑《うたぐ》り深く、容易に人を信用せず、何でも自分ひとりでこなそうとする——以前の徳兵衛なら、想像すらできなかった。

しかしこの縁は、この恩恵は、元を辿ればそこに行き着く。

毎日、訪ねてくれるのに、未だに口を利いていない。

「意固地を通すのは、今年いっぱいにするか……」

孫に罪はなく、気持ちの上ではとっくに許している。それでも頑固の蓋《ふた》は、おいそれとは開いてくれない。我ながら厄介な性分だと、徳兵衛はため息をついた。


「ずいぶんと積もりましたねえ。やむ気配もありませんし……」

大晦日を明日に控え、朝餉の給仕をしながら、おわさがこぼす。

夜半から降りはじめた雪は、朝になってもやまず、未だ盛んに降ってくる。

居間から見える景色は、庭も田畑も一面、真綿を敷き詰めたように白一色で、その綿が少しずつ厚みを増していくようだ。

「今年いちばんの大雪になりそうですよ。今日はさすがに、竈塾はお休みにした方がようございますね」

これまでにも五日に一度ほど、雪がひどい日や、木枯らしが唸《うな》りをあげて吹き荒《すさ》んでいた日があった。こんな日は外に子供たちを長居させず、あらかじめおわさが屋内で煮炊きをし、弁当にして子供たちにもたせて帰した。

今日もその方がよさそうだと徳兵衛は判じ、主人の朝餉が済むと、おわさは忙しそうに腰を上げた。

女中が淹《い》れた熱い茶を、ゆっくりと喫し、ほっと息をつく。外から声がかかったのは、その折だった。

「ご隠居さま、急にお訪ねしてすみません。錺師の秋治でございます」

名を告げられたとたん、からだが強張った。

「こちらさまに顔向けできる立場にないことは、重々承知しています。詫びを申し上げることすら憚られる。己の不義理と不始末は、肝に銘じております」

もしも長々しい詫びの文句を並べられたら、水をぶっかけて即刻追い返していたろう。

「本日は、別の件で参りました。あっしとお楽お嬢さん……いや、あえて申します。あっしと女房は、このたび嶋屋さんから勘当の沙汰を受けました」

え、と思わず声がもれた。どういうことかと、頭が混乱する。

「帯留細工はこれまでどおり買いとってくださると、長門屋の旦那さまから伺いました。ご隠居さまの恩情のおかげで、暮らしも立ちます。店持ちのような贅沢はさせられませんが、女房のことは一生涯かけて大事にします」

あれほど信用していた秋治に、見事に謀《たばか》られた。ここひと月近く、生真面目そうな顔を思い出すたびに、腹が立つ以上に胸が悲しみに塞《ふさ》がれた。いまさら耳を貸す謂《いわ》れもない。

「あっしらふたりは嶋屋を出ます。二度と敷居はまたぎません。だからご隠居さま、どうか嶋屋にお戻りくださ い！　旦那さまも大おかみも坊ちゃんも、それだけを願っています」

徳兵衛と嶋屋の仲を、もとの鞘《さや》に収める。それが秋治の詫びであり、恩返しということか。おそらくこの思案には、嶋屋の者たちは関わっていまい。徳兵衛の意固地は筋金入りだ。自ら放った言を翻すなど、天地が返ってもあり得ないと、よく承知している。

秋治とお楽が、懸命に考えて出した結論か——。不思議と、悪い心地はしなかった。

この男の人となりだけは、徳兵衛の眼鏡に狂いはなかった。我儘《わがまま》で奔放で、奢侈《しやし》が過ぎる娘だ。先日の長屋での諍いのように、あつかいに困ることもたびたびあろう。

それでも秋治にならお楽を任せられる――。

「娘を頼む」と、一言声をかけたかった。たった一言で、秋治も、そして己自身も救われる。しかしそこに、実に間合いよく邪魔が入った。

「お父さん、お願い、何とか言って！　そこにいるのでしょ？　お父さん！」

「お楽、ついてくるなと言ったろう。こんな雪の日に、転びでもしたらどうする」

「だって、秋治さんひとりに、押しつけるなんてできないもの」

庭先で、またぞろ口喧嘩をはじめる。やれやれと、ため息がこぼれた。

「お父さん、出来の悪い娘でごめんなさい！　騙すような真似をして、ごめんなさい。あたしはお父さんをがっかりさせるばかりで、それだけは申し訳なく思っているの」

娘の詫びは、思いがけないほど深く胸を抉《えぐ》った。お楽は自分を、出来の悪い娘だと卑下する。その裏には、父への思いや恨みが張りついている。

父から見放された、構ってもらえなかった、冷たくあしらわれた。認めてもらえず、親の言い分のみを押しつけられ、本当の娘の姿を見ようとすらしてもらえなかった。

すべては、父親たる徳兵衛の怠惰が招いたことだ。

くだらぬ大芝居も、嶋屋の者たちが総出で、お楽の不始末を隠し通そうとしたのも、娘や妹に憐《あわ》れを感じ、守ろうとしたのであろう。

子が親の思いどおりに育つはずもなく、それは傲慢以外の何物でもない。

お楽のいわば反抗は、徳兵衛への必死の訴えだった。

ひたすら目を背け、ふり返ることすらしなかったつけが、いまここにある。

お楽は己自身を、肯定できない。いや、長らくできないでいた――秋治に会うまでは。

「お父さん、あたし、もうすぐ親になるの。あたしが親になんて、なれるはずがないって、ずっとそう思ってた。でもね、秋治さんがとなりにいれば、できそうな気がしてくるの。秋治さんとなら、生まれてくる子を一緒に育てていけるって」

空になった茶碗《ちゃわん》を、両手で膝の上に握ったままだった。その中に、ぽたりと雫《しずく》が落ちた。

「お父さん、あたしね、いまとっても幸せなの。だから最後に、親孝行させてほしいの。あたしたちが出るかわりに、嶋屋に戻ってちょうだいな」

「ご隠居さま、あっしからも、お願いいたします」

頬を伝う涙は、軒の雨だれのように、顎から落ちて茶碗に添えた手を濡らす。

ふたりの訴えはしばし続いたが、やがて諦めたように声が落ちた。

「やっぱりお父さんは、許してくれないのね……」

「仕方ない、今日は帰ろう。雪もひどくなってきたし、これ以上は腹の子に障りかねない」

泣き顔を見せるわけにもいかず、内心でおろおろした。せめて声だけでも、かけてやりたい。

急いで涙を拭い、小さな咳払いで喉を整える。

しかし、何と言えばいいのか。「達者で暮らせ」か、「からだを大事にしろ」か。どちらも今生の別れのようで、何とも忍びない。躊躇《ためら》ううちに、ふたりの足音が遠ざかる。

徳兵衛はそっと、障子を開けた。一寸ほどの隙間から外を覗くと、思いのほか降りが激しく、視界は真っ白だ。雪の格子を立てたようで、その向こうにうっすらと、ふたりの後ろ姿が見える。

互いに寄り添う後ろ姿が、涙でぼやけ、やがて消えた。

雪は昼から小降りになったが、すでに子供の脛《すね》に達するほどに積もった。

それでも子供たちは律義にやってきて、おわさの拵《こしら》えた弁当を、善三が配っている。

「今日は塾は休みとするから、このまま帰りなさい。また雪がひどくなるやもしれんからな、道草なぞせずまっすぐ帰るのだぞ」

徳兵衛が達し、はあい、と子供たちが声をそろえる。

「あれ、千代太は？　千代太がいねえぞ」

「本当だ、あいつが来てねえなんて……風邪でも引いたか？」

勘七と瓢吉が気づく前から、徳兵衛も気になっていた。あの千代太が諦めるはずもない。病か怪我くらいしか思い浮かばず、内心では案じていた。

「おれ、帰りに嶋屋に寄って、ようすを見てくるよ。なつのことを頼めるか？」

「おう、任せとけ。千代太に会えたら、よろしく言ってくれ」

ふたりのあいだで話がまとまり、徳兵衛に暇を告げたときだった。

「おじいさま！　おじいさま！」

千代太が庭に走り込んできた。雪まみれで、血相を変えている。

「おじいさま、大変なの！　どうしよう、おじいさま！」

小さな白い顔は、不安と怯《おび》えで青ざめて見える。よほどの事態が起きたようだ。これまでの戒めが頭からとんで、強い口調で孫に問うていた。

「どうした、千代太、何があった？」

「おばあさまが……嶋屋を出ていってしまったの！」

「お登勢が、嶋屋を……？　どういうことだ、千代太？」

「父さま宛の文には、嶋屋での役目を終えたから、家を出てひとりで暮らすと書いてあったって」

「……つまりは、あれも隠居家を得たということか？」

「でも、どこにいらっしゃるか、誰にもわからないの！　三月ほどして落ち着いたら、また知らせるとだけ……」

着物を数枚と身の回りの品だけを携えて、お登勢はひっそりと嶋屋を出ていった。

文を読んだかぎりでは、実家に戻るつもりはなく、どこぞの長屋にひと間を借りて、暮らしていく心積もりでいるようだ。

「三月もすれば、知らせが入るのだろう？　あれはしっかり者だからな、放っておいてもよいのではないか？」

「駄目だよ！　だっておばあさまはこのところ、気落ちなすっていたもの」

「気落ち、だと？　あのお登勢が？」

「おじいさまを怒らせてしまったことを、ずいぶんとすまながっていて……きっとずうっと気に病んでらしたんだ。おばあさまは顔には出さないけど、肩が落ちていて、背筋もぴんとしてなくて……だから、坊にはわかっていたのに……」

口許がしわしわと歪《ゆが》み、ほろほろと涙をこぼす。

「おじいさまに次いで、おばあさまにも会えなくなったらどうしよう……坊は寂しくてならないよ……」

涙にくれる千代太をなだめてくれたのは、勘七だった。

「泣くな、千代太、この前のじさまのときのように、おれたちが探しにいってやるからよ」

「ほんと？　勘ちゃん」

ああ、と勘七は、力強く請け合う。

「じさま、お登勢師匠の行先に、心当たりはねえのか？」

「……まったくない」

「ったく、亭主ってのは、どこも使えねえな。だから女房に、愛想をつかされちまうんだ」

瓢吉に容赦なくこき下ろされても、返す言葉がない。

「おわささんなら、何か知ってるかもしれねえ。千代太、おまえがきいてこい。お登勢師匠の友達でも知り合いでもいい、片っ端から挙げてもらえ。おれたちで手分けして回ってみるからよ」

「うん、わかった、きいてくる！」

「おーい、おまえらふたりは、ちびたちを家まで送り届けてくれ。頼んだぞ」

勘七の指図で、千代太はおわさのもとに駆けていき、瓢吉は年嵩《としかさ》の五、六人を残して、下の者たちには帰るよう促す。

手際の良さは舌を巻くほどで、徳兵衛は内心で、己の不甲斐《ふがい》なさに悄然《しょうぜん》とした。

「おわさから、きいてきた！　十軒くらいになったよ。てる姉とうねちゃんも手伝ってくれるって」

「そりゃ、助かる。じゃあ、しめて十人だな。五組に分けて、二、三軒ずつまわるか」

「ほとんどが巣鴨町か……近いところを同じ組がまわることにしてと」

「終わったら、いったん嶋屋に集まろうか。その方が近いし、おきのに頼んで、甘酒をふるまってもらうよ」

勘七と瓢吉が組分けして行先を決め、元気が出たのか、千代太の表情も明るくなった。

雪の中に元気にとび出す子供たちを、縁側で見送った。

子供たちの姿が見えなくなると、入れ違いにおわさがやってくる。

「ご隠居さま、よろしいですか。実は坊ちゃまには伝えなかったのですが、もうひとつ、心当たりがありまして……」

日頃はずけずけと物を言うおわさが、具合が悪そうに言い淀む。

「何日か前、湯屋で会った女中仲間にきいたのですが……大おかみを、団子坂上《だんござか》の辺りで見掛けたというのです」

「団子坂、だと？」

「覚えておられませんか？　団子坂に近い、四軒寺町《しけんてらまち》の蓮卯寺《れんうじ》を……」

思わず、声が出そうになった。辛うじて呑み込んで、低くこたえた。

「いや、覚えておる……」

「念のため、蓮卯寺に善三を行かせることにしました。もしかしたら、あそこの庵主《あんじゅ》さまなら、大おかみの落ち着き先をご存じかもしれませんし」

「ならば、わしも行こう」

おわさは驚いたように主人を見上げたが、かしこまりました、とすぐに仕度を整えた。

蓑《みの》を要するほどの降りではなく、徳兵衛は笠《かさ》を被《かぶ》り、下男を従えて家を出た。

「そういえば、あのときも雪であったな……」

笠の下から、鉛色の空を仰いだ。あえて先を行く善三が、主人をふり返った。

「足許が悪いから、お気をつけくだせえ。この調子じゃ、団子坂へ着く頃には、日が暮れちまうかもしれやせんね」

善三は目を白黒させる。

「ならば、表通りに出たら駕籠を使う」

「ええっ！　駕籠ですかい？　ご隠居さまが？」

一文を惜しむ徳兵衛にとって、駕籠賃こそ無駄遣いだ。日頃はまず乗ることはせず、善三は目を白黒させる。

妻に離縁状を突きつけたのは己の方だというのに、何をそんなに焦っているのだろう。自分でもわからないが、いまお登勢を見失えば、永遠に会えなくなる――。そんな気がしてならなかった。

「四軒寺町ですかい……この積もりようだから、酒手を弾んでもらわねえと」

駕籠舁《かき》の業突くな求めにも、ふたつ返事で応じたのは、時を惜しんだからだ。徳兵衛を乗せて駕籠が走り出し、善三はその後ろを駆けながらついてくる。

巣鴨町を突っ切るように中山道を東に抜けると、駒込《こまごめ》に達する。この辺りは武家地であり、大名の下屋敷や小役人の組屋敷が立ち並び、やがて道の先に白山権現《はくさんごんげん》が見えてくる。この辺りは分かれ道になっており、中山道と並行して走る岩槻《いわつき》道に入ると吉祥寺《きちじょうじ》があり、北東の方角に道を取り、団子坂を下ると千駄木《せんだぎ》に出る。

この団子坂へと至る道の途中は、俗に四軒寺町と呼ばれ、四軒に留まらず多くの寺が林立し、寺町をなしていた。

「団子坂上に近い、蓮卯寺まで頼みまさ」

おわさから場所をきいていたらしく、駕籠脇を走りながら、善三が駕籠舁に指図する。

酒手を払って駕籠を帰し、蓮卯寺の山門を見上げた。

ここに来たのは、何年ぶりになろうか。三十年までは経っていないが、二十八、九年前になろうか。

徳兵衛が訪れたのは、たった一度きり。覚えていると女中に告げたが、おわさが寺の名を出すまで、すっかり記憶から抜け落ちていた。

そのあいだもお登勢はずっと、この寺に心を残していたのだろうか。

「善三、この辺りで待っていてくれ。わしは境内を探してみる」

下男と別れて、山門の内に入った。蓮卯寺は尼僧が営む小さな寺で、境内もさして広くはない。お登勢がいるとしたら、おそらく境内の裏手であろう。雪かきが済んでいるのは本堂へと通じる参道だけだが、脛下ほどに積もった雪の上に、人が通ったらしい跡がついている。足跡を追うように、裏手へとまわった。

境内の外れに、子供の背丈ほどの石造りの塚がある。

その前に膝をつき、手を合わせる姿がある。

「お登勢……」

掠れた声は雪のせいか響きは浅かったが、お登勢は肩越しにゆっくりとふり返った。

「おまえさま……どうしてここに？」

どのくらい、ここにいたのだろうか。髪にも肩にも背にも、うっすらと雪が積もっている。徳兵衛は近づいて、その雪をそっと払った。

「わしも、お参りしてよいか？」

お登勢はうなずき、徳兵衛のために場所をあけた。石塚の前にふたり並んで、手を合わせる。

この塚は、水子供養のための水子塚である。

お楽が生まれる前、たしか吉郎兵衛は六歳、政二郎は四歳だった。お登勢は身籠った三人目の子を流産した。子は五月ほどで、墓すら築かれることはなかったが、産婆の話では女の子であったという。

「子はまた授かろうし、気に病むことはない。おまえも早く忘れなさい」

流産はめずらしくなく、すでにふたりの男子を儲けている。気落ちはしたものの、徳兵衛は長くは引きずらなかった。お登勢も加減がすぐれず、半月ほど寝付いたものの、床上げに至ってからは、前と変わらぬようすに見えた。

ふた月ほど経った頃だろうか。最初に気づいたのは、吉郎兵衛だった。

「母さんが、どこにもいないんだ！　このところ、時々姿が見えなくなって……母さんは、どこにいるの？」

甘ったれの長男は、涙目で訴えた。まだ手習いには通っておらず、子守りの姉やもいるのだが、母の不在が多くなったことを敏感に察したようだ。

「母しゃん、どこ？」

政二郎はただ、兄の真似をしているだけであったが、やはり不安そうに父を仰ぐ。

しかし子供の訴えに、いちいち耳を貸すほど、徳兵衛は暇ではない。妻にも奥向きの仕事があり、挨拶回りや届け物など他出も多い。そのたぐいであろうと、気にもとめなかった。息子の話を思い出したのは、さらにひと月ほど後のことだった。

「この前、団子坂に植木を見繕いにいった帰りに、お内儀をお見掛けしましてな、四軒寺町の辺りです。私は駕籠に乗っていたので、お声掛けもせずに通り過ぎてしまいましたが」

町内でさる商家の隠居に行き合った折、そんな話をされた。隠居は植木が趣味で、団子坂付近は植木屋が多かった。

団子坂も四軒寺町も、まったく縁がない。不思議に思って、女中頭にたずねたが、心当たりはないと返された。しかしその脇で、若い新参女中が急にそわそわし出す。

「なんだ？　何か知っておるのか？」

「いいえ、あたしは、ただ……」

「はっきりせんか！」

主人に怒鳴りつけられて、十代半ばの若い女中は身をすくめる。いまとなっては肉付きもふてぶてしさも増して、当時の姿を思い出すことすら難しいが、その年の春から嶋屋に入ったおわさである。

「おかみさまが、半産なさった折から、ずいぶんと気落ちなさっておられたので……水子塚にお参りしてはとお勧めしました。そのお寺が、四軒寺町にあるんです。あたしの実家も、すぐ近くで……」

しどろもどろになりながらも、おわさはそのように説いた。

「あれしきのことを、引きずるとも思えんが……」

「でも、言われてみればたしかに……ここふた月ほど、外出《そとで》が長引くことが多くなりました。今日はご親戚《しんせき》のお宅に出掛けましたが……やはり少し遅うございますね」

胸の中に、焦りに似た気持ちが生じ、女中頭も気遣わし気な顔をする。

「よろしければ、おわさに案内させて、私がその寺まで参りましょうか？」

「いや、わしが行く」

「旦那さまが、自ら出向かれるのですか？」

いささか失礼なほどに、女中頭は意外そうな表情をあからさまにしたが、徳兵衛は構わず、おわさを連れて家を出た。

待っていれば妻はいずれ戻るというのに、どうしてあんな気まぐれを起こしたか、いまでもわからない。ただ、無暗に足が急いた。当時は徳兵衛も三十代半ばであり、若いおわさも難なくついてきて、四軒寺町に着くと蓮卯寺まで主人を案内した。

いまとまったく同じに、石塚の前で妻の姿を見つけたときは、胸がいっぱいになった。

「参りに行くなら行くと、言えばよいではないか」

つい叱りつける口調になったのは、安堵の裏腹である。

「すみません……私事で、ご迷惑かと。奉公人たちにも、言えませんでした」

「わしとて、あの子の父親だ。ともに参っても、罰は当たるまい」

不機嫌に告げると、ほんのわずかだが、お登勢は唇の片端を上げた。わかりづらいが、妻なりの笑顔である。並んでお参りを済ませてから、妻にたずねた。

「そんなに娘が欲しかったのか？」

「それもありますが……お産婆からきいたことが、心にかかって」

「何をきいたのだ？」

「一度、子が流れると、その後も続いたり、子が授かりづらくもなると……もしかしたら、あの子が私たちの、最後の子供であったのかもしれません」

生まれてもいない子に、情を注いでも仕方がない。徳兵衛はむしろ、あえて目を逸《そ》らし、妻にも忘れるよう促した。だからお登勢は、悲嘆も不安も、身の内に沈めるしかなかった。

腕に抱くことなく失った子を悼み、もっと気をつけていればと悔やみ、さらには次の子を望めないかもしれないと憂えた。

沈めても沈めても、悲しみは浮かんでくる。押しつぶされそうになったとき、おわさから、この蓮卯寺についてきかされて、藁《わら》にもすがる思いで訪れたに違いない。

「吉郎兵衛と政二郎だけで、わしは十分だ。どうしても娘が欲しければ、養子を迎えたらよかろう」

甚だ伝わりづらいが、精一杯の励ましと心遣いであった。

あの日もやはり、雪が降っていた。

お楽が生まれたのは、それから六年後だった。


「未だにおまえが、蓮卯寺《こここ》に通っておったとはな」

おわさが口にするまで、迂闊《うかつ》にも忘れていたと、徳兵衛は正直に告げた。

「いいえ、私もだんだんと間遠になって……お楽が生まれてからは、すっかり足が遠のいておりました」

「ならば、どうして？」

「お楽が所帯をもって、ようやく肩の荷が下りたような心地がして……吉郎兵衛も政二郎も、すでに独り立ちしておりますし、私も母親の役を終えました。そうしたら急に、あの子のことが思い出されて」

薄情は己も同じだと、お登勢はすまなそうに石塚に目をやった。

「千代太にきいたが、おまえも嶋屋を出たそうだな」

「はい、この近くに、長屋を借りました」

「生活《たつき》の当てはあるのか？」

「お寺さまが多い土地だけに、造花の内職なぞは事欠かないようです」

「仮にも嶋屋の大内儀が、内職なぞせずとも……せめて吉郎兵衛から、隠居代をもらえばよかろう」

「それでは、詫びになりませんから……」

お登勢は向きを変えると、徳兵衛に向かって深く頭を下げた。

「このたびのことは、私の浅はかが招いた不始末です。ご隠居さまにはお詫びの仕様もなく、せめてもの償いのつもりで、嶋屋を出ることにいたしました」

「詫び、だと？」

「はい。責めを負うべき私が、嶋屋で安穏としているわけにも参りません。私もこれからは、己の身ひとつで暮らしてゆきます。押しつけがましいのは承知の上ですが、何卒《なにとぞ》お許しくださいまし」

「許すというても、わしもすでに嶋屋を出た身であるし、おまえとも離縁を……」

己の短気が、いまさらながら恨めしい。いまさら離縁状を引っ込めるわけにもいかず、さりとてこのまま別れるのも忍びない。

「えー、その、何だ、新居はもう片付いたのか？」

「はい、荷はわずかですし、鍋釜《かま》などはおいおい揃えていくつもりです」

「ならば、ちと寄らせてもらおうかの……そのう、茶飲み友達として……」

お登勢はひどくびっくりしたが、両の目尻がゆっくりと解《ほど》けてゆく。

「ぜひ、いらしてくださいまし。ああ、でも、茶も急須《きゆうす》も土瓶もなくて……」

「そのくらい、引っ越し祝いに贈ってやるわい」

勢いの失《う》せた雪が、風花のように妻の肩にふわりと落ちた。

西條奈加（さいじょう　なか）
1964年北海道生まれ。2005年『金春屋ゴメス』で第17回日本ファンタジーノベル大賞を受賞し、デビュー。12年『涅槃の雪』で第18回中山義秀文学賞、15年『まるまるの毬《いが》』で第36回吉川英治文学新人賞、21年『心《うら》淋《さび》し川』で第164回直木賞を受賞。著書に『九十九藤《つづら》』『ごんたくれ』『猫の傀儡《くぐつ》』『銀杏《ぎんなん》手ならい』『無暁《むぎょう》の鈴《りん》』『曲亭の家』『秋葉原先留《さきどまり》交番ゆうれい付き』『隠居すごろく』など多数。

本書は、「小説 野性時代」2021年７月号から2022年９月号まで連載されたものを加筆・修正した作品です。

隠居《いんきょ》おてだま

2023年５月31日　初版発行

著者／西條《さいじょう》奈《な》加《か》

発行者／山下直久

発行／株式会社KADOKAWA
〒102-8177　東京都千代田区富士見2-13-3
電話　0570-002-301（ナビダイヤル）

印刷所／大日本印刷株式会社

製本所／本間製本株式会社

●お問い合わせ
https://www.kadokawa.co.jp/（「お問い合わせ」へお進みください）
※内容によっては、お答えできない場合があります。
※サポートは日本国内のみとさせていただきます。
※Japanese text only

定価はカバーに表示してあります。

ISBN 978-4-04-111889-4　C0093